U0132054

冯骥才

散文

冯骥才 /著

山西出版传媒集团 山西人民出版社

图书在版编目（CIP）数据

冯骥才散文 / 冯骥才著. —太原：山西人民出版社，2024.2
ISBN 978-7-203-13208-0

Ⅰ.①冯… Ⅱ.①冯… Ⅲ.①散文集—中国—当代 Ⅳ.①I267

中国国家版本馆CIP数据核字（2024）第015574号

冯骥才散文

著 者：	冯骥才	
责任编辑：	郝文霞	
复 审：	刘小玲	
终 审：	贺 权	
装帧设计：	宋双成	

出 版 者：山西出版传媒集团·山西人民出版社
地 址：太原市建设南路21号
邮 编：030012
发行营销：0351—4922220 4955996 4956039 4922127（传真）
天猫官网：https://sxrmcbs.tmall.com 电话：0351—4922159
E-mail：sxskcb@163.com 发行部
　　　　　sxskcb@126.com 总编室
网 址：www.sxskcb.com

经 销 者：山西出版传媒集团·山西人民出版社
承 印 厂：三河市天润建兴印务有限公司

开 本：890mm×1240mm 1/32
印 张：10
字 数：230千字
版 次：2024年2月 第1版
印 次：2024年2月 第1次印刷
书 号：ISBN 978-7-203-13208-0
定 价：39.80元

目录 Contents

目

录

第六辑　异域风情

目　录

冯骥才散文

第一辑

似 水 流 年

时 光

　　一岁将尽，便进入一种此间特有的情氛中。平日里奔波忙碌，只觉得时间的紧迫，很难感受到"时光"的存在。时间属于现实，时光属于人生。然而到了年终时分，时光的感觉乍然出现。它短促、有限、性急，你在后边追它，却始终抓不到它飘举的衣袂。它飞也似的向着年的终点扎去。等到你真的将它超越，年已经过去，那一大片时光便留在过往不复的岁月里了。

　　今晚突然停电，摸黑点起蜡烛。烛光如同光明的花苞，宁静地浮在漆黑的空间里；室内无风，这光之花苞便分外优雅与美丽；些许的光散布开来，朦胧依稀地勾勒出周边的事物。没有电就没有音乐相伴，但我有比音乐更好的伴侣——思考。

　　可是对于生活最具悟性的，不是思想者，而是普通大众。比如大众俗语中，把临近年终这几天称作"年根儿"，多么真切和形象！它叫我们顿时发觉，一棵本来是绿意盈盈的岁月之树，已被我们消耗殆尽，只剩下一点点根底。时光竟然这样地紧迫、拮据与深浓……

　　一下子，一年里经历过的种种事物的影像全都重叠地堆在眼前。不管这些事情怎样庞杂与艰辛，无奈与突兀，我更想从中找到自己的足痕。从春天落英缤纷的京都退藏到冬日小雨空蒙的雅典德尔菲遗址；从重庆荒芜的红卫兵墓到津南那条神奇的蛤蜊堤；从一个会场到另一个会场，一个活动到另一个活动中；究竟哪一些足迹至今清晰犹在，哪一些足迹杂沓模糊甚至早被时光干干净净地一抹而去？

我瞪着眼前的重重黑影，使劲看去。就在烛光散布的尽头，忽然看到一双眼睛正直对着我。目光冷峻锐利，逼视而来。这原是我放在那里的一尊木雕的北宋天王像。然而此刻他的目光却变得分外有力。他何以穿过夜的浓雾，穿过漫长的八百年，锐不可当、拷问似的直视着任何敢于朝他瞧上一眼的人？显然，是由于八百年前那位不知名的民间雕工传神的本领、非凡的才气；他还把一种阳刚正气和直逼邪恶的精神注入其中。如今那位无名雕工早已了无踪影，然而他那令人震撼的生命精神却保存下来。

在这里，时光不是分毫不曾消逝么？

植物死了，把它的生命留在种子里；诗人离去，把他的生命留在诗句里。

时光对于人，其实就是生命的过程。当生命走到终点，不一定消失得没有痕迹，有时它还会转化为另一种形态存在或再生。母与子的生命的转换，不就在延续着整个人类吗？再造生命，才是最伟大的生命奇迹。而此中，艺术家们应是最幸福的一种。唯有他们能用自己的生命去再造一个新的生命。小说家再造的是代代相传的人物；作曲家再造的是他们那个可以听到的迷人而永在的灵魂。

此刻，我的眸子闪闪发亮，视野开阔，房间里的一切艺术珍品都一点点地呈现。它们不是被烛光照亮，而是被我陡然觉醒的心智召唤出来的。

其实我最清晰和最深刻的足迹，应是书桌下边，水泥的地面上那两个被自己的双足磨成的浅坑。我的时光只有被安顿在这里，它才不会消失，而被我转化成一个个独特又鲜活的生命，以及一行行永不褪色的文字。然而我一年里把多少时光抛入尘嚣，或是支付给种种一闪即逝的虚幻的社会场景，甚至有时属于自己的时光反成了别人的恩赐。检阅一下自己创造的人物吧，掂量他们的寿命有多长。艺术家的生命是用他艺术的生命计量的。每个艺术家都有可能达到永恒，放弃掉的只能是自己。是不是？

迎面那宋代天王瞪着我，等我回答。

我无言以对，尴尬到了自感狼狈。

忽然，电来了，灯光大亮，事物通明，恍如更换天地。刚才那片幽阔深远的思想世界顿时不在，唯有烛火空自燃烧，显得多余。再看那宋代的天王像，在灯光里仿佛换了一个神气，不再那样咄咄逼人了。

我也不用回答他，因为我已经回答自己了。

丁丑腊月廿一日寒夜

日 历

我喜欢用日历，不用月历。为什么？

厚厚一本日历是整整一年的日子。每扯下一页，它新的一页——光亮而开阔的一天便笑嘻嘻地等着我去填满。我喜欢日历每一页后边的"明天"的未知，还隐含着一种希望。"明天"乃是人生中最富魅力的字眼儿。生命的定义就是拥有明天。它不像"未来"那么过于遥远与空洞。它就守候在门外。走出了今天便进入了全新的明天。白天和黑夜的界线是灯光；明天与今天的界线还是灯光。每一个明天都是从灯光熄灭时开始的。那么明天会怎样呢？当然，多半还要看你自己的。你快乐它就是快乐的一天，你无聊它就是无聊的一天，你匆忙它就是匆忙的一天；如果你静下心来就会发现，你不能改变昨天，但你可以决定明天。有时看起来你很被动，你被生活所选择，其实你也在选择生活，是不是？

每年元月元日，我都把一本新日历挂在墙上。随手一翻，光溜溜的纸页花花绿绿地滑过手心，散发着油墨的芬芳。这一刹那我心头十分快活。我居然有这么大把大把的日子！我可以做多少事情！前边的日子就像一个个空间，生机勃勃，宽阔无边，迎面而来。我发现时间也是一种空间。历史不是一种空间吗？人的一生不是一个漫长又巨大的空间吗？一个个"明天"，不就像是一间间空屋子吗？那就要看你把什么东西搬进来。可是，时间的空间是无形的，触摸不到的。凡是使用过的日子，立即就会消失，抓也抓不住，而且了无痕迹。也许正是这样，我们便会感受到岁月的匆匆与虚无。

有一次，一位很著名的表演艺术家对我讲她和她的丈夫的一件事。她唱戏，丈夫拉弦。他们很敬业。天天忙着上妆上台，下台下妆，谁也顾不上认真地看对方一眼，几十年就这样过去了。一天老伴忽然惊讶地对她说："哎哟，你怎么老了呢！你什么时候老的呀？我一直都在你身边怎么也没发现哪！"她受不了老伴儿脸上那种伤感的神情。她就去做了美容，除了皱，还除去眼袋。但老伴儿一看，竟然流下泪来。时针是从来不会逆转的。倒行逆施的只有人类自己的社会与历史。于是，光阴岁月，就像一阵阵呼呼的风或是闪闪烁烁的流光；它最终留给你的只是无奈而频生的白发和消耗中日见衰弱的身躯。为此，你每扯去一页用过的日历时，是不是觉得有点像扯掉一个生命的页码？

我不能天天都从容地扯下一页。特别是忙碌起来，或者从什么地方开会、活动、考察、访问归来，看见几页或十几页过往的日子挂在那里，黯淡、沉寂和没用；被时间掀过的日历好似废纸。可是当我把这一叠用过的日子扯下来时，往往不忍丢掉，而是把它们塞在书架的缝隙或夹在画册中间，就像从地上拾起几片落叶。它们是我生命的落叶！

别忘了，我们的每一天都曾经生活在这一页一页的日历上。

记得一九七六年唐山大地震那天，我居住的长沙路思治里十二号那个顶层上的亭子间被彻底摇散，震毁。我一家三口像老鼠那样找一个洞爬了出来。当我的双腿血淋淋地站在洞外，那感觉真像从死神的指缝里侥幸地逃脱出来。转过两天，我向朋友借了一架方形铁盒子般的海鸥牌相机，爬上我那座狼咬狗啃废墟般的破楼，钻进我的房间——实际上已经没有屋顶。我将自己命运所遭遇的惨状拍摄下来，我要记下这一切。我清楚地知道这是我个人独有的经历。这时，突然发现一堵残墙上居然还挂着日历——那蒙满灰土的日历的日子正是地震那一天：一九七六年七月二十八日，星期三，丙辰年七月初二。我伸手把它小心地扯下来。如今，它和我当时拍下的照片，已经成了我个人生命史中刻骨铭心的珍藏了。

由此，我懂得了日历的意义。它原是我们生命忠实的记录。从"隐形写作"的含义上说，日历是一本日记。它无形地记载我每一天遭遇的、面临的、经受的，以及我本人的应对与所作所为，还有改变我的和被我改变的。

然而人生的大部分日子是重复的——重复的工作与人际，重复的事物与相同的事物都很难被记忆，所以我们的日历大多数页码都黯淡无光。过后想起来，好似空洞无物。于是，我们就碰到一个非常重要的关于人本的话题——记忆。人因为记忆而厚重、智慧和变得理智。更重要的是，记忆使人变得独特。因为记忆排斥平庸。记忆的事物都是纯粹而深刻个人化的。所有个人都是一个独特的"个案"。记忆很像艺术家，潜在心中，专事刻画我们自己的独特性。你是否把自己这个"独特"看得很重要？广义地说，精神事物的真正价值正是它的独特性。无论是一个人，还是一种文化。记忆依靠载体。一个城市的记忆留在它历史的街区与建筑上，一个人的记忆在他的照片上、物品里、老歌老曲中，也在日历上。

然而，人不能只是被动地被记忆，我们还要用行为去创造记忆。我们要用情感、忠诚、爱心、责任感，以及创造性的劳动去书写每一天的日历，把这一天深深嵌入记忆里。我们不是有能力使自己的人生丰富、充实以及具有深度和分量吗？

所以我写过：

生活就是创造每一天。

我还在一次艺术家的聚会中说：

我们今天为之努力的，都是为了明天的回忆。

为此，每每到了一年最后的几天，我都是不肯再去扯日历。我总把这最后几页保存下来。这可能出于生命的本能。我不愿意把日子花得精光。你一定会笑我，并问我这样就能保存住日子吗？我便把自己在今年日历的最后一页上写的四句诗拿给你看：

岁月何其速，哎呀又一年；

花叶全无迹，存世唯诗篇。

正像保存葡萄最好的方式是把葡萄变为酒；保存岁月最好的方式是致力于把岁月变为永存的诗篇或画卷。

现在我来回答文章开始时那个问题：为什么我喜欢日历？因为日历具有生命感；或者说日历叫我随时感知自己的生命并叫我思考如何珍惜它。

2002 年 12 月 28 日

书斋一日

——新岁开篇

一如日日那样，晨起之后，沏一杯清茶坐进书房里。书房是我的心房，坐在里边的感觉真是神奇之极。听得见自己心跳的节率，感受得到热血的流动，还有心之温暖。书房的电话与传真还通向天南地北。于是朋友们把他们富有灵气的话送了进来。昨天与身在地冻天寒的哈尔滨的迟子建通话。谈到我一个月前在地中海边寻找凡·高的踪迹之行。谈到她的鸿篇巨制《满洲国》。谈到大雪纷飞中躲在屋内写作的感觉。她说唯冬天书房里的阳光才真正算得上是一种享受。我说，夏天的阳光照在身上，冬天的阳光照在心里。书房里的谈话总是更近于文字。

书桌对面的一架书，全是我的各种版本的作品。面对它，有时自我的感觉很好很踏实，由此想到可以扔下笔放松一下喘息一下了；有时却觉得自己的作为不过如此，那么多文学想象远没有写出来，这时便恨不得给自己抽上一鞭子，再加一把劲儿。

人回过头时才会发现做过的事总是十分有限。

今天坐在书房里，这感觉更是强烈。甚至有一种浩大的空荡。陌生，未知，莫名，一片白晃晃，虚无而不定；我从未有此感受；

第一辑

似水流年

房中一切如旧，这从何而来？难道这就是"新世纪"之感吗？

静坐与凝思中，渐渐悟出，这新世纪并不是一种可见的物质，而是无形的未曾经历过的时间。现在，以百年划分的时间已经无声地涌进我的书房。但它并没有把我的书房填满，相反却将原先的一切辛劳全都排挤出去。昨天的一切全不算数了！此刻我站在这个全新的巨大的时间里，两手空空如也，我还没有为二十一世纪做一件事呢！

时间只是一个载体。你给它制造什么，它就具有什么。时间不会带给你任何"美好的未来"。它是空的。它给你的只是时间本身。然而这已经足够了！其实生命最根本的意义，不就是任凭你使用和支配的短短的一段时间吗？

来不及去推想生命的时间意义，却见眼前的事物竟发生着一种非常奇妙的变化——

屋中的一切，除去那些历时久远的古物，现今的这些家具器物、书籍报刊，乃至桌上的钢笔、台灯、水杯等，在世纪的转换中，一下子都属于了那个过往的百年。从明天的角度看，眼前这一切全都是二十世纪的文化。而我现在不正是坐在一种具有二十世纪风格的迷人的"历史文化"中吗？这感觉竟然这么奇妙！

我们的生命跨进了新的世纪，然而我们的身体却置身于昨天的物质中。再去体验我们的生命的深处，那里边也带着重重叠叠与翻滚的历史。于是我明白，历史不是过去时。历史依然鲜活地存在于现实中，存在于我们的生命中。历史应该是我们经验过和创造过的生活的一种升华。它升华为一种精神，一种信念，并结晶为一种财富，和我们的血肉生机勃勃地混合在一起。我们在历史中成长，因历史而成熟，我们永远受益于历史——无论这历史是光荣还是耻辱，甚至是罪恶的。因为历史的顽疾总是要反复发作的。

屋角的一盆绿萝长得旺足，本来它是朝着照入阳光的窗子伸展去的。我却用细绳把它牵引到挂在屋顶的一块清代木雕的檐板上。它碧绿可爱的叶子在这镂空的雕板间游戏般的穿来绕去。那雕板上古老的木刻小鸟竟然美妙地站在这弯曲而翠绿的茎蔓上了。这一来，历史变得生意盈盈。

不断有电话铃响，把我线性的思绪切断，接连到远远近近的各种话题。这些话题无不叫我关切。王蒙照例是轻轻松松像戏说三国那样笑谈文坛，天大的事在他嘴里也会烟消云散；奇怪的是今天他的嗓门分外地大，中气足，挺冲，好像刚打了一场球，还赢了分，是不是因为他方才闯进了新世纪的大门？李小林在电话中说，九十六岁高龄的巴老今天真的跨世纪了，而且身体状况十分平稳，这可是件喜事，叫我高兴了好一阵子；欧洲一位媒体的朋友来电祝贺新年，当她听说国内的市面上已绽露出春节的气象，便勾起回忆，情真意切地说起她儿时的种种年俗，使我忽然懂得最深刻的民间文化原来在最严格的风俗里。由此我滔滔不绝地谈起我那个"恪守风俗"的文化观。说着说着，忽然想到是对方花钱打来这个越洋电话的。于是匆忙说声"对不起"便撂下话筒……

这时传真机嗒嗒地响。一张雪白的带字的传真纸送出机器。原来是山西作家哲夫传来的。他昨天夜里传来的一纸也是同样的内容，看来他很急迫。他还是那样十万火急地为中国危难重重的自然生态呼吁。他说他写在长篇纪实作品《中国档案》里所谓淮河将在二十世纪结束时变清的那句话已经完全落空。淮河如今差不多成了一条臭河。我们的大自然真的已是"鸡皮鹤发"，脆弱之极。他要我帮他一齐呐喊。他相信我会担此道义。他还说，他已经无力再喊下去了，

似水流年

他想不干了。

他这份传真叫我陡然变得沉重。一下子，我的书斋变暗变小，我好像被紧紧夹在了中间。我想到这些年我固执地为保护人文生态而竭尽全力地发出的那些呼喊，最终成效几何？接着我又想到梁思成先生。他曾经也激情昂然地呼喊过，北京城还不是照样拆了。梁思成是不是白喊了？当然不是——我忽然明白——他的呼喊，并不只是一种声音，而是一种精神。一种知识精神和文化精神。我们今天的呼喊不是在延续和坚持着这种精神吗？于是我抓起电话打给哲夫。

我说："如果我们闭住嘴，那才真正是一种绝望。你应当看到，现在这呼声已经愈来愈大，未来的社会一定会在这呼喊中醒来。你要坚持下去！"

通过电话，我忽然想，这大概是我在跨世纪的书房做的第一件事。或者说，我首先使我们要做的事情跨过了世纪。因为我坚信，上世纪（二十世纪）没有做成的事，下个世纪一定会做成的。

此时，我感觉，我的书斋在一点点发亮，一点点阔大起来。

2001 年 1 月 1 日

逼来的春天

那时，大地依然一派毫无松动的严冬景象，土地梆硬①，树枝全抽搐着，害病似的打着冷战；雀儿们晒太阳时，羽毛爹开好像绒球，紧紧挤在一起，彼此借着体温。你呢，面颊和耳朵边儿像要冻裂那样地疼痛……然而，你那冻得通红的鼻尖，迎着凛冽的风，却忽然闻到了春天的气味！

春天最先是闻到的。

这是一种什么气味？它令你一阵惊喜，一阵激动，一下子找到了明天也找到了昨天——那充满诱惑的明天和同样季节、同样感觉却流逝难返的昨天。可是，当你用力再去吸吮这空气时，这气味竟又没了！你放眼这死气沉沉的冻结的世界，准会怀疑它不过是瞬间的错觉罢了。春天还被远远隔绝在地平线之外吧？

但最先来到人间的春意，总是被雄踞大地的严冬所拒绝、所稀释、所泯灭。正因为这样，每逢这春之将至的日子，人们会格外地兴奋、敏感和好奇。

如果你有这样的机会多好——天天来到这小湖边，你就能亲眼

① 梆硬：状态词，形容很硬。

看到冬天究竟怎样退去，春天怎样到来，大自然究竟怎样完成这一年一度起死回生的最奇妙和最伟大的过渡。

但开始时，每瞧它一眼，都会换来绝望。这小湖干脆就是整整一块巨大无比的冰，牢牢实实，坚不可摧；它一直冻到湖底了吧？鱼儿全死了吧？灰白色的冰面在阳光的反射下光芒刺目；小鸟从不敢在这寒气逼人的冰面上站一站。

逢到好天气，一连多天的日晒，冰面某些地方会融化成水，别以为春天就从这里开始。忽然一夜寒飙过去，转日又冻结成冰，恢复了那严酷肃杀的景象。若是风雪交加，冰面再盖上一层厚厚的雪被，春天真像天边的情人，愈期待愈迷茫。

然而，一天，湖面一处，一大片冰面竟像沉船那样陷落下去，破碎的冰片斜插水里，好像出了什么事！这除非是用重物砸开的，可什么人，又为什么要这样做呢？但除此之外，并没发现任何异常的细节。那么你从这冰面无缘无故的坍塌中是否隐隐感到了什么？刚刚从裂开的冰洞里露出的湖水，漆黑又明亮，使你想起一双因为爱你而无限深邃又脉脉的眼睛。

这坍塌的冰洞是个奇迹，尽管寒潮来临，水面重新结冰，但在白日阳光的照耀下又很快地融化和洞开。冬的伤口难以愈合。冬的黑子出现了。

冬天与春天的界限是瓦解。

冰的坍塌不是冬的风景，而是隐形的春所创造的第一幅壮丽的图画。

跟着，另一处湖面，冰层又坍塌下去。一个、两个、三个……随后湖面中间闪现一条长长的裂痕，不等你确认它的原因和走向，居然又发现几条粗壮的裂痕从斜刺里交叉过来。开始这些裂痕发白，渐渐变黑，这表明裂痕里已经浸进湖水。某一天，你来到湖边，会止不住出声地惊叫起来，巨冰已经裂开！黑黑的湖水像打开两扇沉重的大门，把一分为二的巨冰推向两旁，终于袒露出自己阔大、光滑而迷人的胸膛……

这期间，你应该在岸边多待些时候。你（如果多待些时候）就会发现，这漆黑而依旧冰冷的湖水泛起的涟漪柔软又轻灵，与冬日的寒浪全然两样了。那些仍然覆盖湖面的冰层，不再光芒夺目，它们黯淡、晦涩、粗糙和发脏，表面一块块凹下去。有时，忽然"咔嚓"清脆地一响，跟着某一处断裂的冰块应声漂移而去……尤其动人的，是那些在冰层下憋闷了长长一冬的大鱼，它们时而激情难耐，猛地蹦出水面，在阳光下银光闪烁地打个"挺儿"，"哗啦"落入水中。你会深深感到，春天不是由远方来到眼前，不是由天外来到人间；它原是深藏在万物的生命之中的，它是从生命深处爆发出来的，它是生的欲望、生的能源与生的激情。它永远是死亡的背面。唯此，春天才是不可遏制的。它把酷烈的严冬作为自己的序曲，不管这序曲多么漫长。

追逐着凛冽朔风的尾巴的，总是明媚的春光；所有冻凝的冰的核儿，都是一滴春天的露珠；那封闭大地的白雪下边是什么？你挥动大帚，扫去白雪，一准是连天的醉人的绿意……

你眼前终于出现这般景象：宽展的湖面上到处浮动着大大小小的冰块。这些冬的残骸被解脱出来的湖水戏弄着，今儿推到湖这边儿，明日又推到湖那边儿。早来的候鸟常常一群群落在浮冰上，像乘载游船，欣赏着日渐稀薄的冬意。这些浮冰不会马上消失，有时还会给一场春寒冻结在一起，霸道地凌驾湖上，重温昔日威严的梦。然而，春天的湖水既自信又有耐性，有信心才有耐性。它在这浮冰四周，扬起小小的浪头，好似许许多多温和而透明的小舌头，去舔弄着这些渐软渐松渐小的冰块……最后，整个湖中只剩下一块肥皂大小的冰片片了，湖水反而不急于吞没它，而是把它托举在浪波之上，摇摇晃晃，一起一伏，展示着严冬最终的悲哀、无助和无可奈何……终于，它消失了。冬，顿时也消失于天地间。这时你会发现，湖水并不黝黑，而是湛蓝湛蓝的。它和天空一样的颜色。

天空是永远宁静的湖水，湖水是永难平静的天空。

春天一旦跨到地平线这边来，大地便换了一番风景，明朗又朦胧。它日日夜夜散发着一种气息，就像青年人身体散发出的气息。清新的、充沛的、诱惑而撩人的，这是生命本身的气息。大地的肌肤——泥土，松软而柔和；树枝再不抽搐，软软地在空中自由舒展，那纤细的枝梢无风时也颤悠悠地摇动，招呼着一个万物萌芽的季节的到来。小鸟们不必再多开羽毛，个个变得光溜机灵，在高天上扇动着阳光飞翔……湖水因为春潮涨满，仿佛与天更近；静静的云，说不清在天上还是在水里……湖边，湿漉漉的泥滩上，那些东倒西歪的去年的枯苇棵子里，一些鲜绿夺目、又尖又硬的苇芽破土而出，愈看愈多，有的地方竟已簇密成片了。你真惊奇！在这之前，它们竟逃过你细心的留意，一旦发现即已充满咄咄的生气了！难道这是一夜春风、一阵春雨或一日春晒，便齐刷刷地钻出地面？来得又何其神速！这分明预示着，大自然囚禁了整整一冬的生命，要重新开始新的一轮竞争了。而它们，这些碧绿的针尖一般的苇芽，不仅叫你看到了崭新的生命，还叫你深刻地感受到生命的锐气、坚韧、迫切，还有生命和春的必然。

1994 年 3 月

秋天的音乐

　　你每次上路出远门千万别忘记带上音乐，只要耳朵里有音乐，你一路上对景物的感受就全然变了。它不再是远远地待在那里、无动于衷的样子，在音乐撩拨你心灵的同时，也把窗外的景物调弄得易感而动情。你被种种旋律和音响唤起的丰富的内心情绪，这些景物也全部神会地感应到了，它还随着你的情绪奇妙地进行自我再造。你振作它雄浑，你宁静它温存，你伤感它忧患，也许同时还给你加上一点人生甜蜜的慰藉，这是真正知己心神相融的交谈……河湾、山脚、烟光、云影、一草一木，所有细节都浓浓地浸透着你随同音乐而流动的情感，甚至它的一切都在为你变形，一幅幅不断变换地呈现出你心灵深处的画面。它使你一下子看到了久藏心底那些不具体、不成形、朦胧模糊或被时间湮没了的感受，于是你更深深坠入被感动的漩涡里，享受这画面、音乐和自己灵魂三者融为一体的特殊感受……

　　金秋十月，我松松垮垮地套上一件粗线毛衣，背个大挎包，去往东北最北部的大兴安岭。赶往火车站的路上，忽然发觉只带了录音机，却把音乐磁带忘记在家，恰巧路过一个朋友的住处，他是音乐迷，便跑进去向他借。他给我一盘磁带，说是新翻录的，都是"背景音乐"。我问他这是什么曲子，他怔了怔，看我一眼说：

"秋天的音乐。"

他多半随意一说，搪塞我。这曲名，也许是他看到我被秋风吹得松散飘扬的头发，灵机一动得来的。

火车一出山海关，我便戴上耳机听起这"秋天的音乐"。开端的旋律似乎熟悉，没等我怀疑它是不是真正地描述秋天，下巴发懒地一蹭粗软的毛衣领口，两只手搓一搓，让干燥的凉手背给湿润的热手心舒服地摩擦摩擦，整个身心就进入秋天才有的一种异样温暖甜醉的感受里了。

我把脸颊贴在窗玻璃上，挺凉，带着享受的渴望往车窗外望去，秋天的大自然展开一片辉煌灿烂的景象。阳光像钢琴明亮的音色洒在这收割过的田野上，整个大地像生过婴儿的母亲，幸福地舒展在开阔的晴空下，躺着，丰满而柔韧的躯体！从麦茬里裸露出浓厚的红褐色是大地母亲健壮的肤色；所有树林都在炎夏的竞争中把自己的精力膨胀到头，此刻自在自如地伸展它优美的枝条；所有金色的叶子都是它的果实，一任秋风翻动，煌煌夸耀着秋天的富有。真正的富有感，是属于创造者的；真正的创造者，才有这种潇洒而悠然的风度……一只鸟儿随着一个轻扬的小提琴旋律腾空飞起，它把我引向无穷的纯净的天空。任何情绪一入天空便化作一片博大的安宁。这愈看愈大的天空有如伟大哲人恢宏的头颅，白云是它的思想。有时风云交会，会闪出一道智慧的灵光，响起一句警示世人的哲理。此时，哲人也累了，沉浸在秋天的松弛里。它高远，平和，神秘无限。大大小小、松松散散的云彩是它思想的片段，而片段才是最美的，无论思想还是情感……这千形万状精美的片段伴同空灵的音响，在我眼前流过，飘在阳光里洁白耀眼。那乘着小提琴旋律的鸟儿一直钻向云天，愈高愈小，最后变成一个极小的黑点儿，忽然"噗"地扎入一个巨大、蓬松、发亮的云团……

我陡然想起一句话：

我一扑向你，就感到无限温柔呵。

我还想起我的一句话：

我睡在你的梦里。

那是一个清明的早晨，在实实在在醅睡一夜醒来时，正好看见枕旁你朦胧的、散发着香气的脸。你笑了，就像荷塘里、雨里、雾里悄然张开的一朵淡淡的花。

接下去的温情和弦，带来一片疏淡的田园风景。秋天消解了大地的绿，用它中性的调子，把一切色泽调匀。和谐又高贵，平稳又舒畅，只有收获过了的秋天才能这样静谧安详。几座闪闪发光的麦秸垛，一缕银蓝色半透明的炊烟，这儿一棵那儿一棵怡然自得地站在平原上的树，这儿一只那儿一只慢吞吞吃草的杂色的牛。在弦乐的烘托中，我心底渐渐浮起一张又静又美的脸。我曾经用吻，像画家用笔那样勾勒过这张脸的轮廓、眉毛、眼睛、嘴唇……这样的勾画异常奇妙，无形却深刻地记住。你嘴角的小涡、颤动的睫毛、鼓脑门和尖俏下巴上那极小而光洁的平面……近景从眼前疾掠而过，远景跟着我缓缓向前，大地像唱片慢慢旋转，耳朵里不绝地响着这曲人间牧歌。

一株垂死的老树一点点走进这巨大唱片的中间来。它的根像唱针，在大自然深处划出一支忧伤的曲调。心中的光线和风景的光线一同转暗，即使一湾河水强烈的反光，也清冷，也刺目，也凄凉。一切阴影都化为行将垂暮的秋天的愁绪；萧疏的万物失去往日共荣的激情，各自挽着生命的孤单；篱笆后一朵迟开的小葵花，像你告别时在人群中伸出的最后一次招手，跟着轰隆隆前奔的列车被甩到后边……春的萌动、战栗、骚乱，夏的喧闹、蓬勃、繁华，全都销匿而去，无可挽回。不管它曾经怎样辉煌，怎样骄傲，怎样光芒四射，怎样自豪地挥霍自己的精力与才华，毕竟过往不复。人生是一次性的；生命以时间为载体，这就决定人类以死亡为结局的必然悲剧。谁能把昨天和前天追回来，哪怕再经受一次痛苦的诀别也是幸福，还有那做过许多傻事的童年，年轻的母亲和初恋的梦，都与这老了的秋天去之遥远了。一种浓重的忧伤混同音乐漫无边际地散开，渲染着满目风光。我忽然想喊，想叫这列车停住，倒回去！

突然，一条大道纵向冲出去，黄昏中它闪闪发光，如同一支号角嘹亮地吹响，声音唤来一大片拔地而起的森林，像一支金灿灿的铜管乐队，奏着庄严的乐曲走进视野。来不及分清这是音乐还是画面变换的缘故，心境陡然一变，刚刚的忧愁一扫而光。当浓林深处一棵棵依然葱绿的幼树晃过，我忽然醒悟，秋天的凋谢全是假象！

它不过在寒飙来临之前把生命掩藏起来，把绿意埋在地下，在冬日的雪被下积蓄与浓缩，等待下一个春天里，再一次加倍地挥洒与铺张！远远的山坡上，坟茔，在夕照里像一堆火，神奇又神秘，它那里是埋葬的一具尸体或一个孤魂？既然每个生命都在创造了另一个生命后离去，什么叫作死亡？死亡，不仅仅是一种生命的转换，旋律的变化，画面的更迭吗？那么世间还有什么比死亡更庄严、更神圣、更迷人！为了再生而奉献自己的伟大的死亡啊……

秋天的音乐已如圣殿的声音，这壮美崇高的轰响，把我全部身心都裹住、都净化了。我惊奇地感觉自己像玻璃一样透明。

这时，忽见对面坐着两位老人，正在亲密地交谈。残阳把他俩的脸晒得好红，条条皱纹都像画上去的那么清楚。人生的秋天！他们把自己的青春年华、所有精力为这世界付出，连同头发里的色素也将耗尽，那满头银丝不是人间最值得珍惜的么？我瞧着他俩相互凑近、轻轻谈话的样子，不觉生出满心的爱来，真想对他俩说些美好的话。我摘下耳机，未及开口，却听他们正议论关于单位里上级和下级的事，哪个连着哪个，哪个与哪个明争暗斗，哪个可靠和哪个更不可靠，哪个是后患而必须……我惊呆了，以致再不能听下去，赶快重新戴上耳机，打开音乐，再听，再放眼窗外的景物。奇怪！这一次，秋天的音乐，那些感觉，全没了。

"艺术原本是欺骗人生的。"

在我返回家，把这盘录音带送还给我那朋友时，把这话告他。

他不知道我为何得到这样的结论，我也不知道他为何对我说：

"艺术其实是安慰人生的。"

1989 年 4 月 28 日

第一辑

似

水

流

年

白　发

　　人生入秋，便开始被友人指着脑袋说："呀，你怎么也有白发了？"

　　听罢笑而不答。偶尔笑答一句："因为头发里的色素都跑到稿纸上去了。"

　　就这样，嘻嘻哈哈、糊里糊涂地翻过了生命的山脊，开始渐渐下坡来。或者再努力，往上登一登。

　　对镜看白发，有时也会认真起来，这白发中的第一根是何时出现的？为了什么？思绪往往会超越时空，一下子回到了少年时——

　　那次同母亲聊天，母亲背窗而坐，窗子敞着，微风无声地轻轻掀动母亲的头发，忽见母亲的一根头发被吹立起来，在夕照里竟然银亮银亮，是一根白发！这根细细的白发在风里柔弱地摇曳，却不肯倒下，好似对我召唤。我第一次看见母亲的白发，第一次强烈地感受到母亲也会老，这是多可怕的事啊！我禁不住过去扑在母亲怀里。母亲不知出了什么事，问我，用力想托我起来，我却紧紧抱住母亲，好似生怕她离去……事后，我一直没有告诉母亲这究竟为了什么。最浓烈的感情难以表达出来，最脆弱的感情只能珍藏在自己心里。如今，母亲已是满头白发，但初见她白发的感受却深刻难忘。

那种人生感，那种凄然，那种无可奈何，正像我们无法把地上的落叶抛回树枝上去……

当妻子把一小酒盅染发剂和一支扁头油画笔拿到我面前，叫我帮她染发时，我心里一动，怎么，我们这一代生命的森林也开始落叶了？我瞥一眼她的头发，笑道："不过两三根白头发，也要这样小题大做？"可是待我用手指撩开她的头发，我惊讶了，在这黑黑的头发里怎么会埋藏这么多的白发！我竟如此粗心大意，至今才发现才看到。也正是由于这样多的白发，才迫使她动用这遮掩青春衰退的颜色。可是她明明一头乌黑而清香的秀发呀，究竟怎样一根根悄悄变白的？是在我不停歇的忙忙碌碌中、侃侃而谈中，还是在不舍昼夜的埋头写作中？是那些年在大地震后寄人篱下的茹苦含辛的生活所致？是为了我那次重病内心焦虑而催白的？还是那件事……几乎伤透了她的心，一夜间骤然生出这么多白发？

黑发如同绿草，白发犹如枯草；黑发像绿草那样散发着生命诱人的气息，白发却像枯草那样晃动着刺目的、凄凉的、枯竭的颜色。我怎样做才能还给她一如当年那一头美丽的黑发？

我急于把她所有变白的头发染黑。她却说："你是不是把染发剂滴在我头顶上了？"

我一怔。赶忙用眼皮噙住泪水，不叫它再滴落下来。

一次，我把剩下的染发剂交给她，请她也给我的头发染一染。这一染，居然年轻许多！谁说时光难返，谁说青春难再，就这样我也加入了用染发剂追回岁月的行列。谁知染发是件愈来愈艰难的事情。不仅日日增多的白发需要加工，而且这时才知道，白发并不是由黑发变的，它们是从走向衰老的生命深处滋生出来的。当染过的头发看上去一片乌黑青黛，它们的根部又齐刷刷冒出一茬雪白。任你怎样去染，去遮盖，它还是茬茬涌现。人生的秋天和大自然的春天一样顽强。挡不住的白发呵！

开始时精心细染，不肯漏掉一根。但事情忙起来，没有闲暇染发，只好任由它花白。染又麻烦，不染难看，渐而成了负担。

这日，邻家一位老者来访。这老者阅历深，博学，又健朗，鹤发童颜，很有神采。他进屋，正坐在阳光里。一个画面令我震惊——他不单头发通白，连胡须眉毛也一概全白；在强光的照耀下，蓬松柔和，光明清晰，亮如银丝，竟没有一根灰黑色，真是美极了！我禁不住说，将来我也修炼出您这一头漂亮潇洒的白发就好了，现在的我，染和不染，成了两难。

老者听了，朗声大笑，然后对我说："小老弟，你挺明白的人，怎么在白发面前糊涂了？孩童有稚嫩的美，青年有健旺的美，你有中年成熟的美，我有老来冲淡自如的美。这就像大自然的四季——春天葱茏，夏天繁盛，秋天斑斓，冬天纯净。各有各的美感，各有各的优势，谁也不必羡慕谁，更不能模仿谁，模仿必累，勉强更累。人的事，生而尽其动，死而尽其静。听其自然，对！所谓听其自然，就是到什么季节享受什么季节。哎，我这话不知对你有没有用，小老弟？"

我听罢，顿觉地阔天宽，心情快活。摆一摆脑袋，头上华发来回一晃，宛如摇动一片秋光中的芦花。

1995 年 2 月 2 日

冬日絮语

每每到了冬日，才能实实在在触摸到岁月。年是冬日中间的分界。有了这分界，便在年前感到岁月一天天变短，直到残剩无多！过了年忽然又有大把的日子，成了时光的富翁，一下子真的大有可为了。

岁月是用时光来计算的。那么时光又在哪里？在钟表上，日历上，还是行走在窗前的阳光里？

窗子是房屋最迷人的镜框。节令变换着镜框里的风景。冬意最浓的那些天，屋里的热气和窗外的阳光一起努力，将冻结在玻璃上的冰雪融化；它总是先从中间化开，向四周蔓延。透过这美妙的冰洞，我发现原来严冬的世界才是最明亮的。那一如人的青春的盛夏，总有绿荫遮翳，葱茏却幽暗。小树林又何曾有这般光明？我忽然对老人这个概念生出了敬意。只有阅尽人生，脱净了生命年华的叶子，才会有眼前这小树林一般的明澈。只有这彻底的通彻，才能有此无边的安宁。安宁不是安寐，而是一种博大而丰硕的自享。世上唯有创造者所拥有的自享才是人生真正的幸福。

朋友送来一盆"香棒"，放在我的窗台上说："看吧，多漂亮的大叶子！"

这叶子像一只只碧绿光亮的大手，伸出来，叫人欣赏。逆光中，它的叶筋舒展着舒畅又潇洒的线条。一种奇特的感觉出现了！严寒占据窗外，丰腴的春天却在我的房中怡然自得。

自从有了这盆"香棒"，我才发现我的书房竟有如此灿烂的阳光。它照进并充满每一片叶子和每一根叶梗，把它们变得像碧玉一样纯净、通亮、圣洁。我还看见绿色的汁液在通明的叶子里流动。这汁液就是血液。人的血液是鲜红的，植物的血液是碧绿的，心灵的血液是透明的，因为世界的纯洁来自心灵的透明。但是为什么我们每个人都说自己纯洁，而整个世界却仍旧一片混沌呢？

我还发现，这光亮的叶子并不是为了表示自己的存在，而是为了证实阳光的明媚、阳光的魅力、阳光的神奇。任何事物都同时证实着另一个事物的存在。伟大的出现说明庸人的无所不在；分离愈远的情人，愈显示了他们的心丝毫没有分离；小人的恶言恶语不恰好衬出你的高不可攀和无法企及吗？而骗子无法从你身上骗走的，正是你那无比珍贵的单纯。老人的生命愈来愈短，还是他生命的道路愈来愈长？生命的计量，在于它的长度，还是宽度与深度？

冬日里，太阳环绕地球的轨道变得又斜又低。夏天里，阳光的双足最多只是站在我的窗台上，现在却长驱直入，直射在我北面的墙壁上。一尊唐代的木佛一直伫立在阴影里沉思，此刻迎着一束光芒无声地微笑了。

阳光还要充满我的世界，它化为闪闪烁烁的光雾，朝着四周阴暗的地方浸染。阴影又执着又调皮，阳光照到哪里，它就立刻躲到光的背后。而愈是幽暗的地方，愈能看见被阳光照得晶晶发光的游动的尘埃。这令我十分迷惑黑暗与光明的界限究竟在哪里？黑夜与晨曦的界限呢？来自早醒的鸟儿第一声的啼叫吗？……这叫声由于被晨露滋润而异样的清亮。

但是，有一种光可以透入幽闭的暗处，那便是从音箱里散发出来的闪光的琴音。鲁宾斯坦的手不是在弹琴，而是在摸索你的心灵；他还用手思索，用手感应，用手触动色彩，用手试探生命世界最敏感的悟性……琴音是不同的亮色，它们像明明灭灭、强强弱弱的光束，散布在空间！那些旋律的片段好似一些金色的鸟儿，扇着翅膀，飞进布满阴影的地方。有时，它会在一阵轰响里，关闭了整个地球上的灯或者创造出一个辉煌夺目的太阳。我便在一张寄给远方的失意朋友的新年贺卡上，写了一句话：

你想得到的一切安慰都在音乐里。

冬日里最令人莫解的还是天空。

盛夏里，有时乌云四合，那即将被峥嵘的云吞没的最后一块蓝天，好似天空的一个洞，无穷地深远。而现在整个天空全成了这样，在你头顶上无边无际地展开！空阔、高远、清澈、庄严！除去少有的飘雪的日子，大多数时间连一点点云丝也没有，鸟儿也不敢飞上去，这不仅由于它冷冽寥廓，而是因为它大得……大得叫你一仰起头就感到自己的渺小。只有在夜间，寒空中才有星星闪烁。这星星是宇宙间点灯的驿站。万古以来，是谁不停歇地从一个驿站奔向下一个驿站？为谁送信？为了宇宙间那一桩永恒的爱吗？

我注视着冬天在大地上的脚步，看看它究竟怎样一步步，沿着哪个方向一直走到春天。

1995 年 12 月 28 日一稿

1996 年 1 月 18 日二稿

第二辑

往事如烟

花　脸

　　做孩子的时候，盼过年的心情比大人来得迫切，吃穿玩乐花样都多，还可以把拜年来的亲友塞到手心里的一小红包压岁钱都积攒起来，做个小富翁。但对于孩子们来说，过年的魅力还有更一层深在的缘故，便是我要写在这几张纸上的。

　　每逢年至，小闺女们闹着戴绒花、穿红袄、嘴巴涂上浓浓的胭脂团儿；男孩子们的兴趣都在鞭炮上，我则不然，最喜欢的是买个花脸戴。这是种纸浆轧制成的面具，用掺胶的彩粉画上戏里边那些有名有姓、威风十足的大花脸。后边拴根橡皮条，往头上一套，自己俨然就变成那员虎将了。这花脸是依脸型轧的，眼睛处挖两个孔，可以从里边往外看。但鼻子和嘴的地方不通气儿，一戴上，好闷，还有股臭胶和纸浆的味儿；说出话来，声音变得低粗，却有大将威武不凡的气概，神气得很。

　　一年年根，舅舅带我去娘娘宫前年货集市上买花脸。过年时人都分外有劲儿，挤在人群里好费力，终于从挂满在一条横竿上的花花绿绿几十种花脸中，惊喜地发现一个。这花脸好大，好特别！通面赤红，一双墨眉，眼角雄俊地吊起，头上边凸起一块绿包头，长巾贴脸垂下，脸下边是用马尾做的很长的胡须。这花脸与那些愣头愣脑、傻头傻脑、神头鬼脸的都不一样。虽然毫不凶恶，却有股子凛然不可侵犯的庄重之气，咄咄逼人。叫我看得直缩脖子，要是把它戴在脸上，管叫别人也吓得缩脖子。我竟不敢用手指它，只是朝它扬下巴，说："我要那个大红脸！"

卖花脸的小罗锅儿，举竿儿挑下这花脸给我，龇着黄牙笑嘻嘻地说："还是这小少爷有眼力，要做关老爷！关老爷还得拿把青龙偃月刀呢！我给您挑把顶精神的！"接着从戳在地上的一捆刀枪里，抽出一柄最漂亮的大刀给我。大红漆杆，金黄刀面，刀面上嵌着几块闪闪发光的小镜片，中间画一条碧绿的小龙，还拴一朵红缨子。这刀！这花脸！没想到一下得到两件宝贝。我高兴得只是笑，话都说不出。舅舅付了钱，坐三轮车回家时，我就戴着花脸，倚着舅舅的大棉袍执刀而立，一路引来不少人瞧我，特别是那些与我般般大①的男孩子们都投来艳羡的目光，使我快活之极。舅舅给我讲了许多关公的故事，过五关斩六将，温酒斩华雄。边讲边说："你好英雄呀！"好像在说我的光荣史。当他告诉我这把青龙偃月刀重八十斤，我简直觉得自己力大无穷。舅舅还教我用京剧自报家门的腔调说："我——姓关，名羽，字云长。"

到家，人人见人人夸，妈妈似乎比我更高兴。连总是厉害地板着脸的爸爸也含笑称我"小关公"。我推开人们，跑到穿衣镜前，横刀立马地一照，呀，哪里是小关公，我是大关公哪！

这样，整个大年三十我一直戴着花脸，谁说都不肯摘，睡觉时也戴着它，还是睡着后我妈妈轻轻摘下放在我枕边的。转天醒来头件事便是马上戴上，恢复我这"关老爷"的本来面貌。

---

① 般般大：形容年龄不相上下。

大年初一，客人们陆陆续续来拜年，妈妈喊我去，好叫客人们见识见识我这"关老爷"。我手握大刀，摇晃着肩膀，威风地走进客厅，憋足嗓门叫道："我——姓关，名羽，字云长。"

客人们哄堂大笑，都说："好个关老爷，有你守家，保管大鬼小鬼进不来！"

我愈发神气，大刀呼呼抡两圈，摆个张牙舞爪的架势，逗得客人们笑个不停。只要客人来，妈妈就喊我出场表演。妈妈还给我换上只有三十夜拜祖宗时才能穿的那件青缎金花的小袍子。我成了全家过年的主角，连爸爸对我也另眼看待了。

我下楼一向不走楼梯。我家楼梯扶手是整根的光亮的圆木。下楼时便一条腿跨上去，"哧溜"一下滑到底。这时我就故意躲在楼上，等客人来突然由天而降，叫他们惊奇，效果会更响亮！

初一下午，来客进入客厅，妈妈一喊我，我跨上楼梯扶手飞骑而下，"哇呀呀"大叫一声闯进客厅，大刀上下一抡，谁知用力过猛，脚底没根，身子栽出去，"叭"的一声巨响，大刀正砍在花架上一尊插桃枝的大瓷瓶上，哗啦啦瞬间粉碎，只见瓷片、桃枝和瓶里的水飞向满屋，一个瓷片从二姑脸旁飞过，险些擦上了；屋内如淋急雨，所有人穿的新衣裳上都是水渍；再看爸爸，他像老虎一样直望着我，哎哟，一根开花的小桃枝迎面飞去，正插在他梳得油光光的头发里。后来才知道被我打碎的是一尊祖传的乾隆官窑百蝶瓶，这简直是死罪！我坐在地上吓傻了，等候爸爸上来一顿狠狠的揪打。妈妈的神情好像比我更紧张，她一下抓不着办法救我，瞪大眼睛等待爸爸的爆发。

就在这生死关头，二姑忽然破颜而笑，拍着一双雪白的手说道："好呵，好呵，今年大吉大利，岁（碎）岁（碎）平安呀！哎，关老爷，干吗傻坐在地上，快起来，二姑还要看你耍大刀哪！"

谁知二姑这是使的什么法术，绷紧的气势霎时就松开了。另一位姨婆马上应和说:"旧的不去,新的不来,不除旧,不迎新。您等着瞧吧,今年非抱个大金娃娃不成,是吧!"她满脸欢笑地朝我爸爸说,叫他应声。其他客人也一拥而上,说吉祥话,哄爸爸乐。

这些话平时根本压不住爸爸的火气,此刻竟有神奇的效力,迫使他不乐也得乐。过年乐,没灾祸。爸爸只得嘿嘿两声,点头说:"呵,好、好、好……"

尽管他脸上的笑纹明显含着被克制的怒意,我却奇迹般的因此逃脱开一次严惩。妈妈对我丢了个眼色,我立刻爬起来,拖着大刀,狼狈而逃。身后还响着客人们着意的拍手声、叫好声和笑声。

往后几天里,再有拜年的客人来,妈妈不再喊我,节目被取消了。我躲在自己屋里很少露面,那把大刀也掖在床底下,只是花脸依旧戴着,大概躲在这硬纸后边再碰到爸爸时有种安全感。每每从眼孔里望见爸爸那张阴沉含怒的脸,不再觉得自己是关老爷,而是个可怜虫了!

过了正月十五,大年就算过去了。我因为和妹妹争吃撤下来的祭灶用的糖瓜,被爸爸抓着腰提起来,按在床上死揍了一顿。我心里清楚,他是把打碎花瓶的罪过加在这件事上一起清算,因为他盛怒时,向我要来那把惹祸的大刀,用力折成几段,大花脸也撕成碎片片。

从这事,我悟到一个祖传的概念:一年之中唯有过年这几天是孩子们的自由日,在这几天里无论怎样放胆去闹,也不会立刻得到惩罚。这便是所有孩子都盼望过年深在的缘故。当然那被撕碎的花脸也提醒我,在这有限的自由里可得勒着点自己,当心事后加倍地算账。

1989 年 2 月 21 日

第二辑

往事如烟

快手刘

　　人人在童年，都是时间的富翁，胡乱挥霍也使不尽。有时待在家里闷得慌，或者父亲嫌我太闹，打发我出去玩儿，我就不免要到离家很近的那个街口，去看快手刘变戏法。

　　快手刘是个撂地摆摊卖糖的胖大汉子。他有个随身背着的漆成绿色的小木箱，在哪儿摆摊就把木箱放在哪儿。箱上架一条满是洞眼的横木板，洞眼里插着一排排廉价而赤黄的棒棒糖。他变戏法是为吸引孩子们来买糖。戏法十分简单，俗称"小碗扣球"。一块绢子似的黄布铺在地上，两个白瓷小茶碗，四个滴溜溜的大红玻璃球儿，就这再普通不过的三样道具，却叫他变得神出鬼没。他两只手各拿一个茶碗，你明明看见每个碗下边扣着两个红球儿，你连眼皮都没眨动一下，嘿！四个球儿竟然全都跑到一个茶碗下边去了，难道这球儿是从地下钻过去的？他就这样把两只碗翻来翻去，一边叫天喊地，东指一下手，西吹一口气，好像真有什么看不见的神灵做他的助手，四个小球忽来忽去，根本猜不到它们在哪里。这种戏法比舞台上的魔术难变，舞台只一边对着观众；街头上的土戏法，前后左右围着一圈人，人们的视线从四面八方射来，容易看出破绽。有一次，我亲眼瞧见他手指飞快地一动，把一个球儿塞在碗下边扣住，便禁不住大叫："在右边那个碗底下哪，我看见了！"

"你看见了？"快手刘明亮的大眼珠子朝我惊奇地一闪，跟着换了一种正经的神气对我说，"不会吧！你可得说准了。猜错就得买我的糖。"

"行！我说准了！"我亲眼所见，所以一口咬定。自信使我的声音非常响亮。

谁知快手刘哈哈一笑，突然把右边的茶碗翻过来。

"瞧吧，在哪儿呢？"

咦，碗下边怎么什么也没有呢？只有碗口压在黄布上一道圆圆的印子。难道球儿穿过黄布钻进左边那个碗下边去了？快手刘好像知道我怎么猜想，伸手又把左边的茶碗掀开，同样什么也没有！球儿都飞了？只见他将两只空碗对口合在一起，举在头顶上，口呼一声："来！"双手一摇茶碗，里面竟然哗哗响，打开碗一看，四个球儿居然又都出现在碗里边。怪，怪，怪！

四边围看的人发出一阵惊讶不已的唏嘘之声。

"怎么样？你输了吧！不过在我这儿输了决不罚钱，买块糖吃就行了。这糖是纯糖稀①熬的，单吃糖也不吃亏。"

我臊得脸皮发烫，在众人的笑声里买了块棒棒糖，站在人圈后边去。从此我只站在后边看了，再不敢挤到前边去多嘴多舌。他的戏法，在我眼里真是无比神奇了。这也是我童年真正钦佩的一个人。

他那时不过四十多岁吧，正当壮年，精饱神足，肉重肌沉，皓齿红唇，乌黑的眉毛像用毛笔画上去的。他蹲在那里活像一只站着的大白象。一边变戏法，一边卖糖，发亮而外凸的眸子四处流盼，

---

① 糖稀：含水分较多的麦芽糖，淡黄色，呈胶状，可用来制糖果、糕点等。

照应八方；满口不住地说着逗人的笑话。一双胖胖的手，指肚滚圆，却转动灵活，那四个小球就在这双手里忽隐忽现。我当时有种奇想，他的手好像是双层的，小球时时藏在夹层里。唉，孩提时代的念头，现在不会再有了。

这双异常敏捷的手，大概就是他绰号"快手刘"的来历。他也这样称呼自己，以至于在我们居住的那一带无人不知他的大名。我童年的许多时光，就是在这最最简单又百看不厌的土戏法里，在这一直也不曾解开的迷阵中，在他这双神奇莫测、令人痴想不已的快手之间消磨的。他给了我多少好奇的快乐哪！

那些伴随着童年的种种人和事，总要随着童年的消逝而远去。我上中学以后就不常见到快手刘了。只是路过那路口时，偶尔碰见他。他依旧那样兴冲冲地变"小碗扣球"，身旁摆着插满棒棒糖的小绿木箱。此时我已经是懂事的大孩子了，不再会把他的手想象成双层的，却依然看不出半点破绽，身不由己地站在那里，饶有兴致地看了一阵子。我敢说，世界上再好的剧目，哪怕是易卜生和莎士比亚的剧目，也不能像我这样成百上千次看个不够。

我上高中是在外地。人一走，留在家乡的童年和少年就像合上的书。往昔美好的故事，亲切的人物，甜醉的情景，就像鲜活的花瓣夹在书页里，再翻开都变成干枯了的回忆。谁能使过去的一切复活？那去世的外婆，不知去向的挚友，妈妈乌黑的卷发，久已遗失的那些美丽的书，那跑丢了的绿眼睛的小白猫……还有快手刘。

高中二年级的暑期，我回家度假。一天，在离家不远的街口看见十多个孩子围着什么人又喊又叫。走近一看，心中怦然一动，竟是快手刘！他依旧卖糖和变戏法，但人已经大变样子。几年不见，好像过了许久。模样接近了老汉。单是身旁摆着的那只木箱，就带些凄然的样子。它破损不堪，黑乎乎，黏腻腻，看不出一点先前那悦目的绿色。横板上插糖的洞孔，多年来给棒棒糖的竹棍捅大了，插在上边的棒棒糖东倒西歪。再看他，那肩上、背上、肚子上、臂上的肉都到哪儿去了呢？饱满的曲线没了，衣服下处处凸出尖尖的骨形来；脸盘仿佛小了一圈，眸子无光，更没有当初左顾右盼、流光四射的精神。这双手尤其使我惊诧——他分明换了一双手！手背上青筋缕缕，污黑的指头上绕着一圈圈皱纹，好像吐尽了丝而皱缩下去的老蚕……于是，当年一切神秘的气氛和绝世的本领都从这双手上消失了。他抓着两只碗口已经碰得破破烂烂的茶碗，笨拙地翻来翻去，那四个小球，一会儿没头没脑地撞在碗边上，一会儿从手里掉下来。他的手不灵了！孩子们叫起来："球在那儿呢！""在手里哪！""指头中间夹着呢！"在这喊声里，他一慌张，手就愈不灵，抖抖索索搞得他自己也不知道小球都在哪里了。无怪乎四周的看客只是寥寥一些孩子。

"在他手心里，没错！绝对没在碗底下！"有个光脑袋的胖小子叫道。

我也清楚地看到，在快手刘扣过茶碗的时候，把地上的小球取在手中。这动作缓慢迟钝，失误就十分明显。孩子们吵着闹着叫快手刘张开手，快手刘的手却攥得紧紧的，朝孩子们尴尬地掬出笑容。这一笑，满脸的皱纹都挤在一起，好像一个皱纸团。他几乎用请求的口气说："是在碗里呢！我手里边什么也没有……"

当年神气十足的快手刘哪会用这种口气说话？这些稚气又认真的孩子们偏偏不依不饶，非叫快手刘张开手不可。他哪能张手，手一张开，一切都完了。我真不愿意看见快手刘这一副狼狈的、惶惑的、无措的窘态。多么希望他像当年那次——由于我自作聪明，揭他老底，迫使他亮出一个捉摸不透的绝招。小球突然不翼而飞，呼之即来。如果他再使一下那个绝招，叫这些不知轻重的孩子们领略一下名副其实的快手刘而瞠目结舌多好！但他老了，不再会有那花好月圆的岁月年华了。

我走到孩子们中间，手一指快手刘身旁的木箱说："你们都说错了，小球在这箱子上呢！"

孩子们给我这突如其来的话弄得莫名其妙，都瞅那木箱，就在这时，我眼角瞥见快手刘用一种尽可能快的速度把手里的小球塞到碗下边。

"球在哪儿呢？"孩子们问我。

快手刘笑呵呵地翻开地上的茶碗说："瞧，就在这儿哪！怎么样？你们说错了吧？买块糖吧，这糖是纯糖熬的，单吃糖也不吃亏。"

孩子们给骗住了，再不喊闹。一两个孩子掏钱买糖，其余的一哄而散。随后只剩下我和从窘境中脱出身来的快手刘，我一扭头，他正瞧我。他肯定不认识我。他皱着花白的眉毛，饱经风霜的脸和灰蒙蒙的眸子里充满疑问，显然他不明白，我这个陌生的青年何以要帮他一下。

1982 年 11 月 16 日

猫　婆

　　我那小阁楼的后墙外，居高临下是一条又长又深的胡同，我称它为猫胡同。每日夜半，这里是猫儿们无法无天的世界。它们戏耍、求偶、追逐、打架，叫得厉害时有如小孩扯着嗓子号哭。吵得人无法入睡时，便常有人推开窗大吼一声"去——"，或者扔块石头瓦片轰赶它们。我在忍无可忍时也这样怒气冲冲干过不少次。每每把它们赶跑，静不多时，它们又换个什么地方接着闹，通宵不绝。为了逃避这群讨厌的家伙，我真想换房子搬家。奇怪，哪来这么多猫，为什么偏偏都跑到这胡同里来聚会闹事？

　　一天，我到一位朋友家去串门，聊天，他养猫，而且视猫如命。

　　我说："我挺讨厌猫的。"

　　他一怔，扭身从墙角纸箱里掏出个白色的东西放在我手上。呀，一只毛线球大小雪白的小猫！大概它有点儿怕，缩成个团儿，小耳朵紧紧贴在脑袋上，一双纯蓝色亮亮的圆眼睛柔和又胆怯地望着我。我情不自禁地赶快把它捧在怀里，拿下巴爱抚地蹭它毛茸茸的小脸，竟然对这朋友说："太可爱了，把它送给我吧！"我这朋友笑了，笑得挺得意，仿佛他用一种爱战胜了我不该有的一种怨恨。他家大猫这次一窝生了一对小猫———一只一双金黄眼儿，一只一双天蓝色眼儿。尽管他不舍得送人，对我却例外地割爱了。似乎为了要在我身上培养出一种与他同样的爱心来；真正的爱总希望大家共享，尤其对我这个厌猫者。

小猫一入我家，便成了全家人的情感中心。起初它小，趴在我手掌上打盹睡觉，我儿子拿手绢当被子盖在它身上，我妻子拿眼药瓶吸牛奶喂它。它呢，喜欢像婴儿那样仰面躺着吃奶，吃得高兴时便用四只小毛腿抱着你的手，伸出柔软的、细砂纸似的小红舌头亲昵地舔你的手指尖……这样，它长大了，成为我家中的一员，并有着为所欲为的权利——睡觉可以钻进任何人的被窝儿，吃饭可以跳到桌上，蹲在桌角，想吃什么就朝什么叫，哪怕最美味的一块鱼肚或鹅肝，我们都会毫不犹豫地让给它。嘿，它夺去我儿子受宠的位置，我儿子却毫不妒忌它，反给它起了顶漂亮顶漂亮的名字，叫蓝眼睛。这名字起得真好！每当蓝眼睛闯祸——砸了杯子或摔了花瓶，我发火了，要打它，但只要一瞅它那纯净光澈、惊慌失措的蓝眼睛，心中的火气顿时全消，反而会把它拥在怀里，用手捂着它那双因惊恐瞪大的蓝眼睛，不叫它看，怕它被自己的冒失吓着……

我也是视猫如命了。

入秋，天一黑，不断有些大野猫出现在我家的房顶上，大概都是从后面猫胡同爬上来的吧。它们个个很丑，神头鬼脸向屋里张望。它们一来，蓝眼睛立即冲出去，从晾台蹿上屋顶，和它们对吼、厮打，互相穷追不舍。我担心蓝眼睛被这些大野猫咬死，关紧通向晾台的门，蓝眼睛便发疯似的抓门，还哀哀地向我乞求。后来我知道蓝眼睛是小母猫，它在发狂地爱，我便打开门不再阻拦。它天天夜出晨归，归来时，浑身滚满尘土，两眼却分外兴奋明亮，像蓝宝石。就这样，在很冷的一天夜里出去了，没再回来。我妻子站在晾台上拿根竹筷子"当当"敲着它的小饭盆，叫它，一连三天，期待落空。意想不到的灾难降临——蓝眼睛丢了！

情感的中心突然失去，家中每个人全空了。

我不忍看妻子和儿子噙泪的红眼圈，便房前房后去找。黑猫、白猫、黄猫、花猫、大猫、小猫，各种模样的猫从我眼前跑过，唯独没有蓝眼睛……懊丧中，一个孩子告诉我，猫胡同顶里边一座楼的后门里，住着一个老婆子，养了一二十只猫，人称猫婆，蓝眼睛多半是叫她的猫勾去的。这话点亮了我的希望。

当夜，我钻进猫胡同，在没有灯光的黑暗里寻到猫婆家的门，正想察看情形，忽听墙头有动静，抬头吓一跳，几只硕大的猫影黑黑地蹲在墙上。我轻声一唤"蓝眼睛"，猫影全都微动，眼睛处灯光似的一闪一闪，并不怕人。我细看，没有蓝眼睛，就守在墙根下等候。不时一只走开，跳进院里；不时又从院里爬上一只来，一直没等到蓝眼睛。但这院里似乎是个大猫洞，我那可怜的宝贝多半就在里边猫婆的魔掌之中了。我冒冒失失地拍门，非要进去看个究竟不可。

门打开，一个高高的老婆子出现——这就是猫婆了。里边亮灯，她背光，看不清面孔，只是一条墨黑墨黑神秘的身影。

我说我找猫，她非但没拦我，反倒立刻请我进屋去。我随她穿过小院，又低头穿过一道小门，是间阴冷的地下室。一股浓重噎人的猫味马上扑鼻而来。屋顶很低，正中吊下一个很脏的小灯泡，把屋内照得昏黄。一个柜子，一座生铁炉子，一张大床，地上几只放猫食的破瓷碗，再没别的，连一把椅子也没有。

猫婆上床盘腿而坐，她叫我也坐在床上。我忽见一团灰突突的棉被上，东一只西一只横躺竖卧着几只猫。我扫一眼这些猫，还是没有蓝眼睛。猫婆问我："你丢那猫什么样儿？"我描述一遍，她立即叫道："那大白波斯猫吧？长毛？大尾巴？蓝眼睛？见过见过，常从房上下来找我们玩儿，还在我们这儿吃过东西呢，多疼人的宝贝！丢几天了？"我盯住她那略显浮肿、苍白无光的老脸看，只有焦急，却无半点儿装假的神气。我说："五六天了。"她的脸顿时阴沉下来，停了片刻才说："您甭找了，回不来了！"我很疑心这话为了骗我，目光搜寻可能藏匿蓝眼睛的地方。这时，猫婆的手忽向上一指，呀，迎面横着的铁烟囱上，竟然还趴着好一大长排各种各样的猫！有的眼睛看我，有的闭眼睡觉，它们是在借着烟囱的热气取暖。

猫婆说："您瞧瞧吧，这都是叫人打残的猫！从高楼上摔坏的猫！我把它们拾回来养活的。您瞧那只小黄猫，那天在胡同口叫孩子们按着批斗，还要烧死它，我急了，一把从孩子们手里抢出来的！您想想，您那宝贝丢了这么多天，哪还有好？现在乡下常来一伙人，下笼子逮猫吃，造孽呀！他们在笼里放了鸟儿，把猫引进去，笼门就关上……前几天我的一只三花猫就没了。我的猫个个喂得饱饱的，不用鸟儿绝对引不走，那些狼心狗肺的家伙，吃猫肉，叫他们吃！吃得烂嘴、烂舌头、浑身烂、长疮、烂死！"她说得脸抖，手也抖，点烟时，烟卷抖落在地。烟囱上那小黄猫，瘦瘦的，尖脸，很灵，立刻跳下来，叼起烟，仰起嘴，递给她。猫婆笑脸开花，咧着嘴不住地说："瞧，您瞧，这小东西多懂事！"像在夸赞她的一个小孙子。

我还有什么理由怀疑她？面对这天下受难猫儿们的救护神，告别出来时，不觉带着一点儿惭愧和狼狈的感觉。

蓝眼睛的丢失虽使我伤心很久，但从此不知不觉我竟开始关切所有猫儿的命运。猫胡同再吵再闹也不再打扰我的睡眠，似乎有一只猫叫，就说明有一只猫活着，反而令我心安。猫叫成了我的安眠曲……

转过一年，到了猫儿们求偶时节，猫胡同却忽然安静下来。

我妻子无意间从邻居那里听到一个不幸的消息：猫婆死了。同时——在她死后——才知道关于她在世时的一点点经历。

据说，猫婆本是先前一个开米铺老板的小婆，被老板的大婆赶出家门，住在猫胡同那座楼第一层的两间房子里。后又被当作资本家老婆，轰到地下室。她无亲无故，孑然一身，拾纸为生，以猫为伴，但她所养的猫没有一个良种好猫，都是拾来的弃猫、病猫和残猫。她天天从水产店捡些臭鱼烂虾煮了，放在院里喂猫，也就招引一些无家可归的野猫来填肚充饥，有的干脆在她家落脚。她有猫必留，谁也不知道她家到底有多少只猫。

"文化大革命"前，曾有人为她找个伴儿，是个卖肉的老汉。结婚不过两个月，老汉忍受不了这些猫闹、猫叫、猫味儿，就搬出去住了。人们劝她扔掉这些猫，接回老汉，她执意不肯，坚持与这些猫共享着无人能解的快乐。

前两个月，猫婆急病猝死，老汉搬回来，第一件事便是把这些猫统统轰走。被赶跑的猫儿依恋故人故土，每每回来，必遭老汉一顿死打，这就是猫胡同忽然不明不白静下来的根由了。

这消息使我的心一揪。那些猫，那些在猫婆床上、被上、烟囱上的猫，那些残的、病的、瞎的猫儿呢？那只尖脸的、瘦瘦的、为猫婆叼烟卷的小黄猫呢？如今漂泊街头，饿死他乡，被孩子弄死，还是叫人用笼子捉去吃掉了？一种伤感与忧虑从我心里漫无边际地散开，散出去，随后留下的是一片沉重的空茫。这夜，我推开后窗向猫胡同望下去，只见月光下，猫婆家四周的房顶墙头趴着一只只猫影，有七八只，黑黑的，全都默不作声。这都是猫婆那些生死相依的伙伴，它们等待着什么呀？

从这天起，我常常把吃剩下的一些东西、一块馒头、一个鱼头或一片饼扔进猫胡同里去，这是我仅能做到的了。但这年里，我也不断听到一些猫这样或那样死去的消息，即使街上一只猫被轧死，我都认定必是那些从猫婆家里被驱赶出来的流浪儿。入冬后，我听到一个令人战栗的故事——

我家对面一座破楼修理瓦顶。白天里瓦工们换瓦时活没干完，留下个洞，一只猫为了御寒钻了进去；第二天瓦工们盖上瓦走了，这只猫无法出来，急得在里边叫。住在这楼顶层的五六户人家都听到猫叫，还有在顶棚上跑来跑去的声音，但谁家也不肯将自家的顶棚捅坏，放它出来。这猫叫了三整天，开头声音很大，很惨，瘆人，但一天比一天声音微弱下来，直至消失！

听到这故事，我彻夜难眠。

更深夜半，天降大雪，猫胡同里一片死寂，这寂静化为一股寒气透进我的肌骨。忽然，后墙下传来一声猫叫，在大雪涂白了的胡同深处，猫婆故居那墙头上，孤零零趴着一只猫影，在凛冽中蜷缩一团，时不时哀叫一声，甚是凄婉。我心一动，是那尖脸小黄猫吗？忙叫声："咪咪！"想下楼去把它抱上来，谁知一声唤，将它惊动，起身慌张跑掉。

猫胡同里便空无一物。只剩下一片夜的漆黑和雪的惨白，还有奇冷的风在这又长又深的空间里呼啸。

1989 年 9 月 6 日《世界日报》首发

捅马蜂窝

爷爷的后院虽小，却是鸟儿、蝶儿、虫儿们生存和嬉戏的一片乐土，也是我儿时的乐园。它除去堆放杂物，很少人去，里边的花木从不修剪，快长疯了！枝叶纠缠，绿荫深浓。我喜欢从那爬满青苔的湿漉漉的大树干上，取下一只又轻又薄的蝉衣，从土里挖出筷子般粗的肥大的蚯蚓，把团团飞舞的小蜢虫赶到蜘蛛网上去。那沉甸甸的压弯枝条的海棠果，个个都比市场买来的大。这里，最壮观的要数爷爷窗檐下的马蜂窝了，好像倒垂的一只大莲蓬，无数金黄色的马蜂爬进爬出，飞来飞去，不知忙些什么，总有百十只之多，以致爷爷不敢开窗子，怕它们中间哪个冒失鬼一头闯进屋里来。

"真该死，屋子连透透气儿也不能，哪天请人来把这马蜂窝捅下来！"奶奶总为这个马蜂窝生气。

"不行，要蜇死人的！"爷爷说。

"怎么不行？头上蒙块布，拿竹竿一捅就下来。"奶奶反驳道。

"捅不得，捅不得。"爷爷连连摇手。

我站在一旁，心里却涌出一种捅马蜂窝的强烈欲望。那多有趣！当我给这个淘气的欲望鼓动得难以抑制时，就找来妹妹，乘着爷爷午睡的当儿，悄悄溜到从走廊通往后院的小门口。我脱下褂子蒙住头顶，用扣上衣扣的前襟遮盖住下半张脸，只露一双眼。又把两根竹竿绑在一起，作为捣毁马蜂窝的武器。我和妹妹约定好，她躲在门里，把住关口，待我捅下马蜂窝，赶紧开门放我进来，然后把门关住。

妹妹躲在门缝后边，目睹我这非凡而冒险的行动。我开始有些迟疑，最后还是好奇战胜了胆怯。当我的竿头触到蜂窝的一刹那，好像听到爷爷在屋内呼叫，但我已经顾不得别的，一些受惊的马蜂"轰"地飞起来，我赶紧用竿头顶住蜂窝使劲地摇撼了两下，只听"通"的一声，一个沉甸甸的东西掉下来，跟着一团黄色的飞虫腾空而起。我扔掉竿子往小门那边跑，谁料到妹妹害怕，把门在里边插上，她跑了，将我关在门外。我一回头，只见一只马蜂径直而凶猛地朝我扑来，好像一架燃料耗尽、决心相撞的战斗机。这复仇者不顾一死而同归于尽的气势使我惊呆了。瞬间只觉眉心像被针扎似的剧烈地一疼，挨蜇了！我下意识地用手一拍，感觉我的掌心触到它可怕的身体。我吓得大叫，不知道谁开门把我拖到屋里。

当夜，我发了高烧。眉心处肿起一个枣大的疙瘩，自己都能用眼瞧见。家里人轮番用醋、酒、黄酱、万金油和凉手巾把儿鼓捣，也没能使我那肿疮迅速消下来。转天请来医生，打针吃药，七八天后才渐渐消肿。这一下好不轻呢！我生病也没有过这么长时间，以致消肿后的几天里不敢到那通向后院的小走廊上去，生怕那些马蜂还守在小门口等着我。

过了些天，惊恐稍定，我去爷爷的屋子，他不在，隔窗看见他站在当院里，摆手召唤我去。我大着胆子去了。爷爷手指窗根处叫我看，原来是我捅掉的那个马蜂窝，却一只马蜂也不见了，好像一只丢弃的干枯的大莲蓬头。爷爷又指了指我的脚下，一只马蜂！我惊吓得差点叫起来，慌忙跳开。

"怕什么，它早死了！"爷爷说，"这就是蜇你的那只马蜂，可能被你那一拍，拍死的。"

仔细瞧，噢，原来是死的。仰面朝天躺在地上，几只黑蚂蚁在它身上爬来爬去。

"马蜂就是这样，你不惹它，它不蜇你。"爷爷说。

"那它干吗还要蜇我呢，这样它自己不也完了吗？"

"你毁了它的家——那是多大一个家呀！它当然要跟你拼命的！"爷爷说。

我听了心里暗暗吃惊。一只小虫竟有这样的激情和勇气。低头再瞧瞧那只马蜂，微风吹着它，轻轻颤动，好似活了一般。我不禁想起那天它朝我猛扑过来时那副生死不顾的架势，与毁坏它们生活的人拼尽一切，真像一个英雄……我面对这壮烈牺牲的小飞虫的尸体，似乎有种罪孽感沉重地压在我的心上。

那一窝马蜂呢，被我扰得无家可归的一群呢，它们还会不会回来重建家园？我甚至想用胶水把那只空空的蜂窝粘上去。

这一年，我经常站在爷爷的后院里，始终没有等来一只马蜂。

转年开春，有两只马蜂飞到爷爷的窗檐下，落到被晒暖的木窗框上，然后还在旧巢的残迹上爬了一阵子，跟着飞去而不再来。空空又是一年。

第三年，风和日丽之时，爷爷忽叫我抬头看，隔着窗玻璃看见窗檐下几只赤黄色的马蜂忙来忙去。在这中间，我忽然看到，一个小巧的、银灰色的第一间蜂窝已经筑成了。

于是，我和爷爷面对面开颜而笑，笑得十分舒心。我不由得暗暗告诉自己，再不做一件伤害旁人的事。

1982 年 11 月 17 日

2010 年 1 月新

谜

　　大概是我九岁那年的晚秋，因为穿着很薄的衣服在院里跑着玩，跑得一身汗，又站在胡同口去看一个疯子，着了风，病倒了。病得还不轻呢！面颊烧得火辣辣的，脑袋晃晃悠悠，不想吃东西，怕光，尤其受不住别人嗡嗡出声地说话……

　　妈妈就在外屋给我架一张床，床前的茶几上摆了几瓶味苦难吃的药，还有与其恰恰相反，挺好吃的甜点心和一些很大的梨。妈妈用手绢遮在灯罩上，嗯，真好！灯光细密的针芒再不来逼刺我的眼睛了，同时把一些奇形怪状的影子映在四壁上。为什么精神颓萎的人竟贪享一般的感到昏暗才舒服呢？

　　我和妈妈住的那间房有扇门通着。该入睡时，妈妈披一条薄毯来问我：还难受不？想吃什么？然后，她低下身来，用她很凉的前额抵一抵我的头，那垂下来的毯边的丝穗弄得我的肩膀怪痒的。"还有点烧，谢天谢地，好多了……"她说。在半明半暗的灯光里，妈妈朦胧而温柔的脸上现出爱抚和舒心的微笑。

　　最后，她扶我吃了药，给我盖了被子，就回屋去睡了。只剩下我自己了。

　　我一时睡不着，便胡思乱想起来。总想编个故事解解闷，但脑子里乱得很，好像一团乱线，抽不出一个可以清晰地思索下去的线头。白天留下的印象搅成一团，那个疯子可笑和可怕的样子总缠着我，不想不行；还有追猫呀，大笑呀，死蜻蜓呀，然后是哥哥打我，挨骂了，呕吐了，又是挨骂；鸡蛋汤冒着热气儿……穿白大褂的那个老头，拿着一个连在耳朵上的冰凉的小铁疙瘩，一个劲儿地在我胸脯上乱摁；后来我觉得脑子完全混乱，不听使唤，便什么也不去想，渐渐感到眼皮很重，昏昏沉沉中，觉得茶几上几只黄色的梨特别刺眼，灯光也讨厌得很，昏暗、无聊、没用，呆呆地照着。睡觉吧，我伸手把灯关了。

黑了！霎时间好像一切都看不见了。怎么这么安静、这么舒服呀……

跟着，刚才好像一直在窗外窥探的月光，此刻从没拉严的窗帘的缝隙里钻了进来，碰到药瓶上、瓷盘上、铜门把手上，散发出淡淡发蓝的幽光。远处一家作坊的机器有节奏地响着，不一会儿也停下来了。偶尔从很远很远的地方传来货轮的鸣笛声，声音沉闷而悠长……

灯光怎么使空间显得这么狭小呢？它只照亮身边；而夜，黑黑的，却顿时把天地变得如此广阔、无限深长。

我那个年龄并不懂得这些。思索只是简单、即时和短距离的；忧愁和烦恼还从未曾乘着夜晚的安静和孤独悄悄爬进我的心里。我只觉得这黑夜中的天地神秘极了，浑然一气，深不可测，浩无际涯；我呢，这么小，无依无靠，孤孤单单；这黑洞洞的世界仿佛要吞掉我似的。这时，我感到身下的床没了，屋子没了，地面也没了，四处皆空，一切都无影无踪；自己恍惚间悬在天上了，躺在软绵绵的云彩上……周围那样空旷，一片无穷无尽的透明的乌蓝色，这云也是乌蓝乌蓝的；远远近近还忽隐忽现地闪烁着星星般五光十色的亮点儿……

这天究竟有多大？它总得有个尽头呀！哪里是边？那个边的外面是什么？又有多大？再外边……难道它竟无边无际吗？相比之下，我们多么小。我们又是谁？这么活着，喘气，眨眼，我到底是谁呀！

我伸手摸摸自己的脸、鼻子、嘴唇，觉得陌生又离奇，挺怪似的……这究竟是怎么回事？

我是从哪儿来的？从前我在哪里？什么样子？我怎么成为现在这个我的？将来又怎么样？长大，像爸爸那么高，做事……再大，最后呢？老了。老了以后呢？这时我想起妈妈说过的一句话："谁都得老，都得死的。"

死？这是个多么熟悉的字眼呀！怎么以前我就从来没想过它意味着什么呢？死究竟意味着什么？像爷爷，像从前门口卖糖葫芦的那个老婆婆，闭上眼，不能说话，一动不动，好似睡着了一样。可是大家哭得那么伤心。到底还是把他们埋在地下了。为什么要把他们埋起来？他们不就永远也不能说话，也不能动，永远躺在冰冷的地下了？难道就因为他们死了吗？我忽然感到死的神秘、阴冷和可怕，觉得周身仿佛散出凉气来。

于是，哥哥那本没皮儿的画报里脸上长毛的那个怪物出现了，跟着是白天那只死蜻蜓，随时想起来都吓人的鬼故事；跟着，胡同口的那个疯子朝我走来了……黑暗中，出现许多爷爷那样的眼睛，大大小小，紧闭着，眼皮还在鬼鬼祟祟地颤动着，好像要突然睁开，瞪起怕人的眼珠儿来……

我害怕极了，已从将要入睡的懵懂中完全清醒过来了。我想，将来，我也要死的，也会被人埋在地下，这世界就不再有我了。我也就再不能像现在这样踢球呀，做游戏呀，捉蟋蟀呀，看马戏时吃那种特别酸的红果片呀……还有去舅舅家看那个总关得严严实实的迷人的大黑柜，逗那条瘸腿狗，到那乱七八糟、杂物堆积的后院去翻找"宝贝"……而且再也不能"过年"了，那样地熬夜、拜年、放烟火、攒压岁钱；表哥把点着的鞭炮扔进鸡窝去，吓得鸡像鸟儿一样飞到半空中，乐得我喘不过气来；我们还瞒着妈妈去野坑边钓鱼，钓来一条又黄又丑的大鱼，给馋嘴的猫咪饱餐了一顿；下雨的晚上，和表哥躺在被窝里，看窗外打着亮闪，响着大雷……活着有多少快活的事，死了就完了。那时，表哥呢？妹妹呢？爸爸妈妈呢？他们都会死吗？他们知道吗？怎么也不害怕呀！我们能够不死吗？活着有多好！大家都好好活着，谁也不死。可是……可是不行啊……"谁都得老，都得死的。"死，这时就像拥有无限威力似的，而且严酷无情。在它面前，我那么无力，哀求也没用，大家都一样，只有顺从，听摆布，等着它最终的来临……想到这里，尤其是想到妈妈，我的心简直冷得发抖。

妈妈将来也会死吗？她比我大，会先老，先死的。她就再也不能爱我了，不能像现在这样，脸挨着脸，搂我，亲我……她的笑，她的声音，她柔软而暖和的手，她整个人，在将来某一天就会一下子永远消失了吗？她会有多少话想说却不能说，我也就永远无法听到了；她再也看不见我了，我的一切她也不再会知道。如果那时我有话要告诉她呢？到哪儿去找她？她也得被埋在地下吗？土地，坚硬、潮湿、冷冰冰的……我真怕极了。先是伤心、难过、流泪，而后愈想愈加心虚害怕，急得蹬起被子来。趁妈妈活着的时光，我要赶紧爱她，听她的话，不惹她生气，只做让大家和妈妈高兴的事。

哪怕她还骂我，我也要爱她，快爱，多爱；我现在就要起来跑到她房里去，紧紧搂住她……

四周黑极了，这一切太吓人了。我要开灯，但抓不着灯绳，慌乱的手碰到茶几上的药瓶，我便失声哭叫起来："妈妈，妈妈……"

灯忽然亮了。妈妈就站在床前。她莫名其妙地看着我："怎么，做噩梦了？别怕，孩子，别怕。"

她俯身又用前额抵一抵我的头。这回她的前额不凉，反而挺热的了。"好了，烧退了。"她宽心而温柔地笑着。

刚才的恐怖感还没离开我。这是怎么回事？我茫然地望着她，有种异样的感觉。一时，我很冲动，要去拥抱她，但只微微挺起胸脯，脑袋却像灌了铅似的沉重，刚刚离开枕头，又坠倒在床上。

"做什么？你刚好，当心再着凉。"她说着便坐在我床边，紧挨着我，安静地望着我，一直在微笑，并用她暖和的手抚弄我的脸颊和头发。"你刚才是不是做噩梦了？听你喊的声音好大哪！"

"不是……我想了……将来，不，我……"我想把刚才所想的事情告诉妈妈，但不知为什么，竟然无法说出来。是不是担心说出来，她知道后也要害怕的。那是件多么可怕的事啊！

"得了，别说了，疯了一天了，快睡吧！明天病就全好了……"

昏暗的灯光静静地照着床前的药瓶、点心和黄色的梨，照着妈妈无言而含笑的脸。她拉着我的手，我便不由得把她的手握得紧紧的。

我再不敢想那些可怕又莫解的事了。但愿世界上根本没有那种事。

栖息在邻院大树上的乌鸦不知为何缘故，含糊不清地咕哝了一阵子，又静下去了。被月光照得微明的窗帘上掠过一只猫的影子。

渐渐地，一切都静止了，模糊了，淡远了，融化了，变成一团无形的、流动的、轻软而迷漫的烟。我不知不觉便睡着了。

一个深奥而难解的谜，从那个夜晚便悄悄留存在我的心里。后来我才知道，这是我最初在思索人生。

1981 年 9 月于天津

歪 儿

那个暑假，天刚擦黑，晚饭吃了一半，我的心就飞出去了。因为我又听到歪儿那尖细的召唤声："来玩踢罐电报呀——"

"踢罐电报"是那时男孩子们最喜欢的游戏。它不单需要快速、机敏，还带着挺刺激的冒险滋味。它的玩法又简单易学，谁都可以参加。先是在街中央用白粉粗粗画一个圈儿，将一个空洋铁罐摆在圈里，然后大家聚拢在一起"手心手背"分批淘汰，最后剩下一个人坐庄。坐庄可不易，他必须极快地把伙伴们踢得远远的铁罐拾回来，放到原处，再去捉住一个乘机躲藏的孩子顶替他，才能下庄；可是就在他四处去捉那些藏身的孩子时，冷不防从什么地方会蹿出一人，"叭"地将铁罐叮里当啷踢得老远，倒霉，又得重新开始……一边要捉人，一边还得防备罐儿再次被踢跑，这真是个苦差事，然而最苦的还要算是歪儿！

歪儿站在街中央，左顾右盼地寻找着空铁罐，活像一个蒸熟了的小红薯。他细小，软绵绵，歪歪扭扭；眼睛总像睁不开，薄薄的嘴唇有点斜，更奇怪的是他的耳朵，明显地一大一小，像是父子俩。他母亲是苏州人，四十岁才生下这个有点畸形的儿子，取名叫"弯儿"。我们天天都能听到她用苏州腔呼唤儿子的声音，却把"弯儿"

错听成"歪儿"。也许这"歪儿"更像他的模样。由于他身子歪，跑起来就打斜，玩"踢罐电报"便十分吃亏。可是他太热爱这种游戏了，他宁愿坐庄，宁愿徒自奔跑，宁愿一直累得跌跌撞撞……大家玩的罐儿还是他家的呢！

只有他家才有这装芦笋的长长的铁罐，立在地上很得踢，如果没有这宝贝罐儿，说不定大家嫌他累赘，不带他玩了呢！

我家刚搬到这条街上来，我就加入了"踢罐电报"的行列，很快成了佼佼者。这游戏简直就是为我发明的——我的个子比同龄的孩子高一头，腿也几乎长一截，跑起来真像骑摩托送电报的邮差那样风驰电掣，谁也甭想逃脱我的追逐。尤其我踢罐儿那一脚，"叭"的一声过后，只能在远处朦胧的暮色里去听它叮里当啷的声音了，要找到它可费点劲呢！这时，最让大家兴奋的是瞅着歪儿去追罐儿那样子，他一会儿斜向左，一会儿斜向右，像个脱了轨而瞎撞的破车，逗得大家捂着肚子笑。当歪儿正要发现一个藏身的孩子时，我又会闪电般冒出来，一脚把罐儿踢到视线之外，可笑的场面便再次出现……就这样，我成了当然的英雄，得意非凡；歪儿怕我，见到我总是一脸懊丧。天天黄昏，这条小街上充满着我的迅猛威风和歪儿的疲于奔命。终于有一天，歪儿一屁股坐在白粉圈里，怏怏无奈地痛哭不止……他妈妈跑出来，操着纯粹的苏州腔朝他叫着骂着，扯着他的胳膊拉他回家。这愤怒的声音里似乎含着对我们的谴责。我们都感觉自己做了什么不好的事，默默地站了一会儿才散。

歪儿不来玩"踢罐电报"了。他不来，罐儿自然也变了，我从家里拿来一种装草莓酱的小铁罐，短粗，又轻，不但踢不远，有时还踢不上，游戏的快乐便减色许多。那么，失去快乐的歪儿呢？我望着他家二楼那扇黑黑的玻璃窗，心想，他正在窗后边眼巴巴地瞅着我们玩吧！这时忽见窗子一点点开启，跟着一个东西扔下来。这东西掉在地上的声音那么熟悉、那么悦耳、那么刺激，原来正是歪儿那长长的罐儿。我的心头一次感到被一种内疚深深地刺痛了。我迫不及待地朝他招手，叫他来玩儿。

歪儿回到了我们中间。

一切都奇妙又美好地发生了变化。大家并没有商定什么，却不约而同、齐心合力地等待着这位小伙伴了。大家尽力不叫他坐庄；有时他"手心手背"输了，也很快有人情愿被他捉住，好顶替他。大家相互配合，心领神会，作假成真。一次，我看见歪儿躲在一棵大槐树后边正要被发现，便飞身上去，一脚把罐儿踢得好远好远，解救了歪儿，又过去拉着他，急忙藏进一户人家院内的杂物堆里。我俩蜷缩在一张破桌案下边，紧紧挤在一起，屏住呼吸，却互相能感到对方的胸脯急促起伏，这紧张充满异常的快乐呵！我忽然见他那双眯缝的小眼睛竟然睁得很大，目光兴奋、亲热、满足，并像晨星一样闪亮！原来他有这样一双又美又动人的眼睛。是不是每个人都有这样一双眼睛，就看我们能不能把它点亮?

1995 年 7 月 4 日于天津

第二辑

往

事

如

烟

书 桌

  我有张小小的书桌。它又窄又矮，破旧极了。在外人眼里简直不成样子。上边的漆成片地剥落下来，残余的漆色变得晦暗发黑，连我自己都认不准它最初是什么颜色。桌面又满是划痕、硬伤，还有热水杯烫成的一个个套起来的深深浅浅的白圈儿。它一边只有三个小抽屉，抽屉的把手早不是原套了。一个是从破箱子上移来的铜把手，另两个是后钉上去的硬木条。别看它这副模样，三十年来，却一直放在我的窗前，我房间透进光来的地方。我搬过几次家，换过几件家具，但从来没有想到处理掉它……

  "这么难看还要它干吗？要是我早劈掉生火了！"

  "它又不实用。你这么大个人将就这样一个小桌子，早晚得驼背！"

  "你怎么就是不肯扔掉这破玩意儿。难道它是件宝？你说呀……"

  我笑而不答。那淡淡的笑意里包含着任何知己都难以理解、难以体会到的一种，一种……一种什么呢？

  没有共同的经历就不会有同感。有时，同感能发挥出非常奇妙的作用，它能成为两颗心相融的最短、最直接的通道。如果没有同感，说它做什么？还不如独自一人到树林里，踩着落叶，自己对自己默默地说它一阵子，排遣出来，倒是一种安慰。

我无法想起，究竟是什么时候，我开始使用这小桌的。我只模模糊糊记得，最初，我是站在它前面写写画画，而不是坐着。待我要坐下时，屁股下边必须垫上书包、枕头或一大沓画报，才能够得着桌面……

记忆里，幼时的事，都是穿不成串儿的珠子。这珠子却在记忆的深井的底儿滴溜溜、闪闪发光地打转，很难抓住它们——

我把"人"字总误写成"入"字，就在这桌上吧！

我一排排地晾干弹弓子用的小泥球儿，就在这桌上吧！

我在小木板上钉钉子，就在这桌上吧！

对，就在这儿。桌面上原来有一块能够照见自己脸儿的光光的玻璃板，给我钉钉子时打碎了——这件事我可记得清清楚楚，为此我还挨了爸爸一通好打呢！也许打得太疼，我才记得十分牢。但过后我却一点也不后悔。因为，从此我做过的、经历过的、经受过的许许多多的事，都在这没有玻璃板保护的桌面上留下了痕迹。

桌面上净是些小瘪坑。有的坑儿挺深，像个洞眼，蚂蚁爬到那儿，得停一下，迟疑片刻，最后绕过去……细细瞧吧，还满是划痕呢，横竖歪斜，有的深，如一道沟；有的浅，还有的比蛛丝还细。这细细的印痕，是不是当初刮铅笔尖留下的？那一条条长长的道道儿，是不是随意用指甲划上去的？那儿黑乎乎的一块，是不是过年做灯笼，烤弯竹条时碰倒了蜡烛烧的？分辨不清了，原因不明了，全搅在一起了；这中间还混着许多字迹，钢笔的、铅笔的、墨笔的，还有用什么硬东西刻上去的。也有画上去的形象，有的完整，有的破碎——一只靴子啦，枪啦，一张侧面脸啦，这是不是我的自画像？年深日久，早都给磨得模糊一片。痕迹斑驳的桌面，有如一块风化得相当厉害、漫漶不清的碑石。

但我从中细心查辨，也能认出某些痕迹的来由，想起这里边包含着的、只有我才知道的故事，并联想到与此有关或无关的、早已融进往昔岁月中的童年生活。

为此，我很少用湿布去抹拭它。

只有一次例外。那是我上小学四年级时。我前排坐着一个女同学，十分瘦弱。她年龄与我一般大，个子却比我矮一头。两条短短的黄辫儿，简直是两根麻绳头。一天，上语文课，我没听讲，却悄悄把眼前的两条黄辫子拴在这女同学的椅子背儿上。正巧老师叫她回答问题，她一起身，拴住的辫子扯得她头痛得大叫。我的语文老师姓李，瘦削的脸上满是黑胡茬，连脸颊上都是。一副黑边的近视镜遮住他的眼神，使我头次见到他时以为他挺凶，其实他温和极了。他对我们调皮的忍耐限度比别的老师都大。但不知为什么，那天他好厉害，把我一把拉到课堂前，叫我伸出双手，狠狠打了十多板子。他真生气呢！气呼呼地直喘，什么话也说不出来了，只指着门瞪圆眼对我吼道："走！快走！"我离开了课堂，一路跑回家。我手疼倒没什么，但当众挨打受罚，我的自尊心受不了。于是，我眼泪汪汪地在桌上写下"李老师是狗！"几个字。我写得那么痛快和解气，好像这几个字给我报了什么"仇"似的。这几个字就相当威风地在我桌上保留了好长时间。

在表的嘀嗒声中，在上下课的铃声中，在雨和雪轮番交替地敲打窗子声中，我长大起来，事也懂得多了。桌上那几个字却不那么神气了。反而怕被人瞧见，似乎成了一种不光彩甚至是耻辱的污迹，我带着一种说不清是对李老师，还是对长大后再也遇不到的那个瘦弱的女同学的愧疚心情，用手巾尖儿蘸些水使劲把这几个字抹下去。

真奇怪！字抹掉了，好像心里干净了一些。

我上了中学，毕业了，参加了工作。我的许多事，写信、写文章、画画、吃东西，做些什么零七八碎的事都在这桌上，它一直伴随着我。

但它在我长大起来的身躯前，渐渐显得矮小，不合用了；而且用久了，愈来愈破旧，在后来买进来的新家具中间，显得寒碜和过时。它似乎老了，早完成了使命，在人世间物换星移的常规里等待着接受取代。

有一天我画画。画幅大，桌面小，不得不把一半画纸垂到桌下，先画铺在桌面上的一半；待画得差不多时，再拉上纸来画另一半。这样就很难照顾到画面的整体，我画得那么别扭，真急了，止不住愤愤地骂道："真该死，这破桌子！"

它听着，不吭一声。等我画好了画儿，张挂起来，画面却意外地好。我十分快活，早把桌子忘在一旁。它呢？依然默默旁立。它就是这样与我为伴，好像我不抛掉它，它就一心而从无二意地跟随着我。是不是由于它仅仅是无生命的物品，我从未把它作为一只小猫、小鸟、小兔那样的伴侣？但是，小兔死了，小猫跑了，小鸟飞了，它却不声不响地有心地记下我经历过的许多酸甜苦辣，并顺从地任我做任何有损于它的事。当一次，我听说自己遭遇不幸，是因为被一位多年来与我非常要好的朋友出卖时，我忍受不住，发疯似的猛地一拍桌面。

"啪！"

桌面上出现了一条长长的裂缝；我那颗初入社会纯真的心上，也暗暗出现一条裂痕。它竟同我一样。

从此，我便不觉地爱护起它来了。

我有过一个女朋友。她是一只快乐的小鸟——那早晨站在沾着露水的枝头抖动翅膀、在阳光里飞来飞去、在烟囱上探头探脑的小鸟。她总笑。她整天似乎除去快乐什么也不知道。她在任何一群人中出现，都能极快地把快乐通过笑、通过活泼的目光、通过喜气洋洋的俊俏的小脸儿、通过率真的动作，传染给每一个人。我说她的快乐是照眼的、悦耳的、香喷喷的；是魔术。我称她为"快乐女神"。

她一双腿长长的。爱穿一条淡蓝色的短裙。她一进屋来，常常是一蹦就坐到小书桌上——这或许是她还带着些孩子气；或许她腿长，桌子矮，坐上去正合适。

我呢？过去吻她高矮也正好。我吻她，她不让。一会儿把脸甩向左边，一会儿又甩到右边，还调皮地笑着。她那光滑的短发像穗子一样在我笨拙的嘴唇上蹭来蹭去。

以后，由于挺复杂的原因，她终于说："我们的爱没有物质土壤，幻想的种子连幻想也结不出来了。"这句话，她说了许多遍，一次比一次肯定，最后她无可奈何又断然地离去了。

稀奇的是，那快乐女神始终与我这哑巴桌子连在一起。每当我的目光碰到桌沿，就会幻觉出她当初坐在桌上的样子。浅蓝色的短裙扇状地铺开，一双笔直又顺溜的长腿垂下来，两只小巧的脚交叉地别着。这时她那动听的笑声好似又在桌上的空间里发出来。

我需要记着的，这桌儿都给我记着了。而那女神与我临别时掉在桌上的泪滴，却一点痕迹也没留下。大概那不是泪，而是水滴。

　　桌上唯有一处大硬伤。那是——那天，一群身穿绿色服装、臂套红色袖章的男孩女孩们闯进我家来。每人拿着一把斧头，说要"砸烂旧世界"。我被迫站在门口表示欢迎，并木然地瞅着他们在顷刻间把我房间里的一切乱砸一通。其中有个姑娘，模样挺端正，但她的眼神叫我害怕。她不吵不闹，砸起东西来异乎寻常地细致。她在屋里转来转去，把尚且完整的东西翻出来，一件一件、有条不紊地敲得粉碎。然后，她翻出我的一本相册，把里面的照片一张张抽出来，全都撕成两半。她做这些事时，脸上没有任何表情。

　　她忽然拿起一张照片对着我，问道：

　　"这是谁？"

　　这是我那"快乐女神"的。我说："一个朋友。"

　　她微微现出一种冷笑，一双秀气的眼睛直盯着我，两只白白的手把这照片撕成细小的碎片。我至今不明白，在那时为什么一些女孩子干这种事时，反倒比男孩子们干得更彻底、更狠心、更无情。相册中所有女人的照片——我姐姐、妻子、母亲的，她撕得尤其凶，"唰、唰、唰"地响。仿佛此刻她心里有什么受不了的情感折磨着她，迫使她这样做。

　　最后，她临去时，一眼瞥见我的书桌。大约这书桌过于破旧，开始时并没引起他们的兴趣。此刻在一堆碎物中间，反而惹眼了。

　　她撇向一边的薄薄的唇缝里含着一种讥讽："你还有这么个破玩意儿！"

　　随手一斧子，正砍在桌角上，掉下一块挺大的木碴儿。

　　就这样，我过去生活的一切，无论是快乐和幸福的，还是忧愁和不幸的，都留在桌上了。哪怕我忘了，它也会无声地提醒我。

它就摆在我窗前。从窗子透进的光笼罩着它。我窗外是一棵大槐树的树冠。这树冠摇曳婆娑的影子总是和阳光一起投照在我这小小的桌面上。

每当这树冠的枝影间满是小小的黑点时，那是春天；黑点点则是大槐树初发的芽豆豆。这期间，偶尔还有一种俗名叫作"绿叶儿"的候鸟，在枝间伶俐地蹦跳的影子出现在桌面上。夏天来了，树影日浓，渐渐变成一块荫凉，密密实实地遮盖住我的小桌。等到那块厚厚的荫凉破碎了，透现出一些晃动着的阳光的斑点时，秋风还会把一两片变黄的叶子吹进窗；像几只金色的小船，落在我这如同无风的水面一般平滑的桌面上。随后该关窗子了，玻璃蒙上了薄薄的水蒸气。那片叶无存、光秃秃、只剩下枝丫的树影，便像一张朦胧模糊的大网，把我的小桌罩住……

我常常被这些情景弄得发呆。谁说它丑？它无用？它应当被丢弃？它有着任何华贵的物品都无法代替的风韵和诗意。在它的更深处，甚至还潜藏着思想。

尤其是在阴雨的日子里，乌云像拉上的厚帘子把窗户遮暗了，小桌变成黑影，很像一块浓雾里的礁石，黑黝黝的，沉默无语。忽然一道闪电把它整个照亮，它那桌面上反射着可怕的蓝色的电光。但在这一瞬间的强光里，它上边的一切痕迹都清晰地显现出来，留在这中间的往事一下子全都复活了……

我闭上眼，情愿被再现在幻觉中的往事深深地感动着。

我终于失去了它。

在地震中，塌落下来的屋顶把它压垮。我的孩子正好躲在桌下，给它保护住了生命。它才是真正地为我献出了一切呢！等我从废墟中把它找出来，只是一堆碎木板、木条和木块了。我请来一个能干的木匠，想把它复原。木匠师傅瞅着它，抽着烟，最后摇了摇头，并且莫名其妙地瞧了我一眼，显然他不明白我何以有此意图——又不是复原一件破损的稀世古物。

它就这样在我的生活中没了。

我需要书桌，只得另买一张。新买的桌子宽大，实用，漆得锃亮，高矮也挺合适。我每每坐在这崭新却陌生的大书桌前，就觉得过去的一切像那不能再生的书桌一样，烟消云散，虚无缥缈，再也无从抓住似的……

我因此感到隐隐的忧伤。不由得想起几句话，却想不起是谁说的了：

呵，生活，你真迷人……哪怕是久已过去的，也叫人割舍不得；哪怕是不幸的，也渐渐能化为深沉的诗。

1980 年 11 月 12 日于天津

第二辑

往事如烟

小雨入端午

　　今日进入端午假日，醒来得早，起身坐在我的"心居"，身闲气舒，意定神足。我这"心居"，不是斋号，乃是在阳台一角搭个棚屋，屋里屋外栽些花草藤蔓，屋间放置老家的绿茶、好吃的零食、有弹性的藤椅和心爱的木狮、铁佛、陶罐、石砚等。这是一己的私人角落。平日在外边跑累了，回来坐在这里聚聚气力，抑或有什么未了的思考，便到这里舒展一下脑袋里的翅膀。

　　今日，我特意在那个木雕花架上挂了几件艳丽的小物件——五彩丝线粽子。这种端午特有的吉祥小品，给花架上青翠又蓬松的蜈蚣草一衬，端午的气息油然而生。其实，过这种古老的节日，不必太刻意表达什么深刻的精神内涵，随性而自然地享受一下传统情味就是了。

　　小雨从昨晚就来到我的城市里，此刻依旧未走。雨太小，看不到零零落落的雨点，却见屋外边绿叶被雨点敲得一动一动。

　　眼瞧着这优美地悬垂着的丝线粽子，悠悠地想起一件相关的往事。

　　念小学的时候，每逢端午佳节，都是班上同学们缠丝线粽子的一次热潮。大家先用硬纸叠成小小的粽子壳，然后用五彩丝线一道道缠起来，缠的过程中不断改变颜色，最后缠成一个个五彩纷呈却各不相同的小粽子。这原本是课堂上老师教的一种节日手工，由于大家喜爱，课间休息时也缠，下课后不回家还缠。丝线粽子最大的魅力是，颜色完全任由自己搭配，所以每个人都想缠出一个又特别又好看的丝线粽子，向别人显摆。于是，弄得教室满地都是彩色线头，做卫生可就费劲了，那些花花绿绿的小线头一扫全绕在扫帚上，得使好大劲儿才能摘干净。

缠粽子的丝线都是同学们从家里带来的。那时代母亲们在家都做针线，各色丝线家家都有，关键看谁配色好，想法出奇。

我的班上有一个女生，叫徐又芳——那时的孩子名字都是三个字，大概与家族的字辈有关。记得她个子高，短发，衣着很旧，据说她家里穷，家里没有好看的丝线，就从地上拾别人扔的线头来缠；可是她心细手巧，虽然拾的线头很短，但缠出的粽子反而色彩十分复杂和丰富，斑斓又精细，超过了所有的人。我向她借一个拿回家给母亲看，母亲也连连称赞说，这种缠法要每缠一道线换一个颜色，太难了。我说她的线都很短，只能缠一道，因为她的线是从地上拾的。母亲说这孩子太可怜了，便用一个木线轴缠了各色的丝线，叫我带给她。

要命的是那时我太不懂事。丰子恺说："孩子的目光是直线的。"其实孩子的一切都是直线的。转天我到班上，把线轴给她，真心对她说："我母亲说你太可怜了，叫我把这线给你。"

我以为她会高兴，谁料她脸色立刻变得很不好看，只说了一句："我不要！"似乎很生气，转身就走，从此便不大搭理我了，一直到小学毕业各奔东西；以后再没有见到她。这个带着对我的误解却无法接受我歉意的女孩如今在哪里？

　　我当时不明白她何以会那样气愤，后来明白了：别人的自尊是决不能伤害的。哪怕是不经意的伤害。

　　伤人自尊，那会是一种很深的伤害。

　　这事过去了差不多六十年。虽然平时不会记起，但每逢端午悬挂丝线粽子时都会想起来。原来它深深地记在我的端午情结里，一年一度提醒着我。

　　写到此处，小雨似停，天光渐明，外边的朱花碧草像洗过澡一样鲜亮。

2013 年 6 月 10 日

无书的日子

你出外旅行，在某个僻远^①的小镇住进一家小店，赶上天阴落雨，这该死的连绵的雨把你闷在屋里。你拉开提包锁链，呀，糟糕之极！竟然把该带在身边的一本书忘在家中——这是每一个出外的人经常会碰到的遗憾。你怎么办？身在他乡，陌生无友，手中无书，面对雨窗孤坐，那是何等滋味？我嘛，嘿，我自有我的办法！

道出这办法之前，先要说这办法的由来。

我家在"文化大革命"初被洗劫一空。藏书千余，听凭革命造反派们撕之毁之，付之一炬。抄家过后，收拾破破烂烂的家具杂物时，把残书和哪怕是零零散散的书页都万分珍惜地敛起来，整理，缝钉，破口处全用玻璃纸粘好；完整者寥寥，残篇散页却有一大包袱。逢到苦闷寂寞之时，便拿出来读。读书如听音乐，一进入即换一番天地。时入蛮荒远古，时入异国异俗，时入霞光夕照，时入人间百味。一时间，自身的烦扰困顿乃至四周的破门败墙全都化为乌有，书中世界与心中世界融为一体——人物的苦恼赶走自己的苦恼，故事的紧张替代现实的紧张，即便忧伤悒郁之情也换了一种。艺术把一切都审美化，

---

① 僻远：偏僻而遥远。

丑也是一种美，在艺术中审丑也是审美，也是享受。

但是，我从未把书当作伴我消磨时光的闲友，而把它们认定是充实和加深我的真正伙伴。你读书，尤其是那些名著，就是和人类历史上最杰出的先贤智者相交！这些先贤智者著书或是为了寻求别人理解，或是为了探求人生的途径与处世的真理。不论他们的箴言沟通你的人生经验，他们聪慧的感受触发你的悟性，还是他们天才的思想顿时把你蒙昧混沌的头颅透彻照亮——你的脑袋仿佛忽然变成一只通电发亮的灯——他们不是你最宝贵的精神朋友吗？

半本《约翰·克利斯朵夫》几乎叫我看烂，散页的中外诗词全都烂熟于我心中。然而，读这些无头无尾的残书倒别有一种体味，就像面对残断胳膊的维纳斯时，你不知不觉会用你自己最美的想象去安装它。书中某一个人物的命运由于缺篇少章不知后果，我并不觉得别扭，反而用自己的想象去发展它，完成它。我按照自己的意志为它们设想出必然的命运变化和结局。我感到自己就像命运之神那样安排着一个个生命有意味的命运历程。当时，我的命运被别人掌握，我却掌握着另一些"人物"的命运；前者痛苦，后者幸福。

往往我给一个人物设计出几种结局。小说中人物的结局才是人物的完成。当然我不知道这些人物在原书中的结局是什么，我就把自己这些续篇分别讲给不同的朋友听。凡是某一种结局感动了朋友，我就认定原作一定是这样，好像我这才是真本，听故事的朋友们自然也就深信不疑。

"文化大革命"后，书都重新出版了。常有朋友对我说："你讲的那本书最近我读了，那人物根本没死，结尾也不是你讲的那样……"他们来找我算账；不过也有的朋友望着我笑而不答的脸说："不过，你那样结束也不错……"

当初，续编这些残书未了的故事，我干得挺来劲儿，因为在续编中，我不知不觉使用了自己的人生经验，调动出我生活中最生动、独特和珍贵的细节，发挥了我的艺术想象。而享受自己的想象才是最醉心的，这是艺术创造者们所独有的一种感受。后来，又是不知不觉，我脱开别人的故事轨道，自己奔跑起来。世界上最可爱的是纸，偏偏纸多得无穷无尽，它们是文学挥洒的无边无际的天地。我开始把一张张洁白无瑕的纸铺在桌上，写下心中藏不住的、唯我独有的故事。

写书比读书幸福得多了。

读书是欣赏别人，写书是挖掘自己；读书是接受别人的沐浴，写作是一种自我净化。一个人的两只眼用来看别人，但还需要一只眼对向自己，时常审视深藏于自身中的灵魂，在你挑剔世界的同时还要同样地挑剔自己。写作能使你愈来愈公正、愈严格、愈开阔、愈善良。你受益于文学首先是这样的自我更新和灵魂再造，否则你从哪里获得文学所必需的真诚？

读书是享用别人的创造成果，写书是自己创造出来供给他人享用。文学的本质是从无到有；文学毫不宽容地排斥仿造，人物、题材、形式、方法，哪怕别人甚至自己使用过的一个巧妙的比喻也不容在你笔下再次出现。当他所有的细胞都是新生的，才能说你创造了一个新生命。于是你为这世界提供了一个有认识价值并充满魅力的新人物，他不曾在人间真正活过一天，却有名有姓有血有肉，并在许许多多读者心底深刻并形象地存在着；一些人从他身上发现身边的人，一些人从他的个性中发现自己；人们从中印证自己，反省过失，寻求教训，发现生存的价值和生活的真谛……还有，世界上一切事物在你的创作中，都带着光泽、带着声音、带着生命的气息和你的情感而再现，而这所有的一切又都是在你两三尺小小的书桌上诞生的，写书是多么令人迷醉的事情啊！

在那无书的日子里，我是被迫却又心甘情愿地走到这条道路上去的，这便是写书。

无书而写书，失而复得。生活总是叫你失掉的少，获得的多。

嘿嘿，这就是我要说的了——

每当旅行在外，手边无书，我就找几块纸铺展在桌上。哪怕一连下上它半个月的雨，我照旧充满活力、眼光发亮、有声有色地待在屋中。我可不是拿写书当作一种消遣。我在做上帝做过的事：创造生命。

1989 年 12 月

第三辑

情 感 天 地

珍珠鸟

真好！朋友送我一对珍珠鸟。放在一个简易的竹条编成的笼子里，笼内还有一卷干草，那是小鸟舒适又温暖的巢。

有人说，这是一种怕人的鸟。

我把它挂在窗前。那儿还有一盆异常茂盛的法国吊兰。我便用吊兰长长的、串生着小绿叶的垂蔓蒙盖在鸟笼上，它们就像躲进深幽的丛林一样安全；从中传出的笛儿般又细又亮的叫声，也就格外轻松自在了。

阳光从窗外射入，透过这里，吊兰那些无数指甲状的小叶，一半成了黑影，一半被照透，如同碧玉；斑斑驳驳，生意葱茏。小鸟的影子就在这中间隐约闪动，看不完整，有时连笼子也看不出，却见它们可爱的鲜红小嘴儿从绿叶中伸出来。

我很少扒开叶蔓瞧它们，它们便渐渐敢伸出小脑袋瞅瞅我。我们就这样一点点熟悉了。

三个月后，那一团愈发繁茂的绿蔓里边，发出一种尖细又娇嫩的鸣叫。我猜到，是它们有了雏儿。我呢？决不掀开叶片往里看，连添食加水时也不睁大好奇的眼去惊动它们。过不多久，忽然有一个小脑袋从叶间探出来。更小哟，雏儿！正是这个小家伙！

它小，就能轻易地由疏格的笼子钻出身来。瞧，多么像它的母亲：红嘴红脚，灰蓝色的毛，只是后背还没有生出珍珠似的圆圆的白点；它好肥，整个身子好像一个蓬松的球儿。

起先，这小家伙只在笼子四周活动，随后就在屋里飞来飞去，一会儿落在柜顶上，一会儿神气十足地站在书架上，啄着书背上那些大文豪的名字；一会儿把灯绳撞得来回摇动，跟着跳到画框上去了。只要大鸟在笼里生气地叫一声，它立即飞回笼里去。

我不管它。这样久了，打开窗子，它最多只在窗框上站一会儿，决不飞出去。

渐渐它胆子大了，就落在我的书桌上。

它先是离我较远，见我不去伤害它，便一点点挨近，然后蹦到我的杯子上，俯下头来喝茶，再偏过脸瞧瞧我的反应。我只是微微一笑，依旧写东西，它就放开胆子跑到稿纸上，绕着我的笔尖蹦来蹦去；跳动的小红爪子在纸上发出"嚓嚓"的声响。

我不动声色地写，默默享受着这小家伙亲近的情意。这样，它完全放心了。索性用那涂了蜡似的、角质的小红嘴，"嗒嗒"啄着我颤动的笔尖。我用手抚一抚它细腻的绒毛，它也不怕，反而友好地啄两下我的手指。

有一次，它居然跳进我的空茶杯里，隔着透明光亮的玻璃瞅我。它不怕我突然把杯口捂住。是的，我不会。

白天，它这样淘气地陪伴我；天色入暮，它就在父母的再三呼唤声中飞向笼子，扭动滚圆的身子，挤开那些绿叶钻进去。

有一天，我伏案写作时，它居然落到我的肩上。我手中的笔不觉停了，生怕惊跑它。待一会儿，扭头看，这小家伙竟趴在我的肩头睡着了，银灰色的眼睑盖住眸子，小红脚刚好给胸脯上长长的绒毛盖住。我轻轻抬一抬肩，它没醒，睡得好熟！还咂咂嘴，难道在做梦！

　　我笔尖一动，流泻下一时的感受：

　　信赖，往往创造出美好的境界。

1984 年 1 月 于天津

麻　雀

　　这种褐色、带斑点、乌黑的尖嘴小鸟，为什么要在城市里落居为生？我想，一定有个生动并颇含哲理意味的故事。不过这故事只能虚构了。

　　这是群精明的家伙。贼头贼脑，又机警，又多疑，似乎心眼儿极多，北方人称它们为"老家贼"。

　　它们从来不肯在金丝笼里美餐一顿精米细食，也不肯在镀银的鸟架上稍息片刻。如果捉它一只，拴上绳子，它就要朝着明亮的窗子，一边尖叫，一边胡乱扑飞；飞累了，就垂下头来，像一个秤锤，还张着嘴喘气。第二天早上，它已经伸直腿，闭上眼死掉了。它没有任何可驯性，因此它不是家禽。

　　它们不像燕子那样，在人屋檐下搭窝。而是筑巢在高楼的犄角；或者在光秃秃的大墙中间，脱落掉一两块砖的洞眼儿里。在那儿，远远可见一些黄黄的草，五月间，便由那里传出雏雀儿一声声柔细的鸣叫。这些巢总是在离地很远，又高又险，人手摸不到的地方。

　　经常同人打交道，它懂得人的恶意。只要飞进人的屋子，人们总是先把窗子关上，然后连扑带打，跳上跳下，把它捉住，拿出去给孩子们玩弄，直到它死掉。从来没有人打开窗子放它飞去。因此，一辈辈麻雀传下来的一个警句，就是不要轻易相信人。麻雀生来就不相信人。它长着土的颜色，为了混淆人的注意力。它活着，提心吊胆，没有一刻得以安心。逆境中磨炼出来的聪明，是它活下去的本领。它们几千年来生活在人间，精明成了它们必备的本领。你看，所有麻雀不都是这样吗？春去秋来的候鸟黄莺儿，每每经过城市都要死去一批，麻雀却在人间活了下来。

它们每时每刻都在躲闪人，不叫人接近它们，哪怕那个人并没看见它，它也赶忙逃掉；它要在人间觅食，还要识破人们布下的种种圈套，诸如支起的箩筐，挂在树上的铁夹子，张在空中的透明的网等，并且在这上边、下边、旁边撒下的一些香喷喷的米粒面渣。还有那些特别智巧的人发明的一种又一种奇特的新捕具。

有时地上有一粒遗落的米，亮晶晶的，那么富于魅力地诱惑着它。它只能用饥渴的眼睛远远地盯着它，却没有飞过去叼起来的勇气。它盯着，叫着，然后腾身而去——这因为它看见了无关的东西在晃动，惹起它的疑心或警觉；或者无端地害怕起来。它把自己吓跑。这样便经常失去饱腹的机会，同时也免除了一些可能致死的灾难。

这种活在人间的鸟儿，长得细长精瘦，有一双显得过大的黑眼睛，目光却十分锐利。由于时时提防人，反而要处处盯着人的一举一动。脑袋仿佛一刻不停地转动着，机警地左顾右盼；起飞的动作有如闪电，而且具有长久不息的飞行耐力。

它们总是吃不饱，需要不停地往返奔跑，而且见到东西就得快吃。有时却不能吃，那是要叼回窝去喂饱羽毛未丰的雏雀儿。

雏雀长齐翅膀，刚刚学飞时，是异常危险的。它们跌跌撞撞，落到地上，就要遭难于人们的手中。更可怕的是，这些天真的幼雀，总把人料想得不够坏。因此，大麻雀时常对它们发出警告。诗人们曾以为鸟儿呢喃是一种开心的歌唱。实际上，麻雀一生的喊叫中，一半是对同伴发出的警戒的呼叫。这鸣叫里饱含着惊心和紧张。人可以把夜莺的鸣叫学得乱真，却永远学不会这种生存在人间的小鸟的语言。

愉快的声调是单纯的，痛苦的声音有时很奇特；喉咙里的音调容易仿效，心里的声响却永远无法模拟。

如果雏雀被人捉到，大麻雀就会置生死于度外地扑来营救。因此人们常把雏雀捉来拴好，耍弄得它吱吱叫喊，旁边设下埋伏，来引大麻雀入网。这种利用血缘情感来捕杀麻雀，是万无一失的。每每此时，大麻雀总是失去理智地扑过去；结果做了人们晚间酒桌上一碟新鲜的佳肴。

在这些小生命中间，充满了惊吓、危险、饥荒、意外袭击和一桩桩想起来后怕的事，以及难得的机遇——院角一撮生霉的米。

它们这样劳碌奔波，终日躲避灾难，只为了不入笼中，而在各处野飞野跑。大多数鸟儿都习惯一方天地的笼中生活，用一身讨人喜欢的羽翼，耍着花腔，换得温饱。唯有麻雀甘心在风风雨雨中，过着饥饿疲惫又担惊受怕的日子。人憎恶麻雀的天性。凡是人不能喂养的鸟儿，都称作"野鸟"。

但野鸟可以飞来飞去；可以直上云端，徜徉在凉爽的雨云边；可以掠过镜子一样的水面；还可以站在缀满绿芽的春树枝头抖一抖疲乏的翅膀。可以像笼中的鸟儿们梦想的那样。

到了冬天，人们关了窗子，把房内烧暖，麻雀更有一番艰辛，寒冽的风整天吹着它们。尤其是大雪盖严大地，见不到食物，它们常常忍着饥肠饿肚，一串串落在人家院中的晾衣绳上，瑟缩着头，细细的脚给肚子上的毛盖着。北风吹着它们的胸脯，远看像一个个褐色的绒球。同时它们的脑袋仍在不停地转动，还在不失对人为不幸的警觉。

哎，朋友，如果你现在看见，一群麻雀正在窗外一家楼顶熏黑的烟囱后边一声声叫着，你该怎么想呢？

1970 年 2 月写

1982 年 6 月整理

乡　魂

一

倘若你生长在故乡，那份乡情乡恋牵肠挂肚自不必说；倘若它只是你长辈的故土，你却出生在异地他乡，你对它的印象与情感都是从长辈那里间接获得的，这故乡对你又是怎样一种感觉？

数年前，我应邀与几位作家南下访游古迹名城，依照主人的安排，途经宁波一日。车子一入宁波，大家还在嘻哈交谈，我却默然不语，脸贴车窗，使劲张望着外边的景物，急于想抓住什么，好跟心里的故乡勾挂在一起。此时我才发现心里的故乡原是空空的。我对自己产生怀疑，面对祖父与父亲的出生地，为何毫无感应？

但它原先只是我的一个符号——籍贯呵。

我不是"回"故乡，而是"来"故乡，第一次。为什么回到故乡，故乡反而没了？我渴望与故乡拥抱和共鸣，但我不知道与故乡的情感怎样接通。好似一张琴闲在那儿，谁来弹响，怎么弹响？

二

下车在街上走走，来往行人说的宁波话一入耳朵，意外有种亲切感透入心怀，驱散了令我茫然的陌生。

我很笨，一直没从祖父和父亲那里学会宁波话。但这特有的乡音仿佛是经常挂在他们嘴边的家乡的民歌，伴随着我的童年与少年。那时，尤其是来串门看望祖父的爷爷奶奶们，大都用这种话与祖父交谈。父亲平时讲普通话，逢到此时便也用这种怪腔怪调加入谈话，好像故意不叫我听懂，气得我噘起小嘴，抗议。那些老爷爷老奶奶们便说笑话逗我、哄我，但依然还说那种难懂的宁波话……这曾经叫我又气又恨的话，为什么此刻有如施魔法时的咒语，一下子把依稀往事、把不曾泯灭的旧情、把对祖父与父亲那些活生生的感觉，全都召唤回来，并逼真地、如画一般的复活了？

在天童寺，一位老法师为我们讲述这座古寺非凡的经历。他地道的宁波口音叫我如听阿拉伯语，全然不懂，我便有机会仔细去看这法师的仪容，竟然发现他与祖父的模样很像：布衣布袜，清瘦身子，慈眉善目，尤其是光光的头顶中央有个微微隆起的尖儿。北方大汉剃了光头，见棱见角，又圆又平；宁波人歇顶后，头顶正中央便显露出这个尖儿来，青亮青亮，仿佛透着此地山水那种聪秀的灵气。我觑起眼睛再感觉一下，简直就是祖父坐在那里说话！

祖父喜欢用薄胎细瓷的小碟小碗吃饭。他晚年患糖尿病，吃米都必须先用铁锅炒过再煮。他从不叫我吃他的饭，因为炒过的米不香，也少了养分。宁波临海，吃起海鲜精熟老到。祖父吃清蒸江螺那一手真叫空前绝后，满满一勺入口，只在嘴里翻几翻，伴随着"吱吱"的吸吮声，再吐出来便都是玲珑精巧的空壳了。每次吃江螺，不用我邀请，祖父总会令人惊叹又神气十足地表演一番。这绝招只有父亲吃鱼吐刺的本事可以媲美。然而，祖父，你如今在哪儿呢？我心头情感一涌，忽然张开眼睛，想对老法师大叫一声爷爷！

奇怪，祖父是在我十岁那年去世的，三十年过去了，什么缘故使我要隔着岁月烟尘并如此动情地呼叫他呢？

是我走到故乡来了，还是故乡已然悄悄走进我的心中？

三

前两年，我去新加坡为"华人文艺营金狮文学奖"评奖。忽有十几位上了年纪的华人到宾馆来访，见面先送我一本刊物，封面上大写着一个"冯"字。原来都是此地冯氏宗亲会的成员。华人在海外谋生，身孤力单需要支持，便组织各种同乡同族的会，彼此依傍，守望相助。每每同乡同族人有了难题，便一齐合力解纷；若是同乡同族人有了成就，就视为共荣，同喜同贺。

一位冯姓长者对我说："你是咱冯家的骄傲呵。"

此时我多么像在家人中间！

张张陌生的面孔埋藏着遥远的亲切。我在哪里曾经与他们相关相连？唐宋还是秦汉？我想起在黄河边望着它烟云迷漫、波光闪耀的来处，幻想着它万里之外那充满魅力的源头。同国、同乡、同肤、同姓，都有一种共同的源头感。有着共同源头的人，身上必定潜藏着一个共同的生命密码，神秘地相牵。

我望见坐在侧面的一位老者清瘦、文弱、似曾相识的面孔，心有所动，问道："你家乡在哪儿？"

"宁波。"他一开口，便依然带着很重的乡音。

第三辑 ❀ 情 感 天 地

我听了，随即说："我们五百年前是一家，我老家也在宁波。"

他马上叫起来："现在就是一家，我们好近呀！"随即急渴渴地向我打听故乡的情形。

多亏我头年途经故乡，有点见闻，才不致窘于回答。他一边听我讲，一边忽而大发感慨："全都不一样了，不一样了……"忽而冲动地站起来，手一指，叫着："那是伯伯带我去捉鱼的地方！"然后逼我讲出更多细节，仿佛直要讲得往事重现才肯作罢。

我怕冷落了同座的其他人，才要转换话题，那些人却笑眯眯地摆手说："不碍事，你再给他多讲讲吧……"

他们高兴这样旁听，直听得脸上全都散发出微醺的神气，好像与我的这位老乡分享着一种特殊的幸福，那便是得以慰藉余生的乡恋。

这老乡情不自禁地把座椅一步步挪到我身前，面对面拼命问，使劲听。可惜我只在故乡停了一天，说不出更多见闻。但我发现，我随便扯些街道的名称、旧楼的式样、蔬菜的种类，他也都视如天国珍闻，引发他更多的问题，以及一串串感叹和惊叫。我更感到故乡伟大而神奇的力量。它像一块巨大的磁石，牢牢吸住一切属于它的人们，不管背离它多久多远。似乎愈远愈久便愈感到它不可抗拒的引力……在我与这异国的华裔老乡分手之时，心中生出一份歉意。我想，我那次在故乡应该多住上几天，为了他，也为了我自己。

1991 年 4 月于天津

灵魂的巢

——《冯骥才的天津》序

对于一些作家来说，故乡只属于自己的童年；它是自己生命的巢，生命在那里诞生；一旦长大后羽毛丰满，他就远走高飞。但我却不然，我从来没有离开过自己的家乡。我太熟悉一次次从天南海北甚至远涉重洋旅行归来而返回故土的那种感觉了。只要在高速路上看到"天津"的路牌，或者听到航空小姐说出它的名字，心中便充溢着一种踏实，一种温情，一种彻底的放松。

我喜欢在夜间回家，远远看到家中亮着灯的窗子，一点点愈来愈近。一次一位生活杂志的记者要我为"家庭"下一个定义。我马上想到这个亮灯的窗子，柔和的光从纱帘中透出，静谧而安详。我不禁说："家庭是世界上唯一可以不设防的地方。"

我的故乡给了我一切。父母、家庭、孩子、知己和人间不能忘怀的种种情谊。

我的一切都是从这里开始。无论是咿咿呀呀地学话还是一部部十数万字或数十万字的作品的写作；无论是梦幻般的初恋还是步入茫茫如大海的社会。当然，它也给我人生的另一面，那便是挫折、穷困、冷遇与折磨，以及意外的灾难，比如抄家和大地震，都像利斧一样，至今在我心底留下了永难平复的伤痕。我在这个城市里搬过至少十次家。有时真的像老鼠那样被人一边喊打一边轰赶。我还有过一次非常短暂的神经错乱，但若有神助一般的被不可思议地纠正回来。在很多年的生活中，我都把多一角钱肉馅的晚饭当作美餐，把那些帮我说几句好话的人认作贵人。然而，就是在这样的困境中，我触到了人生的真谛。从中掂出种种情义的分量，也看透了某些脸后边的另一张脸。我们总说生活不会亏待人。那是说当生活把无边的严寒铺盖在你身上时，一定还会给你一根火柴。就看你识不识货，是否能够把它擦着，烘暖和照亮自己的心。

写到这里，很担心我把命运和生活强加给自己的那些不幸，错怪是故乡给我的。我明白，在那个灾难没有死角的时代，即使我生活在任何城市，都同样会经受这一切。因为我相信阿·托尔斯泰[1]那句话，在我们拿起笔之前，一定要在火里烧三次，血水里泡三次，碱水里煮三次。只有到了人间的底层才会懂得，唯生活解释的概念才是最可信的。

然而，不管生活是怎样的滋味，当它随风而逝之后，全部的记忆都悄无声息地留在这座城市中了。因为我的许多温情的故事是裹在海河的风里的；我挨批挨斗就在五大道上。一处街角，一个桥头，一株弯曲的老树，都会唤醒我的记忆，使我陡然"看见"昨日的影像，它常常叫我骄傲地感觉到自己拥有那么丰富又深厚的人生，而我的人生全装在这个巨大的城市里。

更何况，这城市的数百万人，还有我们无数的先辈，也都把他

---

[1] 阿·托尔斯泰：生于 1882 年 12 月 29 日，卒于 1945 年 2 月 23 日。跨越了沙俄和苏联两个历史时期的俄罗斯作家。善于描绘大规模的群众场面，安排复杂的情节结构，塑造各种不同类型的人物形象。代表作为《苦难的历程》。

们的人生故事书写在这座城市中了。一座城市怎么会有如此庞博的承载与记忆？别忘了——城市还有它自身非凡的经历与遭遇呢！

最使我痴迷的还是它的性格。这性格一半外化在它的形态上，一半潜藏在它地域的气质里。这后一半好像不容易看见，它深刻地存在于此地人的共性中。城市的个性是当地的人一代代无意中塑造出来的。可是，城市的性格一旦形成，就会反过来同化这个城市的每一个人。我身上有哪些东西来自这个城市的文化？孰好孰坏？优根劣根？我说不好。我却感到我和这个城市的人们浑然一体，我和他们气息相投，相互心领神会，有时甚至不需要语言交流。我相信，对待自己的家乡就像对待你真爱的人，一定不只是爱它的优点。或者说，当你连它的缺点都觉得可爱时——它才是你真爱的人，才是你的故乡。

一次，在法国，我和妻子南下去到马赛。中国驻马赛的领事对我说，这儿有位姓屈的先生，是天津人，听说我来了，非要开车带着我到处跑一跑。待与屈先生一见，情不自禁说出两三句天津话，顿时一股子唯津门才有的热烈与义气劲儿扑上心头。屈先生一踩油门，便从普罗旺斯一直跑到西班牙的巴塞罗那。一路上，说的尽是家乡的新闻与旧闻，奇人趣事，直说得浑身热辣辣，五体流畅，上千公里的漫长的路程竟全然不觉。到底是什么东西使我们如此亲热与忘情？

家乡把它怀抱里的每个人都养育成自己的儿子。它哺育我的不仅是海河蔚蓝色的水和亮晶晶的小站稻米，更是它斑斓又独特的文化。它把我们改造为同一的文化血型，它精神的因子已经注入我的血液中。这也是我特别在乎它的历史遗存、城市形态乃至每一座具有纪念意义的建筑的缘故。我把它们看作是它精神与性格之所在，而绝不仅仅是使用价值。

　　我知道，人的命运一半在自己手里，一半还得听天由命。今后我是否还一直生活在这里尚不得知。但我无论到哪里，我都是天津人。不仅因为天津是我的出生地——它绝不只是我生命的巢，而且是灵魂的巢。

2003 年 8 月 17 日

夕照透入书房

我常常在黄昏时分，坐在书房里，享受夕照穿窗而入带来的那一种异样的神奇。

此刻，书房已经暗下来。到处堆放的书籍、文稿以及艺术品重重叠叠地隐没在阴影里。

暮时的阳光，已经失去了白日里的咄咄逼人；它变得很温和，很红，好像一种橘色的灯光，不管什么东西给它一照，全都分外地美丽。首先是窗台上那盆已经衰败的藤草，此刻像镀了金一样，蓬勃发光；跟着是书桌上的玻璃灯罩，亮闪闪的，仿佛打开了灯；然后，这一大片橙色的夕照带着窗棂和外边的树影，斑斑驳驳投射在东墙那边一排大书架上。阴影的地方书皆晦暗，光照的地方连书脊上的文字也看得异常分明。《傅雷文集》的书名是烫金的，金灿灿地放着光芒，好像在骄傲地说："我可以永存。"

怎样的事物才能真正地永存？阿房宫和华清池都已片瓦不留，李杜的名句和老庄的格言却一字不误地镌刻在每个华人的心里。世上延绵最久的还是非物质的——思想与精神。能够准确地记忆思想的只有文字。所以说，文字是我们的生命。

当夕阳移到我的桌面上，每件案头物品都变得妙不可言。一尊苏格拉底的小雕像隐在暗影中，一束细细的光芒从一丛笔杆的缝隙中穿过，停在他的嘴唇之间，似乎想撬开他的嘴巴，听一听这位古希腊的哲人对如今这个混沌而荒谬的商品世界的醒世之言。但他口含夕阳，紧闭着嘴巴，一声不吭。

昨天的哲人只能解释昨天，今天的答案还得来自今人。这样说来，一声不吭的原来是我们自己。

陈放在桌上的一块四方的镇尺最是离奇。这个镇尺是朋友赠送给我的。它是一块纯净的无色玻璃，一条弯着尾巴的小银鱼被铸在玻璃中央。当阳光射入，玻璃非但没有反光，反而由于纯度过高而消失了，只有那银光闪闪的小鱼悬在空中，无所依傍。它瞪圆眼睛，似乎也感到了一种匪夷所思。

一只蚂蚁从阴影里爬出来，它走到桌面一块阳光前，迟疑不前，几次刚把脑袋伸进夕阳里，又赶紧缩回来。它究竟是畏惧这奇异的光明，还是习惯了黑暗？黑暗总是给人一半恐惧，一半安全。

人在黑暗外边感到恐惧，在黑暗里边反倒觉得安全。

夕阳的生命是有限的。它在天边一点点沉落下去，它的光却在我的书房里渐渐升高。短暂的夕照大概知道自己大限在即，它最后抛给人间的光芒最依恋也最夺目。此时，连我的书房的空气也是金红的。定睛细看，空气里浮动的尘埃竟然被它照亮。这些小得肉眼刚刚能看见的颗粒竟被夕阳照得极亮极美，它们在半空中自由、无声、缓缓地游弋着，好像徜徉在宇宙里的星辰。这是唯夕阳才能创造的境象①——它能使最平凡的事物变得无比神奇。

在日落前的一瞬，夕阳残照已经挪到我书架最上边的一格。满

---

① 境象：景象；情境。

室皆暗，只有书架上边无限明媚。那里摆着一只河北省白沟的泥公鸡。雪白的身子，彩色翅膀，特大的黑眼睛，威武又神气。这个北方著名的泥玩具之乡，至少有千年的历史，但如今这里已经变为日用小商品的集散地，昔日那些浑朴又迷人的泥狗泥鸡泥人全都了无踪影。可是此刻，这个幸存下来的泥公鸡，不知何故，对着行将熄灭的夕阳张嘴大叫。我的心已经听到它凄厉的哀鸣。这叫声似乎也感动了夕阳。一瞬间，高高站在书架上端的泥公鸡竟被这最后的阳光照耀得夺目和通红，好似燃烧了起来。

2005 年 11 月 28 日

空信箱

　　我的信箱挂在大门上，门板掏个长方形的洞，信打外边塞进来。只要听邮递员"叮叮"一拨车铃，马上跑去打开，一封信悄然沉静地立在箱子里。天蓝色的信封像一块天空，牛皮纸褐色的信封像一片泥板，沉甸甸的。扯开信时的心情总是急渴渴的，不知里边装着的是意外是倾诉是愁苦是体贴是欢愉是求助，或是火一样的恋情烟一样的思绪带子一样扯不断的思念。天南地北海角天涯的朋友们的行踪消息全靠它了。

　　有时等信等得好苦，一天几次去打开它，总以为错过邮递员的铃声，打开却是空的。我最怕它空空洞洞冷冷清清的样子。我的院墙高，门也高，阳光跨不进来，外边世界的兴衰枯荣常常由它告我；打开信箱，里边有时几团柳絮几片落花几个干卷的叶子，还有洁白的雪深暗的雨点。它们是从投信孔钻进来的。有时随着开门的气流，几朵毛茸茸的蒲公英的种子"噗"地扑在脸上，然后飘飘摇摇飞升，在高高的阳光里闪着，有如银羽。目光便随它投向淡淡的天，亮亮的云。春天也到达我塞外朋友那里了吧，我陷入一片温馨的痴想……

　　它是拿几块木板草草钉上的，没涂漆，日晒雨淋，到处开裂，但没有任何箱子比它盛得更多。

它是我生活的一部分，也是我心灵的一部分。

用心生活是累人的，但唯此才幸福。

大灾难把我这部分扯去。信箱的门叫一个无知的孩子掰掉。箱子的四边像个方木框残留在那里。一连几个月等不到邮递员铃声的召唤，朋友们的命运都会碰到什么？

我这才懂得，心不相连人极远。

它空在那儿，似乎比我还空。

可是……奇迹出现了。一天天暮，夕阳打投信孔照进来。我的院子头一次有阳光。先是在长条形洞孔迷蒙灿烂地流连了一会儿，便落到墙角——向来最暗最潮最阴冷的地方，把满地青苔照得鲜碧如洗，俯下身看，好像一片新雨后的草原，极美。随后这光就沿着墙根一条砖一条砖往上爬，直爬到第五条砖，停住，几只蚂蚁也停在那里默默享受这世界最后的暖意和光明。不知不觉这光变得渐细渐淡直到无声无息地熄灭，整个信箱变成一块方形的黑影。盯着它看，就会一直走进空无一物的宇宙。

蜘蛛开始在信箱里拉网了，上下左右，横来斜去，它们何以这样放胆在这儿安家？天一凉，秋叶钻进来，落在蛛网上。金色的船，银色的渔网，一层网一层船，原来寂寞也会创造诗。诗人从来不会创造寂寞。

忽然一天，"叮——叮——"我心一亮，邮递员，信！

跑出去，远远就见白白的一封信稳稳地竖在箱中。过去一捏，厚厚的，千言万语，一个几次梦到的朋友寄来的。一拿，却有股微微的力往回扯，是黏黏的带点韧劲的蛛丝。再拉，蛛丝没断却拉得又长又直，极亮，还微微抖颤，上边船形的黄叶子全在一斜一直、一直一斜地来回扭动。一如五线谱上甜蜜的旋律，无声地响起来……

　　昨夜我忽然梦到这许久以前的情景，一条条长长的亮闪闪的蛛丝，来回扭动的黄叶子，我梦得好逼真，连拉蛛丝时那股子韧劲都感觉到了。心里有点奇怪，可我断言这是我有生以来最美的一个梦境。

1986 年 12 月 30 日于天津

烛　光

你自以为知道我，你怎么会知道我。

我并不神秘，可我有我的一切；我并不想知道你的秘密，可你肯定也有你的一切，我明白。

好黑好静好冷好暖。一支燃烧的烛，照亮你的眼睛，也照亮我的眼睛。你把方靠垫紧紧抱在怀里，脸儿埋起来，只露一双闪闪烁烁的眼凝视着我，这样你就看透了我？傻瓜，我什么也不说，叫你看。

怎么，你看见了我心底的沉船？十三个水手，十三世纪时，和它一起丧命。尸体被鲨鱼的利嘴一条条一块块撕烂，血的猩红溶没在海阴冷的蓝色里。你或许还能搜寻到一个戒指一条项链一把匕首一颗铜纽扣。那是十三个死难的朋友留给我的遗物。我的财富不是珠宝，全是遗物。还有一只船是我自己炸沉的，一条有史以来最美的多桅帆船。别问我为什么，也别想找到它，我早用泥沙把它埋好藏好永远封存好，浩阔漆黑寒冷空旷咸涩寂寞的海呵……

一群群自由自在的小鱼盲目游窜，它们成群结队左一转弯右一兜圈的当儿，闪耀出密密麻麻细碎的粼光。到处都有空间，到处流动着玻璃似的光亮透明的液体。没有人迹的地方才有童话，没有童话才是原始世界；属于人的都不能长存，无音乐便是永恒。永恒的核儿是绝对的孤独。孤独是一种富有一种自足一种随心所欲。最大的孤独是宇宙。人在宇宙里还是宇宙在人心里？

你或许看到这数十丈数百丈雄伟的人形巨石。它给绿茸茸的海绵包裹得有点笨拙有点滑稽有点憨厚傻气，千形万状的藻类是海装饰给它的奇花异卉。千万别拥抱它！这是一次凶猛的海底火山爆发竖立的纪念碑。它中间熔铸着烧焦的鱼骨、化成烟粉的海百合和千千万万五光十色的小贝螺枯干的躯壳。海那时是滚沸的，水变成火，万物在毁灭前拧动扭转身体作为无声的绝叫。活的纪念死的，死的也纪念活的。生与死远远分开，生与死紧紧相连……阳光照进来，被一层层暗流切割，在我心底忽明忽灭，各种颜色忽亮忽暗。自己对自己才是最大的谜。

人没有力量破坏自己；没有漩涡我无穷的力又怎么显示？任何外来的风暴都无法进入我的底层，永久的宁静和永久的渴望。狂浪喧嚣不过是我随意哼出的歌。我要发自心底的宣泄，但不是别人，是我自己压着自己的喉咙。我使自己喘不过气来。

这一切你一点也没看出来，所以你问："你的眼睛为什么这么柔和？"

傻瓜。我专注地望着你。你夜色般长长的黑发中间，你隆起的额头你眉心那块小平面上，弥漫着金红透彻的烛光。我想起西北高原上一个迷人的黄昏，那时我正在吃苦受难。你深幽的眼睛在眉突下的阴影里一闪一闪，整个世界一个世纪难得有这样的纯净。对于你，我还是困惑。我并不知道你。你有你的一切，还是这句话。

经历无法重叠。如同一条路和另一条路。暂时它们平行或偶然它们相交，但你来自陌生的远远一方，我来自另一方。

你说你源起于一片如画的风光，七十四座岛屿间轻轻的雾里风里雨里浪花的喋喋不休里，所以你信仰自然。世上一切都这么美好地开始，但一切开始都胜过结果。

因此我不能相信你至今依旧是条幽静的山间小路。路人是你道上滑过的一个个音符。枝叶如伞，你既无暴晒也无淋浇。夕阳、霞光、月色轮流抚摸你的身体，树影是你的衣衫；老羊领着小羊慢吞吞地横穿而过，小鸟们放心大胆地在道路中央啄弄落花，繁衍过剩的青草从两旁蔓生常常把你绿绿地覆盖……你总是从一个醉了的山庄通往一个做梦的村落，总是在溪水里洗过澡再爬上山顶吹风。你说你，立在风里，崇尚了人。

那时你一定还没有进入人生，一定还在童年。你把童年拉长二十年还是童年。人生的沟壑填满现实的石头。没一条不是累人熬人折磨人到死的路。

我的目光蘸着烛光探进你的眼睛，碰到的是一片大雾。我开始相信我的猜测我的预感并感觉到我所经历过的那些路。山崩滑坡突然切断它，洪水突然冲垮它，荆棘突然封锁它，它突然变作一条没有退路的独木桥。深深的车辙是轧过你心上的印痕，时间也无法磨平；包铁皮的大木轱辘陷入泥泞，轴杠断裂，精疲力竭的车夫们张大给征尘粘黏的嘴唇痛苦地嘶吼。马在半道上累死了，唯一的路几乎把你抛出去。目的地是路的希望，希望总是很远很远，行程中看不见。饥饿的鹰在头顶上空盘旋，毒日头把它的翅膀快烧着了，它像扇着两股黑烟沉缓地飞。有时你立在几条野路的交叉口，没有路标，路标或是大雨中叫人垫路踩碎了。哪里……哪里……哪里是你的去处？忽然没有来路也没去路。你问路人，各走各的路，谁知你往何处，陡然，你空了。

　　你有没有在极端中迷失，在犹豫中错过？你听任命运，命运也会骗你。你有没有把自己掏空了，交给一个人，他却丢掉你走了，头也不回？

　　一路，有野花有星光有鸟鸣有云影，大河在天边金子般发光，虹架在你的头顶。但它们只有和你的彼岸连在一起，才属于你。

　　傻瓜，一个人一辈子有几次这样的巧合！

　　别急于把沿路采来的花撒在我寂寞的海上，大海经得起狂轰滥炸却经不住一片花瓣；我也不急于用咸涩的水洗涤你浑身厚厚的征尘，洗一次是撕一层皮。

　　我只想知道，这路上是否有你的影子？

　　其实我这些话一句一字也没说，我一直默默地专注地看着你，也不问，等你说。你也无声无语。

　　中间是半截子静静燃烧的蜡烛。好静好黑好亮好冷好暖，这个晚上。

　　烛光忽然跳到你眼睛里，晶莹地闪动起来，肯定因为我的眼睛也是这样。我明白。

1987 年 2 月

书　架

　　大凡人们都是先有书，后有书架的；书多了，无处搁放，才造一个架子。我则不然。我仅有十多本书时，就有一个挺大、挺威风、挺华美的书架了。它原先就在走廊贴着墙放着，和人一般高，红木制的，上边有细致的刻花，四条腿裹着厚厚的铜箍。我只知是家里的东西，不知原先是谁用的，而且玻璃拉门一扇也没有了，架上也没有一本书，里边一层层堆的都是杂七杂八的什么破布呀、旧竹篮呀、废铁罐呀、空瓶子呀等等，简直就是个杂货架子了。日久天长，还给尘土浓浓地涂了一层灰颜色，谁见了它都躲开走，怕沾上灰尘弄脏了衣服，我从来也没想到它会与我有什么关系。只是年年入秋，我把那些大大小小的蟋蟀罐儿一排排摆在上边，起先放在最下边一层，随着身子长高而渐渐一层层向上移。

　　至于拿它当书架用，倒有一个特别的起因。

　　那是十一岁时，我到一个同学家里去玩儿，见到这同学的爷爷，一位皓首霜须、精神矍铄、性情豁朗的长者；他的房间里四壁都是书架，几乎瞧不见一块咫尺大小的空墙壁。书架上整整齐齐排满书籍。我感到这房间又神秘又宁静，而且莫测高深。这老爷爷一边轻轻将着老山羊那样一缕梢头翘起的胡须，一边笑嘻嘻地和我说话。

不知为什么，我这张平日挺能说话的嘴巴始终紧紧闭着，不敢轻易地张开。是不是在这位拥有万卷书的博知的长者面前，任何人都会自觉轻浅，不敢轻易开口呢？我可弄不清自己那冥顽混沌的少年时代的心理和想法，反正我回家后，就把走廊那大书架硬拖到我房间里，擦抹得干干净净，放在小屋最显眼的地方，然后把自己的宝贝书也都一本紧挨着一本立在上边。瞧，《敏豪生奇遇记》啦，《金银岛》啦，《说唐演义全传》啦，《祖母的故事》啦，《铁木儿和他的伙伴》啦……一时我觉得自己有点像同学家那老爷爷了，心里有种说不出的快感。遗憾的是，这些书总共不过十多本，放在书架上，显得可怜巴巴，好比在一个大院子里只栽上几棵花，看上去又穷酸又空洞。我就到爷爷、妈妈、姐姐、妹妹的房间里去搜罗，凡是书籍，不论什么内容，一律拿来放在我的书架上，惹得他们找不到就来和我吵闹。我呢，就像小人国的仆役，急于要塞饱格列佛的大肚子那样，整天费尽心思和力气到处找书。大概最初我就是为了填满这大书架才去书店、遛书摊、逛书市的。我没有更多的钱，就把乘车、看电影和买冰棒的钱都省下来买了书。

到底从什么时候开始，我不再为了充实书架而买书，记不得了。我有过一种感觉：当许许多多好书挤满在书架上，书架就变得次要、不起色，甚至没什么意义了。我渐渐觉得还有一个硕大无比、永远也装不满的书架，那就是我自己。

此后，我就忙于填满自己这个"大书架"了。

书是无穷无尽的。一本本书就像一个个潮头，一页页书就像一片片浪花，书上的字便是一颗颗晶莹的水珠。它们汇成了海洋吗？那么你最多只是站立滩头的弄潮儿而已。大洋深处，有谁到过？有人买书，总偏于某一类。我却不然。两本内容完全是两个领域的书，看起来毫无关系，就像各处在太平洋和大西洋的两滴水珠，没有任何关联一样，但不知哪一天，出于一种什么机缘和需要，它俩也会倏然地融成一滴。

这样，我的书就杂了。还有些绝版的、旧版的书，参差地竖立在书架上，它们带着不同时代的不同风韵气息，这一架子书所给我的精神享受也是无穷无尽的了。

一九六六年，正是我那书架的顶板上也堆满书籍时，却给骤然疾来的"红色狂飙"一扫而空。这大概也叫作"物极必反"吧！我被狂热无知的"小将"们逼着把书抱到当院，点火烧掉。那时，我居然还发明了一种焚烧精装书的办法。精装本是硬纸皮，平放烧不着，我就把书一本本立起来，扇状地打开，让一页页纸中间有空气，这样很快地就烧去书心，剩下一排熏黑的硬书皮立在地上。我这一项发明获得监视我烧书的"小将"的好感，免了一些戴纸帽、挨打和往脸上涂墨水的刑罚。

书架空了，没什么用了，我又把它搬回到走廊上。这时，我已成家，就拿它放盐罐、油瓶、碗筷和小锅。它便变得油腻、污黑、肮脏，重新过起我少年时代之前那种被遗弃一旁的空虚荒废的生活。

有时，我的目光碰到这改作碗架的书架，心儿陡然会感到一阵酸楚与空茫。这感觉，只有那种思念起永别的亲人与挚友的心情才能相比。痛苦在我心里渐渐铸成一个决心：反正今后再不买书了。

生活真能戏弄人，有时好像成心和人较劲，它能改变你的命运，更不会把你的什么"决心"当作一回事。

最近几年，无数崭新的书出现在书店里。每当我站在这些书前，那些再版书就像久别的老朋友向我打招呼；新版书却像一个个新遇见的富于魅力的朋友朝我微笑点首。我竟忍不住取在手中，当手指肚轻轻抚过那光洁的纸面时，另一只手已经不知不觉地伸进口袋，掏出本来打算买袜子、买香烟、买橘子的钱来……

沾上对书的嗜好就甭想改掉。顺从这高贵而美好的嗜好吧！我想。

如今我那书架又用碱水擦净，铺上白纸，摆满油墨芳香四溢的新书，亭亭地立在我的房间里。我爱这一架新书，但我依旧怀念那一架旧书。世界上丢失的东西，有些可以寻找回来，有些却再无觅处。但被破坏了的好的事物总要重新开始，就像我这书架……

1982 年 5 月 10 日

献你一束花

鲜花，理应呈送给凯旋的英雄。难道献给这暗淡无光的失败者？

她一直垂着头。前四天，她从平衡木上打着旋儿跌在垫子上时，就把这美丽而神气的头垂下来。现在她回国了，走入首都机场的大厅，简直要把脑袋藏进领口里去。她怕见前来欢迎的人们，怕记者问什么，怕姐姐和姐夫来迎接她，甚至怕见到机场那个热情的女服务员——她的崇拜者，每次出国经过这里时，都跑来帮着她提包……有什么脸见人，大败而归！

这次世界性比赛，她完全有把握登上平衡木和高低杠"女王"的宝座，国内外的行家都这么估计，但她的表演把这些希望的灯全都关上了。

两年前，她第一次出国参加比赛，夹在许多名扬海外的姑娘们中间，不受人注意，心里反而没负担，出人意料拿了两项冠军。回国时，就在这机场大厅里，她受到空前热烈的迎接。许多只手朝她伸来，许多摄影机镜头对准她。一个戴眼镜的记者死死纠缠着问："你最喜欢什么？"她不知如何作答，抬眼看见一束花，便说："花！"于是就有几十束花朝她塞来，多得抱不住。两年来多次出国比赛，她胸前挂着一个又一个亮闪闪的奖牌回来，迎接她的是笑脸、鲜花和摄影机雪亮的闪光。是不是这就加重了她的思想负担？愈赢愈怕赢，成绩的包袱比失败的包袱更重。精神可以克服肉体的痛苦，肉体却无法摆脱开精神的压力。这次她在平衡木上稍稍感觉自己有些不稳，内心立刻变得慌乱而不能自制。她失败了，并且跟着在下面其他项目的比赛中一塌糊涂地垮下来……

本来她怕见人，走在队伍最后，可是当她发现很少有人招呼她，摄影记者也好像有意避开她时，她感到冷落，加重了心中的沮丧和愧疚，纵使她有回天之力，一时也难补偿，她茫然了。是啊，谁愿意与失败者站在一起。

忽然她发现一双脚停在她眼前。谁？她一点点向上看：深蓝色的服装，长长的腿，铜衣扣，无檐帽下一张洁白娴静的脸儿。原来是机场那女服务员，正背着双手，含笑对她说："我在电视里观看了你们的比赛，知道你今天回来，特意来迎接你。"

"我真糟！"她赶紧垂下头。

"不，你同样用尽汗水和力量。"

"我是失败者。"

"谁都不能避免失败。我相信，失败和胜利对于你同样重要。让失败属于过去，胜利才属于未来。"女服务员的声音柔和又肯定。

她听了这话，重新抬起头来。只见女服务员把背在身后的手向前一伸，一大束五彩缤纷的花捧到她的面前。浓郁的香气竟化作一股奇异的力量注入她的身体。她顿时热泪满面。

怎么？花，理应呈送给凯旋的英雄，难道也要献给这暗淡无光的失败者？

1983 年

第四辑

难 忘 之 人

花　巷

　　头一次来到杭州市的我，只认得她。

　　还有，诗里书里照片里常见的那湿濛濛的风景。

　　以前，一想到她——她的形影总是混在这片朦胧又柔和的风景里。

　　这是一种想象。想象总比现实美，会不会有比想象更美的现实？

　　女人最善于用想象创造现实。因此她第一次伴我游览西湖，选择晚间到苏堤上漫步。她的轮廓常常恍恍惚惚地消融在黑黑的夜色里，又一下子给月光照亮的湖水清晰地映衬出来。她的脸模糊得像一团雾，目光却像远处的灯光那样忽然灿然一闪……一直走到堤上无人，月在中天。她约我明天傍晚去她家，然后告诉我一条街道的名字。我问她门牌号码，她说在一条巷子里。我又问这巷子的名称。

　　她神秘地说，你闻到空气里有什么气味吗？

　　我吸一吸鼻子说，闻到了，是一种花香，挺特别，很清淡，不过又很浓厚……

　　她绽开笑容说，好了，只要你在那条街上闻到这种花味，就是我的巷子。巷子尽头的一个小门，就是我的家。

第二天傍晚，我找到那条街，便开始找寻昨夜那香味。我忽然有点紧张，好像把那香味忘了。我向一群孩子打听，孩子们都笑了。他们说这街上有好多巷子，每条巷子都开满花，都香，你说的是哪种花？什么味儿？

我更茫然。似乎把那花连同她一起丢掉了。原来用鼻子记事这么不可靠。

我从街这端一直走到那端，来回两遍。街上竟有这么多巷子，每条巷子都像花的甬道。一条红、一条黄、一条紫或一条雪白。我在每条巷口都吸一吸鼻子。花的种类不一样，不同的花喷溢出不同的香味，把我的嗅觉完全搞乱了。

直到天暗下来，万物消形，没了色彩。我疲惫不堪地坐在路边道沿上，失去信心，只是还不甘心返回旅店。忽然……一种淡淡的熟悉的香味，从背后飘来，好似蹑手蹑脚到我身后，轻轻将我拢住。我一回头，一阵浓浓的芬芳扑在我脸上。这就是属于我的那花香呀。我眼前渐渐出现一条幽蓝幽蓝的巷子，深长的巷子两边，白晃晃的，满是花，正是她的巷子！

奇怪，为什么刚才来回几次都没闻到这花香？难道它像夜来香那样，入夜才散发芳香？难道它只有等着你苦苦寻求时，才悄悄出现？

我走进巷子，蓝色的夜凉如同水一般，从我的面颊和臂膀旁滑溜溜地流过。我整个身子融入这深巷，也就融入这浓得化不开的芬芳里。我记得她的话——巷子尽头是她家。我一直往里走，感觉自己像一只蜜蜂，钻进一个巨大、柔美、香喷喷的花蕊里……渐渐的，我一点点看见，巷子尽头站着一个人，浅浅一条长裙。她大概在这里默立许久，却相信我一定会来。

　　这是太久太久的事了。对于这条花巷以及那特有的香味，偶尔还会动心地想起。但我不会再来，因为世上不会再有那样的女孩了。

1994 年 8 月 23 日

长衫老者

　　我幼时，家对门有条胡同，又窄又长，九曲八折，望进去深邃莫测。隔街是店铺集中的闹市，过往行人都以为这胡同通向那边闹市，是条难得的近道，便一头扎进去，弯弯转转，直走到头，再一拐，迎面竟是一堵墙壁，墙内有户人家。原来这是条死胡同！好晦气！凡是走到这儿来的，都恨不得把这面堵得死死的墙踹倒！

　　怎么办？只有自认倒霉，掉头走出来。可是这么一往一返，不但没抄了近道，反而白跑了长长一段冤枉路。正像俗话说的贪便宜者必吃亏。那时，只要看见一个人满脸丧气地从胡同里走出来，哈，一准知道是撞上死胡同了！

　　走进这死胡同的，不仅仅是行人，还有一些小商小贩。为了省脚力，推车挑担串进来，这就热闹了。本来狭窄的道儿常常拥塞；叫车轱辘碰伤孩子的事也不时发生。没人打扫它，打扫也没用，整天土尘蓬蓬[1]。人们气急就叫："把胡同顶头那家房子扒了！"房子扒不了，只好忍耐；忍耐久了，渐渐习惯。就这样，乱乱哄哄，好像

---

① 土尘蓬蓬：形容灰尘很多，脏而凌乱。

它天经地义就该如此。

一天，来了一位老者，个子矮小，干净爽利，一件灰布长衫，红颜白须，目光清朗，胳肢窝夹个小布包包，看样子像教书先生。他走进胡同，一直往里，可过不久就返回来。嘿，又是一个撞上死胡同的！

这位长衫老者却不同于常人。他走出来时，面无懊丧，而是目光闪闪，似在思索，然后站在胡同口，向左右两边光秃秃的墙壁望了望，跟着蹲下身，打开那布包，包里面有铜墨盒、毛笔、纸张和一个圆圆的带盖的小饭盆。他取笔展纸，写了端端正正、清清楚楚的四个大字：此路不通。又从小盆里捏出几颗饭粒，代作糨糊，把这张纸贴在胡同口的墙壁上，看了两眼便飘然而去。

咦，谁料到这张纸一出，立刻出现奇迹。过路人若要抄近道扎进胡同，一见纸上的字，就转身走掉；小商贩们即使不识字，见这里进出人少，疑惑是死胡同，自然不敢贸然进去。胡同陡然清静多了。过了些日子，这纸条给风吹雨打，残破了，胡同里的住家便想到用一块木板，仿照这四个字写在上边，牢牢钉在墙上，这样就长久地保留下来。

胡同自此大变样子。

它出现了从来没见过的情景：有人打扫，有人种花，有孩童玩耍；鸟雀也敢在地面上站一站。逢到一夜大雪过后，犹如一条蜿蜒洁白的带子，渐渐才给早起散步的老人们踩上一串深深的雪窝窝。这些饱受市井喧嚣的人家，开始享受起幽居的静谧和安宁来了。

于是，我挺奇怪，本来这么简单的一个举动，为什么许多年里不曾有人想到？我因此愈加敬重那矮小、不知姓名、肯思索、更肯动手来做的长衫老者了……

1984 年 2 月 8 日《文汇报》首发

第四辑

难忘之人

挑山工

——泰山旧日见闻之二

一

你见过泰山的挑山工吗？这是种很奇特的人！

不知别处对这种运货上山的民夫怎样称呼。这儿习惯叫作挑山工。单从"挑山"二字，就可以体会出这种工作非凡的艰辛。肩挑着百十斤的重物，从山下直挑到烟云缭绕、鸟儿都难飞得上去的山顶，谁敢一试？更何况，这被誉为"五岳之首"的泰山，自有其巍巍而不可征服的威势。从山根直至极顶处，一条道儿，全是高高的石头台阶，简直就是一架直上直下的万丈天梯。在通向南天门的十八盘道上，那些游山来的健壮的男儿，也不免气喘吁吁；一般人更是精疲力竭，抓着道旁的铁栏，把身子一点点往上移。每爬上十来磴台阶，就要停下来歇一歇。只有这时，你碰到一个挑山工——他给重重的挑儿压塌了腰，汗水湿透衣衫，两条腿上的肌条筋缕都清晰地凸现在外，默不作声，一步一步，吃力又坚韧地走过你身旁，登了上去，你那才算是约略知道"挑山"二字的滋味……

挑山工，大概自古就有。山头那些千年古刹所用的一切建筑材料，都是从山下运上来的。你瞧着这些构造宏伟的古建筑上巨大的梁柱础石、沉重的铜砖铁瓦，再低头俯望一条灰白的山路，如同一根细绳，蜿蜒曲折，没入茫茫的谷底，你就会联想到，当年为了建造这些庙宇寺观，为了这壮观的美，挑山工们付出了怎样艰巨和惊人的劳动！

我少时来游泰山，山顶上还有三四十户人家，家中的男人大多是挑山工，给山上的国营招待所运送食品货物以为生计。清早，他们拿了扁担绳索，带着晨风晓露下山去，后晌随着一片暮云夕阳，把货物挑上山来。星光烁烁时，家家都开夜店，留宿在山头住一夜而打算转天早起观瞻日出的游人，收费却比国营招待所低廉。他们的屋子是石头垒的。山上风大，小屋都横竖卧在山道两旁的凹处，屋顶与道面一般平。屋里边简陋得几乎什么也没有，用来招待客人的，只有一条脏被和热开水。为了招徕顾客，各家门首还挂着一块小木牌，写着店名。有的叫"棒槌店"，就在木牌两边挂一对小木棒槌；有的叫"勺儿店"，便挂一对乌黑的小生铁勺儿；下边拴些红布穗子，随风摇摆，叮当轻响。不过，你在这店里睡不好觉。劳累了一天的挑山工和客人们睡在一张炕上。他们要整整打上一夜松涛般呼呼作响的鼾声……

在这些小石屋中间，摆着一件非常稀罕的东西。远看一人多高，颜色发黑，又圆又粗，两个人才能合抱过来。上边缀满繁密而细碎的光点，熠熠闪烁，好像一块巨型的金星石。近处一看，原来是一口特大的水缸，缸身满是裂缝，那些光点竟是数不清的连合破缝的锔子，总有一两千个，颇令人诧异。我问过山民才知道，山顶没有泉眼，缺水吃，山民们用这口缸储存雨水。为什么打了这么多锔子呢？据说，三百多年前，山上住着一百多户人家。每天人们要到半山腰去取水，很辛苦。一年，从这些人家中，长足了八个膀大腰圆、力气十足的小伙子。大家合计了一下，在山下的泰安城里买了这口大缸。由这八个小伙子出力，整整用了七七四十九天，才把大缸抬到山顶。以后，山上人家愈来愈少，再也不能凑齐那样八个健儿，抬一口新缸来。每次缸裂了，便到山下请上来一位锔缸的工匠，锔上裂缝。天长日久，就成了这样子。

听了这故事，你就不会再抱怨山顶饭菜价钱的昂贵。山上烧饭用的煤，也是一块块挑上来的呀！

二

在泰山上，随处都可以碰到挑山工。他们肩上架一根光溜溜的扁担，两端翘起处，垂下几根绳子，拴挂着沉甸甸的物品。登山时，他们的一条胳膊搭在扁担上，另一条胳膊垂着，伴随着登踏的步子有节奏地一甩一甩，以保持身体的平衡。他们的路线是折尺形的——先从台阶的一端起步，斜行向上，登上七八级台阶，就到了台阶的另一端；便转过身子，反方向斜行，到一端再转回来，一曲一折向上登。每次转身，扁担都要换一次肩，这样才能使垂挂在扁担前头的东西不碰在台阶的边沿上，也为了省力。担了重物，照一般登山那样直上直下，膝头是受不住的。但路线曲折，就使路程加长。挑山工登一次山，大约多于游人们路程的一倍！

你来游山，一路上观赏着山道两旁的奇峰异石、巉岩绝壁、参天古木、飞烟流泉，心情喜悦，步子兴冲冲。可是当你走过这些肩挑重物的挑山工的身旁时，你会禁不住用一种同情的目光，注视他们一眼。你会因为自己身无负载而倍觉轻松，反过来，又为他们感到吃力和劳苦，心中生出一种负疚似的情感……而他们呢？默默的，不动声色，也不同游人搭话——除非向你问问时间。一步步慢吞吞地走自己的路。任你怎样嬉闹叫喊，也不会惊动他们。他们却总用一种缓慢又平均的速度向上登，很少停歇。脚底板在石阶上发出坚实有力的"嚓嚓"声。在他们走过之处，常常会留下零零落落的汗水的滴痕……

奇怪的是，挑山工的速度并不比你慢。你从他们身边轻快地超越过去，自觉把他们甩在后边很远。可是，你在什么地方饱览四外[①]雄美的山色；或在道边诵读与抄录凿刻在石壁上的爬满青苔的古人的题句；或在喧闹的溪流前洗脸濯足，他们就会在你身旁慢吞吞、不声不响地走过去，悄悄地超过了你。等你发现他走在你的前头时，会吃一惊，茫然不解，以为他们是像仙人那样腾云驾雾赶上来的。

有一次，我同几个画友去泰山写生，就遇到过这种情况。我们在山下的斗姥宫前买登山用的青竹杖时，遇到一个挑山工。矮个子，脸儿黑黢黢的，眉毛很浓，四十来岁；敞开的白土布褂子中间露出鲜红的背心。他扁担一头拴着几张黄木凳子，另一头捆着五六个青皮西瓜。我们很快就超过他去。可是到了回马岭那条陡直的山道前，我们累了，舒展开身子，躺在一块平平的被山风吹得干干净净的大石头上歇歇脚，这当儿，竟发现那挑山工就坐在对面的草茵上抽着烟。随后，我们差不多同时起程，很快就把他甩在身后，直到看不见。但当我们爬上半山的五松亭时，却见他正在那株姿态奇特的古松下整理他的挑儿。褂子脱掉，现出黑黢黢的、健美的肌肉和红背

---

① 四外：周围；四处。

心。我颇感惊异。走过去假装问道，让支烟，跟着便没话找话地和他攀谈起来。这山民倒不拘束，挺爱说话。他告诉我，他家住在山脚下，天天挑货上山。一年四季，一天一个来回。他干了近二十年。然后他说："您看俺个子小吗？干挑山工的，长年给扁担压得长不高，都是又矮又粗。像您这样的高个儿干不了这种活儿。走起来，晃晃悠悠哪！"

他逗趣似的一抬浓眉，咧开嘴笑了，露出皓白的牙齿。山民们喝泉水，牙齿都很白。

这么一来，谈话更随便些，我便把心中那个不解之谜说了出来："我看你们走得很慢，怎么反而常常跑到我们前边来了呢？你们有什么近道儿吗？"

他听了，黑黢黢的脸上显出一丝得意之色。他吸一口烟，吐出来，好像做了一点思考，才说："俺们哪里有近道，还不和你们是一条道？你们是走得快，可你们在路上东看西看，玩玩闹闹，总停下来呗！俺们跟你们不一样。不能像你们在路上那么随便，高兴怎么就怎么。一步踩不实不行，停停走走更不行。那样，两天也到不了山顶。就得一个劲儿总往前走。别看俺们慢，走长了就跑到你们前边去了。瞧，是不是这个理儿？"

我笑吟吟地心悦诚服地点着头。我感到这山民的几句话里，似乎包蕴着一种意味深长的哲理，一种切实而朴素的思想。我来不及细细咀嚼回味，作些引申，他就担起挑儿起程了。在前边的山道上，在我流连山色之时，他还是悄悄超过了我，提前到达山顶。我在极顶的小卖部门前碰见他，他正在那里交货。我们的目光相遇时，他略表相识地点头一笑，好像在对我说：

"瞧，俺可又跑到你的前头来了！"

我自泰山返回家后，就画了一幅画——在陡直而似乎没有尽头的山道上，一个穿红背心的挑山工给肩头的重物压弯了腰，却一步步不声不响、坚韧地向上登攀。多年来，这幅画一直挂在我的书桌前，不肯换掉，因为我需要它……

1980 年 2 月

怀念老陆

　　近些天常常想起老陆来。想起往日往事的那些难忘的片段，还有他那张始终是温和与宁静的脸，一如江南的水乡。

　　老陆是我对他的称呼。国文和王蒙则称他文夫，他们是一代人。世人分辈，文坛分代。世上一辈二十岁，文坛一代是十年。我视上一代文友有如兄长。老陆是我对他一种亲热的尊称。

　　我和老陆一南一北很少往来，偶然在京因会议而邂逅，大家聚餐一处，老陆身坐其中，话不多，但有了他便多一份亲切。他是那种人——多年不见也不会感到半点陌生和隔膜。他不声不响地坐在那里，看着从维熙逞强好胜地教导我，或是张贤亮吹嘘他的西部影城如何举世无双，从不插话，只是面含微笑地旁听。我喜欢他这种无言的笑。温和、宽厚、理解，他对这些个性大相径庭的朋友们总是抱之以一种欣赏——甚至是享受。

　　这不能简单地解释为"与世无争"。没有一个作家会在思想原则上做和事佬。凡是读过他的《围墙》乃至《美食家》的，都会感受到他的笔尖里的针芒。只不过他常常是绵里藏针。我想这既源自他的天性，也来自他的小说观。他属于那种讲究艺术性的作家，他把小说当作一种文本的和文字的艺术。高晓声和汪曾祺都是这样。他们非常讲究技巧，但不是技术的，而是艺术的和审美的。

一次我到无锡开会，就近去苏州拜访他。他陪我游拙政、网师诸园。一边在园中游赏，一边听他讲苏州的园林。他说，苏州园林的最高妙之处，不是玲珑剔透，极尽精美，而是曲曲折折，没有穷尽。每条曲径与回廊都不会走到头。有时你以为走到了头，但那里准有一扇小门或小窗。推开望去，又一番风景。说到此处，他目光一闪说："就像短篇小说，一层包着一层。"我接着说："还像吃桃子，吃去桃肉，里边有个核儿；敲开核儿，又有一个又白又亮又香的桃仁。"老陆听了很高兴，禁不住说："大冯，你算懂小说的。"

此时，眼前出现一座水边的厅堂。那里四边怪石相拥，竹树环合，水光花影投射厅内，厅中央陈放着待客的桌椅，还有一口天青色素釉的瓷缸，缸里插着一些长长短短的书轴画卷。乃是每有友人来访，本园主人便邀客人在此欣赏书画。厅前悬挂一匾，写着"听松读画堂"。老陆问我，为什么写"读画"不写"看画"，画能读吗？我说，这大概与中国画讲究文学性有关。古人常说"诗画相生"或"诗是无形画，画是有形诗"。这些诗意与文学性藏在画中，不能只用眼看，还要靠读才能理解到其中的意味。老陆说，其实园林也要读。苏州园林真正的奥妙是这里边有诗文，有文学。我听到的能对苏州园林做出如此彻悟的只有二位，一是园林大师陈从周——他说苏州园林有书卷气；另一位便是老陆，他一字道出欣赏苏州园林乃至中国园林的要诀——读。

读，就是从文学从诗的角度去体会园林内在的意蕴。

记得那天傍晚，老陆在得月楼设宴招待我。入席时我心中暗想，今儿要领略一下这位美食家的真本领究竟在哪里了。席间每一道菜都是精品，色香味俱佳，却看不出美食家有何超人的讲究。饭菜用

难

忘

之

人

罢，最后上来一道汤，看上去并非琼浆玉液，入口却是又清爽又鲜美，直喝得胃肠舒畅，口舌愉悦，顿时把这顿美席提升到一个至高境界。大家连连呼好。老陆微笑着说："一桌好餐关键是最后的汤。汤不好，把前边的菜味全遮了；汤好，余味无穷。"然后目光又是一闪，好似来了灵感，他瞅着我说："就像小说的结尾。"

我笑道："老陆，你的一切全和小说有关。"

于是我更明白老陆的小说缘何那般精致、透彻、含蓄和隽永。他不但善于从生活中获得写作的灵感，还长于从各种意味深长的事物里找到小说艺术的玄机。

然而生活中的老陆并不精明，甚至有点"迂"。我听到过一个关于他"迂"到极致的笑话。那是二十世纪八十年代中期，老陆当选中国作协副主席。据说苏州当地政府不知他这职务是什么"级别"，应该按什么"规格"对待。电话打到北京，回答很模糊，只说"相当于副省级"。这却惊动了地方，苏州还没有这么大的官儿，很快就分一座两层小楼给他，还配给他一辆小车。老陆第一次在新居接待外宾就出了笑话。那天，他用车亲自把外宾接到家来。但楼门口地界窄，车子靠边，只能由一边下人。老陆坐在外边，应当先下车。但老陆出于礼貌，让客人先下车，客人在里边出不来，老陆却执意谦让，最后这位国际友人只好说声"对不起"，然后伸着长腿跨过老陆跳下车。

后来见到老陆，我向他核实这则文坛逸闻的真伪。老陆摆摆手，什么也不说，只是笑。不知这摆手，是否定这个瞎诌的玩笑，还是羞于再提那次的傻实在。

说起这摆手，我永远会记着另一件事。那是一九九一年冬天，我在上海美术馆开画展。租了一辆卡车，运满满一车画框由天津出发，车子走了一天，凌晨四时途经苏州时，司机打盹，一头扎进道边的水沟里，许多画框玻璃粉碎。当时我不知道这件事，身在苏州的陆文夫却听到消息。据说在他的关照下，用拖车把我的车拉出沟，并拉到苏州一家车厂修理，还把镜框的玻璃全部配齐。这才使我三天后在上海的画展得以顺利开幕，否则便误了大事。事后我打电话给老陆，几次都没找到他。不久在北京遇到他，当面谢他。他也是伸出那瘦瘦的手摆了摆，笑了笑，什么也没说。

他的义气，他的友情，他的真切，都在这摆摆手之间了。这一摆手，把人间的客套全都挥去，只留下一片真心真意。由此我深刻地感受到他的气质。这气质正像本文开头所说的，一如江南水乡的宁静、平和、清淡与透彻，还有韵味。

作家比其他艺术家更具有生养自己的地域的气质。作家往往是那一块土地的精灵。比如老舍和北京，鲁迅和绍兴，巴尔扎克和巴黎。他们的心时时感受着那块土地的欢乐与痛苦。他们的生命与土地的生命渐渐地融为一体——从精神到形象。这便使我们一想起老陆，总会在眼前晃过苏州独有的景象。于是，老陆去世那些天，提笔作画，不觉间一连画了三四幅水墨的江南水乡。妻子看了，说你这几幅江南水乡意境很特别，静得出奇，却很灵动，似乎有一种绵绵的情味。我听了一怔，再一想，我明白了，我怀念老陆了。

2005 年 8 月 8 日

第四辑

难

忘

之

人

留下长江的人

——郑云峰《永远的三峡》序

很少有哪位摄影家能够如此强烈地震撼我。为此，在他这些惊世之作出版之际，我要为他写一些动心的话。

一

当我们选择了长江截流而从中获得巨大的生活之必需，是否想到因此失去了这条波涛万里的大江，从此与养育了我们至少七千年的母亲河挥手告别？我们失去的不只是它绝无仅有、风情万种的景观，承载着无数的瑰奇而迷人传说的山山水水，永不复生的古迹，以及它对我们母亲般亲切无间的关爱，我们正在把它七千年的历史全部沉入一百多米的水底。我曾想过，如果美国人失去密西西比河，俄国人失去伏尔加河，法国人失去塞纳河，他们会怎么样？是的，我们将把大江无可比拟的动力转化为用之不竭的电力；我们再不会恐惧恣肆的洪水带来的无边的灾难。可是我们同时失去了长江！有时，我怨怪知识界的麻木不仁，没有反应。我们的历史精神与文化精神究竟在哪里？我们的民族失掉如此博大与深刻的一笔遗产——无论是自然遗产还是人文遗产，知识界缘何无动于衷？只有国家出资的考古队和电视台出现在长江两岸，却没有任何个体的文化行为。我一直期待着有人对这条濒临灭绝的长江进行文化性质的抢救。包括历史学家、人文学家、民俗学家以及画家、作家、摄影家，等等。然而，当我第一次看到郑云峰先生拍摄的长江，我激动难抑。因为我实实在在触摸到在商品经济大潮中日渐稀少而弥足珍贵的历史责任与文化情怀。

二

郑云峰的行为是完全个人化的。

他自一九八八年始就不断地只身远涉长江和黄河的源头，用镜头去探寻这两条华夏民族母亲河生命的始由。跋山涉水数十万公里，积累图片十数万帧。从那时，他的血肉之躯就融入了祖国山水的精魂。

十年后，随着长江大坝的加速耸起，三峡的湮灭日趋迫近，郑云峰决定和大坝工程抢时间，在关闸蓄水之前，将三峡的地理风貌、自然景象、人文形态、历史遗存，以及动迁移民的过程全方位地记录下来。这是一位年过半百的人所能完成的吗？然而，历史使命都是心甘情愿承担的。于是他停止了个人的摄影，负债办起一家公司来积累资金。他用这些钱造了一条小木船放入长江，开始了摄影史上富于传奇色彩的"日饮长江水，夜宿峡江畔"的摄影生活。整整六年，无论风狂雨肆，酷暑严冬，他一年四季，朝朝暮暮，都生活与工作在长江。两岸的荒山野岭到处有他的足迹，许多船工村民与他结为好友。他日日肩背相机，翻山越岭，呼吸着山川的气息；夜夜身裹被单，睡在船中，耳听着江中浩荡不绝的涛声。

也许他本人也不曾料到，这样的非物质和纯奉献的人生选择，最终得到的却是心灵的升华。

三

郑云峰与我大约是同龄人。但他个子不高，瘦健又清爽，胳膊上的肌肉轮廓清楚。在三峡两岸随处都可以看到如此样子的人。他受到了长江的同化，已是长江之子。他面色黑红，牙齿皓白，这大概正是江上的风与江中之水的赐予。

同他对坐而谈，很快就能进入他的世界。他讲述着这些年在长江充满冒险经历的摄影生活，他的所见所闻，以及他的激情，他的忧虑，他的焦迫①，还有对长江那种无上的爱。他几乎不谈他的作品，只谈他的长江。一个热恋的人满口总是对方，独独没有自己。我被他深深地感动着。

为此，他爬上过三峡两岸上百座巍峨的峰顶。有些山峰甚至被他十多次踩在脚下。有时他要和山民吃住在一起，一起背着背篓上山；有时要同船工划船拉纤，一起穿越激流与险滩。他不仅寻找最富于表现力的视角，更要体验什么是长江真正的灵魂。

在那些乱石嶙峋、荆棘遍布的大山里，他的衣服磨出洞来，双腿磕破流血。可是有一天，他忽然感受到那些绊倒他的石头和刺疼他的荆条是有灵性的，是沉默的大山与他的一种主动的交流，他忽然感觉长江的一切都变成是有生命、有情感、有命运的了。

---

① 焦迫：焦急。

最使他刻骨铭心的是三峡两岸的纤夫古道。那些被纤绳磨出一条条十几厘米凹槽的石头，那些绝壁上狭窄的纤夫的路，乃是长江最深刻的人文底蕴。他曾经在大雨中遇到一条纤夫古道，地处百米断崖，劈空而立，下临万丈深渊，恶浪翻滚。这古道只有肩宽，仅容双脚。千百年来，多少纤夫由于绷断纤绳，或者腿软足滑，落崖丧命？郑云峰要去亲身体验那些纤夫们的生命感受。尽管心惊肉跳，但他还是冒死匍匐过去了。

还有哪一位摄影家、画家、作家和诗人这样做过？

也许你会问：为什么这样做？

他会用他说过的一句话回答你：长江是一部《圣经》。

一条凝结着一个民族命运与精神的江河，一定是庄严、神圣和充满奥秘的。长江给予中国人的，绝不仅仅是饮用的水和一条贯穿诸省的大动脉一般的通道，更重要的是它的百折不回的精神，浩阔的胸襟，以及对人们的磨砺。数千年来，人们与它在相搏中融合，在融合中相搏。它最终造就的不是中华民族豪迈与坚韧的性格么？

它又是一条流淌与回荡着民族精神的万里大江！郑云峰正是在这样虔敬的境界中举起他的相机的。

四

为此，在整整六年对长江抢救性的拍摄中，他给我们的不是一般性的视觉记录，而是长江的精神，长江的魂魄，长江的气息，以及它深层的生命形象。

同时，这些出自如此激情澎湃的摄影家手中的作品，每一帧都是情感化的。无论是对山花烂漫的三峡春色的赞美，对风狂雨骤的长江气势的讴歌；无论是对一块满是纤痕的巨石的刻画，还是对一片遍布暗礁的险滩的描述，都能使我们听到摄影家的惊叹、呼叫、欢笑与呜咽。如果不是他数年里在长江两岸的荒山野岭中来来回回地翻越，我们从哪里能获得如此非凡绝伦的视角？特别是他站在那些峰巅之上全景的拍摄，会使我们出声地赞叹：这才是长江，这才是三峡！

然而郑云峰会骄傲地告诉你，住在长江边上的人天天看到的都是这样的景色！

他已经是长江的代言人了。唯有他才称得上是长江的代言人！

自二〇〇〇年十一月长江便开始拦江蓄水。就此，传统意义上的长江很快消失。无数历史人文和自然风景随即葬身水底，世代居住在两岸的百姓迁徙他乡。最重要的是，长江由"江"变为"湖"，由"动"变为"静"。不再有急流险滩，不再有惊涛拍岸，何处再能见到"大江东去"和"奔流到海不复回"那样的豪情？

一天，我在挥毫书写十年前的一首诗《过三峡》，诗曰：

> 群山万道闸，
> 只准一舟行。
> 岸景疾如电，
> 转瞬过巴东。

一时我竟落下泪来。我联想到唐人的那些咏叹长江的诗篇都已成为匪夷所思的神话了！

然而，上苍竟在此时，赐给我们一位摄影家。他苦其体肤，劳其筋骨，以生命之躯去摄取大江的真容。他以六年时间，倾尽家财，拍摄照片三万余帧，为我们留下了一个真切的、立体的、完整的三峡——还有三峡之魂！

艺术家不能改变历史，却能升华生活，补偿精神，记录时代，慰藉心灵。这一切，郑云峰全做到了。

我深信，将来的人们一定更能体会到郑云峰的意图。这便是这本图集真正的价值。因为，尽管长江三峡不复存在，却在这里获得了永生。

2002 年 10 月 1 日

第四辑

难

忘

之

人

大话美林

——《韩美林画集》序言

一

在当今画坛上，能够让我每一次见面都会感到吃惊的是——韩美林。

昨天刚被他一种全新的艺术语言所震撼，今天他竟然把他的画室变成一片前所未见的视觉天地。

一刻不停地改变自己，瞬间万变地创造自己。每一天都在和昨天告别，每一天都被他不可思议地翻新。然而，真正的才华好似在受神灵的驱使，不期而至，匪夷所思，不仅震动别人，也常常令自己惊讶。每每此时，他便会打电话来："快来我的画室，看看我最新的画，棒极了！"他盼望亲朋好友去一同共享。等到我站在他的画前，情不自禁说出心中崭新的感动时，他会说："你信不信，我还没开始呢！"

这是我最爱听到的美林的话。

此时，我感到一种无形而磅礴、不可遏制的创造力在他心中激荡。

他像喷着浓烟的火山一样渴望爆发。这是艺术家多美好的自我感觉与神奇的时刻！

二

美林的空间有多大？这是一个谜。

二十多年来，我关注的目光紧随着他。一路下来，我已经眼花缭乱，甚至找不到边际与方向。一会儿是一片粗粝又沉重的青铜世界，一会儿是滑溜溜、溢彩流光的陶瓷天地；一会儿是十几米、几十米、上百米山一般顶天立地的石雕，一会儿是轻盈得一口气就可吹起的邮票；一会儿是大片恢宏、变幻万千的水墨，一会儿是牵人神经的线条，或刚劲或粗野或跌宕或飞扬或飘逸或游丝一般的线条。一切物象，一切样式，一切手段，一切材料，都能被他随心所欲地使用乃至挥霍，他要的只是随心所欲。

在这心灵的驰骋中，艺术的空间无边无际。地球可以承载整个人类，每个人的心灵却都可以容纳宇宙——尤其是艺术家的心灵。他们用心灵想象，用心灵创造，更因为他们的心灵是自由的。

美林艺术的灵魂是绝对自由的。这正是他的艺术为什么如此无拘无束与辽阔无涯的根由。

谁想叫他更夺目，谁就帮助他心处自由之中；谁想叫他黯淡下去，谁就捆缚他约制[①]他——但这不可能——他就像他笔下狂奔的马，身上从来没有一根缰绳。

第四辑
难
忘
之
人

---

① 约制：拘束，限制，约束。

三

美林还是评论界的一个难题。

这个兴趣到处跳跃的任性的艺术家，使得评论家的目光很难瞄准他。他艺术中的成分过于丰富与宽广。如果评论对象的内涵超过了自己熟知的范畴，怎样下笔才能将他"言中"？

在美林各种形式的作品中，可以找到中西艺术与文化史的极其斑驳的美的因子。艺术史各个重要的艺术成果，不是作为一种特定的审美样式被他采用，而是被他化为一种精灵，潜入他的艺术的血液里。就像我们身上的基因。

依我看，他的艺术是由三种基因编码合成的。一是远古，一是现代，一是中国民间。

在将中国民间的审美精神融入现代艺术时，美林不是以现代西方的审美视角去选择中国民间的审美样式，在那一类艺术里，中国的民间往往只剩下一些徒具特色却僵死的文化符号。在美林笔下，这些曾经光芒四射的民间文化的生命顺理成章地进入当代；它们花花绿绿，土得掉渣，喊着叫着，却像主角一样在现代艺术世界中活蹦乱跳。

同时，我们审视美林艺术中古代与现代的关系时，绝对找不到八大①、石涛或者毕加索、达利的任何痕迹。然而中国大写意的精神以及现代感却鲜明夺目。美林拒绝已经精英化和个体化的任何审美

---

① 八大：即八大山人。名朱耷，清初画家。江西南昌人。明宁王朱权后裔。明亡，一度为僧，又当道士。擅水墨花卉鱼鸟，笔墨简括凝炼，极富个性。所画鱼鸟每作"白眼向天"的情状，形象夸张，别开生面。亦写山水，意境冷寂，署款"八大山人"，连缀似"哭之""笑之"的字样。

语言，不克隆任何人。他只从中西文化的源头去寻找艺术的来由。

我一直以为，远古的艺术和乡土之美能够最自然地相互融合，是因为这些远古艺术，大地上开放的民间之花，都具有艺术本源的性质，原发的生命感，以及文明的初始性。而这些最朴素、最本色的文化生命，不正是当前靠机器和电脑说话的工业文化所渴望的吗？

因此说，美林的艺术既是现代的，人类性的；又是地道的华夏民族的灵魂。

四

美林的世界都是哪些角色？

只要一闭眼就能涌现出来——倔强的牛、发疯的马、精灵般的麋鹿、嗷嗷叫的公鸡、老实巴交的羊以及叫人想把脸颊贴上去的无限温柔的小兔小猫。

其实它们并不是美林客观的"绘画对象"，而是画家一时心性的凭借。美林性格中那些与生俱来的执拗、坚韧与率真，心绪中那些倏忽而至的昂奋、快意与柔情，全都鲜活地表现在他笔下这些生灵的身上。我从来都是从这些生灵来观察他当时的生命状态。在我的学院大楼落成剪彩那天，美林送来一匹丈二尺的巨马，这马雄强硕大，轰隆隆奔跑着，好似一台安上四条腿的蒸汽机。我对美林说：凭这股子元气你能活过一百岁！

美林世界的一切都是他生命的化身。不知还有谁的艺术拥有如此纯粹的生命感。他时不时会顺手拿起身边一件亮晶晶、造型奇特的陶壶陶罐，对你说："看这小胖子，多神气！"或者说："瞧它呼呼直喘气，可爱吧！"

这种生命感，还从形象到抽象，从画面上每一根线条到他神奇的天书。

这些来自汉简、古陶、岩画、石刻、甲骨和钟鼎彝器的铭文中大量的未可考释的文字之所以诱惑着他，不只是每一个文字后边神秘莫测的历史信息，而是至今犹然带着远古人用来传达所思所想时生命的活力与表情。美林之所以把它们重新书写出来，不是对这些罕见的古文字的一种审美上的好奇，更不是在视觉上故弄玄虚，而是想唤醒那些遥远而丰盈的生命符号和符号生命。

美林的世界的所有角色，其实都是他自己。任何杰出的艺术家都是极致的自我。为此，这个好动的画家的笔下的一切，都充满动感，很少静态；过分的情绪化，使得他喜欢瞬息间完成作品，阔笔泼墨自然是其拿手的本领。天性的豪气，令其书法字字如虎。他不刻意于琐细，没有心思在人际关系方面做文章，甚至不谙人情世故，所以千差万别的极具个性的人物，从来不进入他的世界。有人问他："你为什么不画人物？"

我在一边说："刻画人物是作家的事。"

五

美林的原创力是什么？

在美林艺术馆一面很长的墙壁上挂着一百多个小瓷碟。每个小碟中心有一幅绘画小品。虽然画面各不相同，但画中的小鸟小兔小花，连同各种奇妙的图案都在唱歌。这是美林与建萍热恋时，他从电话中得知建萍由外地启程来看他——从那一刻起，他溢满爱意的心就开始唱歌。他边"唱"边画。各种奇妙之极的画面就源源不绝地从笔端流泻出来。爱使人走火入魔，进入幻境；幻想美丽，幻境神奇。美林全然不能自制，直到建萍推门进来，画笔方歇。不到一天，他画了一百七十九幅小画。这些画被烧制在一般大小粗釉的瓷碟的碟心，活灵活现地为艺术家的爱做证。

尽管谁都愿意享受被爱，但爱比被爱幸福。爱的本质是主动的给予。这个本质与艺术的本质正好契合。因为，艺术不是获取，也是给予。爱便成了美林艺术激情勃发的原动力。美林的爱是广角的。他以爱、以热情和慷慨对待朋友，对待熟人，甚至对待一切人，以致看上去他有点挥金如土。这个爱多得过剩的汉子自然也常常吃到爱的苦果。不止一次我看到他为爱狂舞而稀里糊涂掉进陷阱后的垂头丧气，过后他却连疼痛的感觉都忘得一干二净，又张开双臂拥抱那些口头上挂着情义的人去了。然而正是这样——正是这种傻里傻气的爱和情义上的自我陶醉，使他的笔端不断开出新花。其实不管生活最终到底怎样，艺术家需要的只是此时此刻内心的感动与神圣，哪怕这中间多半是他本人的理想主义。

哲学家在现实中寻求真理，艺术家在虚幻里创造神奇。

到底源自一种天性还是心中装满爱意，使美林总是尽量让朋友快乐，给朋友快乐？他以朋友们的快乐为快乐。他的艺术也是快乐的，从不流泪，也不伤感，绝无晦涩。这个曾经许多次与死神擦肩而过的汉子，画面上从来没有多磨的命运留下的阴影，只有阳光。他把生活的苦汁大口吞下，在心中酿出蜜来，再热辣辣地送给站在他画前的每一个人。美林是我见过的最阳光的画家。

最大的事物都是没有阴影的，比如大海和天空。

然而爱是一定有回报的。因此他拥有天南地北那么多朋友，那么广泛的热爱他艺术的人。如今韩美林已经是当今中国画坛、当代中国文化的一个符号。这种符号由国际航班带上云天，也被福娃带到世界各地。更多的是他创造的千千万万美妙而迷人的艺术形象，五彩缤纷地传播于人间。这个符号的内涵是什么呢？我想是：

自由的心灵，真率的爱，深厚的底蕴，无边而神奇的创造，而这一切全都融化在美林独有的美之中了。

2006 年 5 月

第五辑

文 艺 杂 谈

文化眼光

——文化的忧患之八

文化是一种无形的存在。有人能看到，有人看不到，这就需要文化眼光。

何谓文化眼光？这要先弄清何谓文化。

文化一词多义。大致有三：

一是把它视为一种教育状况或知识程度。比方说某某人"有文化""没文化"，"文化高"或"文化低"。

二是作为一种考古学术用语。如仰韶文化、大汶口文化、良渚文化。

三是人类所创造的总财富，主要指精神财富。

长久以来，对文化的普遍解释多是第一种。而一个阶段，还把文化单一地、生硬地、干瘪地当作意识形态，那时的社会生活变得多么空虚与空洞！这种解释，贻害殊深，很少有人把人类生活视为一种文化。生活便只剩下赤裸裸的生存需要，文化退到生活之外，成了可有可无。可以说，文化一直在狭义中存在，而对文化广义上的解释不过是近些年的事。一些有识之士为了改变世人对文化的偏狭的成见，区别于以往的文化定义，便创造出一个词儿来，叫作

"大文化"。

大文化像猢狲，从身上拔一把毫毛，吹一口气，变成千万种文化。从燕赵文化、齐鲁文化、吴越文化、岭南文化、巴蜀文化、中原文化、长江文化、黄河文化、海洋文化，到城市文化、山水文化、商业文化、农业文化、企业文化、佛教文化、道教文化、民俗文化、民居文化、服饰文化、案头文化、药文化、食文化、酒文化、茶文化，再到钱币文化、武林文化、兵刃文化、京剧文化、风筝文化、生肖文化、祭祀文化、电视文化、咖啡文化、牛仔文化、年文化、鞋文化、性文化、鬼文化、梦文化……于是，不断听到惊呼："什么都成了文化，难道上厕所也是文化吗？"差不多，这里又有一个"厕所文化"的概念出现。

只要用文化眼光来看，文化便无所不在，对事物也会产生新的认识与发现。比如对于酒，用先前那种非文化的眼光来看，不过是一种佐餐助兴的饮料而已，最多能以酒浇愁，一醉方休；倘若换个文化的眼光来看，则必然还要关注酒的历史、酒的制造、酒的储藏、饮酒方式、售酒方式、酒器酒具、酒曲酒令、酒的诗与画，以及酒和地域、民俗、气候的关系……那就会发现还有一个比酒的本身大得多的酒文化。由于酒一直处在这历史的、民族的、地域的、人文的等环境中，必然浸入这些因素，成了一种文化载体，具有认知和享用这些文化的价值。那么，酒于我们，不只是清香醉人的佳酿，还是醇厚醉心的文化汁液。所以，聪明的酒厂老板，都是一边靠酒一边靠酒文化发财。如果进一步，我们用这样的眼光来看生活的一切，才会真正感受到中华文化的博大、丰实与深邃。

然而，生活文化以两种状态存在着。

一是活着的状态，一是历史的状态。

活着的状态是一种生活，历史的状态才是一种完完全全的文化。

当一种特殊的生活方式被时代淘汰，消失了，它的精神便转移到曾经共存的物品上和环境中。过一段时间，人们就从这器物和环境中了解、感受与认识昔日生活的形态与精神了。这样，器物与环境便发生了质变，在"活着"的时候，它们是具有实用性的生活物品与生活环境；入"历史"之后，就变成纯精神的文化物品与人文环境了。同一件事物，它们本身并没有变化，还是原来的模样，这变化究竟是怎样产生的？其实它是人们的一种认识，也就是人们用文化的眼光看出来的。

文化眼光不是一般的目光，它必须具有文化意识和文化素养。

眼光，也就是眼力。一般人没有这种眼光，所以，当这些环境与器物由"活着的状态"转变为"历史的状态"时，常常被当作无用的东西丢弃了。昔日的器物被当作破盆破罐，旧时的房舍一样被当作危房陋屋。看来这眼光中还有更重要的一个内容，就是面对这一切，人们只是从现实的角度而不是从将来的角度来看的。

一个相反的例子，能够做最好的说明。

当柏林墙拆除时，世界上许多博物馆都派人跑到德国，去争购那些涂满图画与文字的墙体碎块。出价之高，惊骇一时。他们几乎在同一时间觉悟到，这座被时代淘汰的墙恰恰是一种过往不复的珍贵的历史象征。德国政府被惊动了，于是决定那一段尚未拆除的柏林墙不拆了，保护起来，永世珍存。

这种眼光说明了什么？它说明——

有些事物的历史文化价值，必须站在未来才能看到。文化，不仅是站在现在看过去，更重要的是站在明天看现在。

那么，文化眼光不只是表现为一种文化素养，一种文化意识，更是一种文化远见和历史远见。

1996 年 2 月 12 日《文汇报》首发

第五辑

文艺杂谈

遵从生命

一位记者问我："你怎样分配写作和作画的时间？"

我说，我从来不分配，只听命于生命的需要，或者说遵从生命。他不明白，我告诉他写作时，我被文字淹没。一切想象中的形象和画面，还有情感乃至最细微的感觉，都必须"翻译"成文字符号，都必须寻觅到最恰如其分的文字代号，文字好比一种代用数码。我的脑袋便成了一本厚厚的、沉重的字典。渐渐感到，语言不是一种沟通工具，而是交流的隔膜与障碍———一旦把脑袋里的想象与心中的感受化为文字，就很难通过这些文字找到最初那种形象的鲜活状态。同时，我还会被自己组织起来的情节、故事、人物的纠葛牢牢困住，就像陷入坚硬的石阵中。每每这个时候，我就渴望从这些故事和文字的缝隙中钻出去，奔向绘画……

当我扑到画案前，挥毫把一片流光溢彩的彩墨泼到纸上，它立即呈现出无穷的形象。莽原大漠，疾雨微霜，浓情淡意，幽思苦绪，一下子立见眼前。无须去搜寻文字，刻意描写，借助于比喻，一切全都有声有色、有光有影地迅速现于腕底。几根线条，带着或兴奋或哀伤或狂愤的情感；一块块水墨，真真切切的是期待是缅怀是梦想。那些在文字中只能意会的内涵，在这里却能非常具体地看见。

绘画充满偶然性。愈是意外的艺术效果不期而至，绘画过程愈充满快感。从写作角度看，绘画是一种变幻想为现实、变瞬间为永恒的魔术。在绘画天地里，画家像一个法师，笔扫风至，墨放花开，法力无限，其乐无穷。可是，这样画下去，忽然某个时候会感到，那些难以描绘、难以用可视的形象来传达的事物与感受也要来困扰我。但这时只消撇开画笔，用一句话，就能透其精髓，奇妙又准确地表达出来，于是，我又自然而然地返回了写作。

所以我说，我在写作写到最充分时，便想画画；在作画作到最满足时，即渴望写作。好像爬山爬到峰顶时，纵入水潭游泳；在波浪中耗尽体力，便仰卧在滩头享受日晒与风吹。在树影里吟诗，到阳光里唱歌，站在空谷中呼喊。这是一种随心所欲、任意反复的选择，一种两极的占有，一种甜蜜的往返与运动。而这一切都任凭生命状态的左右，没有安排、计划与理性的支配，这便是我说的遵从生命。

这位记者听罢惊奇地说，你的自我感觉似乎不错。

我说，为什么不？艺术家浸在艺术里，如同酒鬼泡在酒里，感觉当然良好。

1991 年 12 月于天津

第五辑

文艺杂谈

水墨文字

一

兀自飞行的鸟儿常常会令我感动。

在绵绵细雨中的峨眉山谷,我看见过一只黑色的孤鸟。它用力扇动着又湿又沉的翅膀,拨开浓重的雨雾和叠积的烟霭,艰难却直线地飞行着。我想,它这样飞,一定有着非同寻常的目的。它是一只迟归的鸟儿?迷途的鸟儿?它为了保护巢中的雏鸟还是寻觅丢失的伙伴?它扇动着翅膀,缓慢、有力、富于节奏,好像慢镜头里的飞鸟。它身体疲惫而内心顽强。它像一个昂扬而闪亮的音符在低调的旋律中穿行。

我心里忽然涌出一些片段的感觉,一种类似的感觉;那种身体劳顿不堪而内心的火犹然熊熊不熄的感觉。

后来我把这只鸟,画在我的一幅画中。

所以我说,绘画是借用最自然的事物来表达最人为的内涵。这也正是文人画的首要的本性。

二

画又是画家作画时的心电图。画中的线全是一种心迹。因为,唯有线条才是直抒胸臆的。

心有柔情，线则缠绵；心有怒气，线也发狂。心静如水时，一条线从笔尖轻轻吐出，如蚕吐丝，又如一串清幽的音色流出短笛。可是你有情勃发，似风骤至，不用你去想怎样运腕操笔，一时间，线条里的情感、力度乃至速度全发生了变化。

为此，我最爱画树画枝。

在画家眼里树枝全是线条；在文人眼里，树枝无不带着情感。

树枝千姿万态，皆能依情而变。树枝可仰，可俯，可疏，可繁，可争，可倚；唯此，它或轩昂，或忧郁，或激奋，或适然，或坚韧，或依恋……我画一大片木叶凋零而倾倒于泥泞中的树木时，竟然落下泪来。而每一笔斜拖而下的长长的线，都是这种伤感的一次宣泄与加深，以致我竟不知最初缘何动笔。

至于画中的树，我常常把它们当作一个个人物。它们或是一大片肃然地站在那里，庄重而阴沉，气势逼人；或是七零八落，有姿有态，各不相同，带着各自不同的心情。有一次，我从画面的森林中发现一棵婆娑而轻盈的小白桦树。它娇小，宁静，含蓄；那叶子稀少的树冠是薄薄的衣衫。作画时我并没有着意地刻画它，但此时，它仿佛从森林中走出来了。我忽然很想把一直藏在心里的一个少女写出来。

三

绘画如同文学一样，作品完成后往往与最初的想象全然不同。作品只是创作过程的结果。而这个过程却充满快感，其乐无穷。这快感包括抒发、宣泄、发现、深化与升华。

绘画比起文学有更多的变数。因为，吸水性极强的宣纸与含着或浓或淡水墨的毛笔接触时，充满了意外与偶然。它在控制之中显露光彩，在控制之外却会现出神奇。在笔锋扫过的地方，本应该浮现出一片沉睡在晨雾中的远滩，可是感觉上却像阳光下摇曳的亮闪闪的荻花，或是一抹在空中散步的闲云。有时笔中的水墨过多过浓，天上的云向下流散，压向大地山川，慢慢地将山顶峰尖黑压压地吞没。它叫我感受到，这是天空对大地惊人的爱！但在动笔之前，并无如此的想象。到底是什么，把我们曾经有过的感受唤起与激发？

是绘画的偶然性。

然而，绘画的偶然必须与我们的心灵碰撞才会转化为一种独特的画面。

绘画过程中总是充满了不断的偶然，忽而出现，忽而消失。就像我们写作中那些想象的明灭，都是一种偶然。感受这种偶然的是我们的心灵。将这种偶然变为必然的，是我们敏感又敏锐的心灵。

因为我们是写作人。我们有着过于敏感的内心。我们的心还积攒着庞杂无穷的人生感受。我们无意中的记忆远远多于有意的记忆；我们深藏心中人生的积累永远大于写在稿纸上的有限的素材。但这些记忆无形地拥满心中，日积月累，重重叠叠，谁知道哪一片意外形态的水墨，会勾出一串曾经牵肠挂肚的昨天？

然而，一旦我们捕捉到一个千载难逢的偶然，绘画的工作就是抓住它不放，将它定格，然后去确定它、加强它、深化它。一句话：

艺术就是将瞬间化为永恒。

四

纯画家的作画对象是他人；文人（也就是写作人）的作画对象

主要是自己，面对自己和满足自己。写作人作画首先是一种自言自语、自我陶醉和自我感动。

因此，写作人的绘画追求精神与情感的感染力；纯画家的绘画崇尚视觉与审美的冲击力。

纯画家追求技术效果和形式感，写作人则把绘画作为一种心灵工具。

五

一阵急雨沙沙有声落在纸上。那是我洒落在纸上的水墨。江中的小舟很快就被这阵蒙蒙雨雾所遮翳，只有桅杆似隐似现。不能叫这雨过密过紧，吞没一切。于是，一支蘸足清水的羊毫大笔挥去，如一阵风，掀起雨幕的一角，将另一只扁舟清晰地显露出来，连那个头顶竹笠、伫立船头的艄公也看得分外真切。一种混沌中片刻的清明，昏沉里瞬息的清醒。可是，跟着我又将一阵急雨似淋漓的水墨洒落纸上，将这扁舟的船尾遮蔽起来，只留下这瞬息显现的船头与艄公。

我作画的过程就像我上边文字所叙述的过程。我追求这个过程的一切最终全都保留在画面上，并在画面上能够体验到，这就是可叙述性。

写作的叙述是线性的，过程性的，一字一句，不断加入细节，逐步深化。

这里，我的《树后边是太阳》正是这样：大雪后的山野一片洁白，绝无人迹。如果没有阳光，一定寒冽又寂寥。然而，太阳并没有隐遁，它就在树林的后边。虽然看不见它灿烂夺目的本身，但它无比强烈的光芒却穿过树干与枝丫，照射过来，巨大的树影无际无涯地展开，一下子铺满了辽阔的雪原。

于是，一种文学性质需要说明白，就是我这里所说的叙述性。它不属于诗，而属于散文。那么绘画的可叙述也就是绘画的散文化。

六

最能寄情寓意的是大自然的事物。

比如前边所说树枝的线条可以直接抒发情绪。

再比如，这种种情绪还可以注入流水。无论它激扬、倾泻、奔流，还是流淌、潺湲①、波澜不惊，全是一时的心绪。一泻万里如同浩荡的胸襟；骤然的狂波好似突变的心境；细碎的涟漪中夹杂着多少放不下的愁思？

至于光，它能使一切事物变得充满生命感，哪怕是逆光中的炊烟，一切逆光的树叶都胜于艳丽的花。这原因，恐怕还是因为一切生命都受惠于太阳，生命的一切物质含着阳光的因子。比如我们迎着太阳闭上眼，便会发现被太阳照透的眼皮里那种血色，通红透明，其美无比。

还有秋天的事物。一年四季里，唯有秋天是写不尽也画不尽的。春之萌动与锐气，夏之蓬勃与繁华，冬之萧瑟与寂寥，其实也都包括在秋天里。秋天的前一半衔接着夏天，后一半融入冬天。它本身又是大自然最丰饶的成熟期。故此，秋的本质是矛盾又斑斓，无望与超逸，繁华而短促，伤感而自足。

---

① 潺湲（chányuán）：形容河水慢慢流淌的样子。

写作人的心境总是百感交集的。比起单纯的情境，他们一定更喜欢唯秋天才有的萧疏的静寂，温柔的激荡，甜蜜的忧伤，以及放达又优美的苦涩。

能够把一切人生的苦楚都化为一种美的只有艺术。

在秋天里，我喜欢芦花。这种在荒滩野水中开放的花，是大自然开得最迟的野花。它银白色的花有如人老了的白发，它象征着大自然一轮生命的衰老吗？如果没有染发剂，人间一定处处皆芦花。它生在细细的苇秆的上端，在日渐寒冽的风里不停地摇曳。然而，从来没有一根芦苇荻花是被寒风吹倒吹落的！还有，在漫长的夏天里，它从不开花，任凭人们漠视它，把它只当作大自然的芸芸众生，当作水边普普通通的野草。它却不在乎人们怎么看它，一直要等到百木凋零的深秋，才喷放出那穗样的毛茸茸的花来。没有任何花朵与它争艳。不，本来它的天性就是与世无争的。它无限的轻柔，也无限的洒脱。虽然它不停地在风中摇动，但每一个姿态都自在，随意，绝不矫情，也不搔首弄姿。尤其在阳光的照耀下，它那么夺目和圣洁！我敢说，没有一种花能比它更飘洒、自由、多情，以及这般极致的美！也没有一种花比它更坚韧与顽强。它从不取悦于人，也从不凋谢摧折。直到河水封冻，它依然挺立在荒野上。它最终是被寒风一点点撕碎的。

在这永无固定形态的花穗与飘逸自由的茎叶中，我能获得多少人生的启示与人生的共鸣？

七

绘画的语言是可视的。

绘画的语言有两种，一是形式的，一是技术的。古人叫作笔墨；现代人叫作水墨。

我更看重"笔墨"这种语言。

笔作用于纸，无论轻重缓急；墨作用于纸，无论浓淡湿枯——都是心情使然。

笔的老辣是心灵的枯涩，墨的溶化是情感的舒展；笔的轻淡是一种怀想，墨的浓重是一种撞击。故此，再好的肌理美如果不能碰响心里的事物，我也会将它拒之于画外。

文学表达含混的事物，需要准确与清晰的语言；绘画表达含混的事物，却需要同样含混的笔墨。含混是一种视觉美，也是我们常有的一种心境。它暧昧、未明、无尽、嗳嚅、富于想象。如果写作人作画，便一定会醉心般的身陷其中。

八

我习惯写散文时，播放一些与文章同种气质的音乐作为背景。

那天，我在写一只搁浅于湖边的弃船在苦苦期待着潮汐。忽然，耳边听到潮汐之声骤起。当然这是音乐之声，是拉赫玛尼诺夫[①]的音乐吧！我看到一排排长长的深色的潮水迎面而来。它们卷着雪白的浪花，来自天边，其速何疾！一排涌过，又一排上来，向着搁浅的小船愈来愈近。雨点般的水点溅在干枯的船板上，扬起的浪头像伸过来的透明而急切的手。音乐的旋律一层层如潮般拍打在我的心上。

---

① 拉赫玛尼诺夫：1873 年 4 月生于俄罗斯，1943 年 3 月逝世，是 20 世纪世界著名的古典音乐作曲家、钢琴家、指挥家。其创作深受柴科夫斯基影响，作品旋律丰富，如史诗般壮阔。

我紧张地捏着笔杆，心里激动不已，却不知该怎么写。

突然，我一推书桌，去到画室。我知道现在绘画已经是我最好的方式了。

我把白宣纸像月光一样铺在画案上，满满地刷上清水。然后用一支水墨大笔来回几笔，墨色神奇地洇开，顿时乌云满纸。跟着大笔落入水盂，笔中的余墨在盂中的清水里像烟一样散开。我将一笔极淡的花青又窄又长地抹上去，让阴云之间留下一隙天空。随即另操起一支兼毫的长锋，重墨枯笔，捻动笔管，在乌云压迫下画出一排排翻滚而来的潮汐……笔中的水墨不时飞溅到桌上、手背上；笔杆碰在盆子碟子上叮当有声。我已经进入绘画之中了。

待我画完这幅《久待》，面对画面，尚觉满意，但总觉得还有什么东西深藏画中。沉默的图画是无法把这东西"说"出来的。我着意地去想，不觉拿起钢笔，顺手把一句话写在稿纸上：

"人生的大部分时间就像钓者那样守着一种美丽的空望。"

跟着，我就写了下去：

"期望没有句号。"

"美好的人生是始终坚守着最初的理想。"

"真正的爱情是始终恪守着最初的誓言。"

"爱比被爱幸福。"

于是，我又返回到文学中来。

我经常往返于文学与绘画之间，然而这是一种甜蜜的往返。

2002 年 5 月 6 日于 天津

画枝条说

是日，做纯理性思考。思考乃一奇妙的境界。各种思维线索，有如大地江河，往来奔突，纵横交错，看上去如同乱网，实则源流有序，泾渭分明。于是一时思得心头大畅，抬手由笔筒取长锋羊毫一支，正巧砚池有墨，案桌有纸，遂将笔锋饱浸墨汁。笔随手，手随心，心无所想，更无形象，落纸却长长舒展出一根枝条来。这好似春风吹树，生机勃发，转瞬就又软又韧伸出这好长好鲜的一条呵。

一枝既出，复一枝顺势而来。由何而来，我且不管。反正腕下如行云流水，漫泻轻扬，无所阻碍。枝枝不绝，铺向满纸。不知不觉间，已浸入并尽享一种自我的丰富之中了。

然而行笔之间，渐渐有种异样的感觉。这一条条运行在纸上的墨线，多么像刚才那思维的轨迹！

有时，一条线飘逸流泻，空游无依，自由自在，真好比一种神思在随意发挥；有时，笔头艰涩，腕中较劲，线条顿挫有力，蹲枝拔节，酷似思维的层层深入；有时，笔锋疾转，陡生意外，莫不是心中腾起新的灵感？于是，真如树分两枝，一条线化成两条线，各自扬长而去，纸上的境界为之一变。

这枝条居然都成了我思维的显影。

一大片修长的枝条好似向阳生长，朝着斜上方拥去；那里却有几条劲枝逆向而下，带着一股生气与锐意，把这片丰茂而弥漫的枝丫席卷回来。思维的世界本无定势，就看哪股力量更具生命的本质。往往一枝夺目出现，顿时满树没入迷茫。而常常又在一团参差交错、乱无头绪的枝丫中，会发现一个空洞似的空间，从中隐隐透着蒙蒙的微明。这可不是一处空白，仔细看去，那里边已经有了淡淡的优雅的一枝，它多么像一声清朗又鲜活的召唤！

我明白了，原来这满纸枝条，本来就是我此刻思维的图像。我第一次看见了自己的理性世界。在这往复穿插、层层叠叠的立体空间里，无数优美的思维轨迹，无数勇气的觉醒与艰涩的进取，无数充满灵性的神来之笔，无数深邃幽远的间隙，无比的丰富、神奇、迷人！ 这原来都是我们的思维创造的。理性世界原来并不完全是逻辑的、界定的、归纳的、简化的；它原来比生命天地更充溢着强者的对抗，新旧的更替，生动的兴衰与枯荣；它还比感情世界更加变化无穷，流动不已，灿烂多姿和充满了创造。

我停住笔，惊讶于自己画了这样一幅没有感情色彩却使自己深深感动的画。原来人类的理性思考才是一个至美的境界。此外①，大千万象，人间万物，谁能比之？

1997 年 11 月于天津

---

① 此外：除此之外。

文学的生命

——《冯骥才·中国当代作家选集丛书》序

　　一个作家选择将一定数量的作品结集出版或以选集的方式重印自己的作品，无非是想使它保留得长久。这是种再生的方式，但再生不一定长命。如果作品发表时受到冷遇，这一次依然没有唤起注视，反而落得真正的淘汰。于是我想到作品的生命力问题。这对于任何作家，都像对待本人生命那样，不能避免也不能超脱。

　　作品问世后，社会的反应真是不可预料。我忽然想起在科罗拉多大峡谷往那深不可测的谷底丢石块的情景——有时挺大一块石头扔下去，期待着悦耳的回响，往往却听不到半点动静，仿佛扔进弥漫在深谷的浓雾里；有时小小一块石片丢下去，不知碰到或惹到什么，砰砰哐哐，连锁地引发，愈来愈大，终于扩展为一派激越的轰鸣。读者的世界要比大峡谷浩繁深广，而且它看不见，它变幻无穷，它充满激情又冷酷无情。

　　你有时确实抓住了他们的心。你一呼喊，就得到一片震耳欲聋的应答。你自以为赢得了文学的一切，过后……却不知不觉，无缘无故地被淡漠了。那些曾经无数直对你的烁烁发亮的眼睛，掉转过去，化成千篇一律碑石般冷冰冰的后背。你的书像被封禁了，没人再肯打开它瞧上一眼。然而，有时你只不过从内心深处生发出一种不吐不快的渴望，借助抖颤的笔尖诉说出来，一时并没有雪片般飞来的灼热的信，可是日久天长，不知从什么地方，或近在身旁或远在天边，一个陌生的人忽然把他深深的感动写给你，他把你当作这世上唯一可以倾吐衷肠的朋友。哦，你的书还在活着！

也许向你倾诉衷肠的只是这一个、两个，到此为止。也许就这样断断续续地延绵下去，你作品的生命也就如此不可知地蔓延。更多被感动的读者未必为你所知，在这茫茫的读者世界里，你知道你作品的生命是在何时何地结束的？

一部当时没引起注意的作品，过后大多不会再惹起炽烈的兴趣；一部轰动一时的作品，过后可能只作为某种文学现象留在文学史上。今天的少男少女不会再为《少年维特之烦恼》而殉情，也不会唱答"窈窕淑女，君子好逑"来表达爱恋。历史上有几部文学作品能像秦始皇墓前的兵马俑那样两千年后才闪耀光华？有人说："愈有社会性的作品生命愈短暂，因为读者总是关心自己所处时代的社会现实。但倘若文学没有社会性，也就失去当代读者。不必为此苦恼吧！"对于文学，无论喧闹一时还是经久回响的，都是富于生命的。生命就是包括正在活着的、依然活着的和曾经活着的。

生命是一种真实。只要真实，不被发现、不被注目、不被宠爱，都不必自怨自悔和自暴自弃。只要真实地爱了、恨了、写了、追求了，就是人生和艺术最大的收获。我不相信有所谓永恒的文学，这可能是对那些投机、劣质、浮浅和虚伪作品的一种警告，或是对执着地忠实于文学之人的一种"伟大的鼓励"。长命的作品也有限度，迟早会被衍变不已的人类所淡忘，成为一种史迹。作品的寂寞，是包括在文学这个巨大的寂寞事业之中的。

本书收集的中短篇小说与散文，都是我在所谓"新时期十年"中的作品。有的发表后成了热门货，有的至今被冷落着。哪种更好？我说不好，只敢说它们全是我内心深刻的冲动时真切的记录。

写到这里，才知道自己写了一篇非常规的序言，赶紧停笔，以免一误再误。

1990 年 6 月

行间笔墨

在终日四处的奔波中，常常不能拒绝的事便是应人家请求，提起毛笔写几句话。想想看，人家盛情陪同，尽其所能地招待和照顾，而这些景物本来又都是自己切切关心的，待到告别之时，人家备好笔墨纸砚，请你留下"墨宝"，怎好把脸一板推掉？故而这些行间的笔墨大多在来去匆匆之间，凭的是一时的情意与兴致，很是即兴。比方，在四川绵竹考察年画，被那里独有的"填水脚"所震惊。所谓"填水脚"，乃是每逢年根，画工们干完活要回去过年，顺手将颜料渣子混上水色，涂抹在印了线版的纸上。画工们人人都是才艺精绝，故而这些看似率意为之的几笔，很像中国画的大写意，立笔挥扫，神气飞扬。绵竹年画本来就像川剧，高亢辛辣，这"填水脚"更是将川地年画独有的地域气质发挥到极致。特别是绵竹年画博物馆中一对清代中期"填水脚"的门神，不过七八笔，人物跃然而生。我看得如醉如痴，不停地说："这简直是民间的八大！"

从博物馆出来，便被主人引入一间小室。桌上已摆上文房四宝。不用去想，心中已有两句话冒出来，挥笔先写道："土中大艺术。"这上句写过，忽觉心中的下句不甚好。下边一句应当更妙才是。此刻扭头看到窗台上有个剑南春的酒瓶。绵竹也是名酒剑南春的故乡。这一瞬，老天爷亲吻了我的脑门，妙语倏忽而至，接下去便写出来"纸上剑南春"。这一句叫主人高兴非常。

更有趣的一次是在乐山。仰观大佛之后，在席间，主人说："你总得留点纪念给我们。"我想，乐山大佛是天下佛窟中至美至上之宝。我已经是千里迢迢第二次来看大佛了，应当在这里留一幅字。有了这想法，却像得到神助那样，心中首先出现的两个字"大佛"，倒过来便是"佛大"，由是而下，一佳句油然而生："佛大大于大佛。"下边还应有一句，自然想到"乐山"和"山乐"……于是两句绝妙好词装入胸中。待展纸书写之时，我对主人说，这幅字很难写。主人问为什么。我说其中两个字要重复两次，还有两个字要重复三次。便是：

佛大大于大佛

山乐乐似乐山

待写过这幅，放下笔一看，居然竖着读奇妙，横着读也通也奇妙，更觉得这两句不是自己脑袋想出来的，好像谁告诉我的。此种乐趣，还有谁知？

这行间的笔墨并非总是灵感迭出，若有神助。有时人马劳顿，情思壅滞，而文人书法偏偏要"言必己出"，又不能落笔平庸，往往就被盛情的主人逼入绝境。逢到此时，只好请主人留下姓名地址，回去补写后再寄来，决不勉强自己。

即使是这样，也常常会留下遗憾。比如，前些天在如皋参观水绘园。此园曾是文人学士荟萃之所，又是明代名姬董小宛栖隐之处。园中景物相映，玲珑曲折，小巧幽雅，世称文人图。游园时，因景生情，因情生句，待主人相邀题字时，捉笔便写了"园如书卷可捲（卷），景似画轴当垂"两句。主人颔首称好。可是自己心里总感觉有些不妥。题字，字比词更为重要。但是，词要思量，字须推敲，时间这样仓促，被人又请又拉，怎好仔细斟酌？从水绘园出来后，坐在车上，把刚刚的题词放在心中来回一折腾，忽觉应该改两个字，应是：

园如书卷半捲（卷）

景似画轴长垂

这样才好，可惜已经晚了。那幅糟糕的字留在人家那里，自己却带着遗憾直至此刻此时。

再说两件得意的事。

一次在西南某地。一位主人为他的上级领导向我索字。这也是在各地常常碰到的事。但我的笔墨从不为人帮闲，遂写了一句：

心中百姓是神仙

我想此句如使他受用，当也使他受益。

再一次是在南通小狼山的广教寺。寺中方丈请我留下笔墨。小狼山为天下最小名山，虽然仅仅一百零八米，却有一座古庙和宋塔仁立峰尖。日日晨钟暮鼓，梵声散布万家。想到此处，因题道：

最小山头，

顶大佛界。

由于宣纸劲润，笔也凑手，写得水墨淋漓，极是酣畅。

方丈合掌行礼，表示满意与谢意。我却说，这句话也是为我自己写的。此乃我在世间的追求也。

因之可谓：行间笔墨，其乐无穷。

2004 年 5 月 25 日

永恒的震撼

　　这是一部非常的画集。在它出版之前，除去画家的几位至爱亲朋，极少有人见过这些画作；但它一经问世，我深信无论何人，只要瞧上一眼，都会即刻被这浩荡的才情、酷烈的气息，以及水墨的狂涛激浪卷入其中！

　　更为非常的是，不管现在这些画作怎样震撼世人，画家本人却不会得知——不久前，这位才华横溢并尚且年轻的画家李伯安，在他寂寞终生的艺术之道上走到尽头，了无声息地离开了人间。

　　他是累死在画前的！但去世后，亦无消息，因为他太无名气。在当今这个信息时代，竟然给一位天才留下如此巨大的空白，这是对自诩为神通广大的媒体的一种讽刺，还是表明媒体的无能与浅薄？

　　我却亲眼看到他在世时的冷落与寂寥——

　　一九九五年我因参加一项文学活动而奔赴中州。最初几天，我被一种错觉搞得很是迷惘；总觉得这块历史中心早已迁徙而去的土地，文化气息异常地荒芜与沉滞①。因而，当画家乙丙说要给我介绍

———————————
① 沉滞：迟钝；不灵活。

一位"非凡的人物"时，我并不以为然。

初见李伯安，他可完全不像那种矮壮敦实的河南人。他拿着一叠放大的画作照片站在那里，清瘦，白皙，谦和，平静，绝不像京城一带年轻艺术家那么咄咄逼人和莫测高深。可是他一打开画作，忽如一阵电闪雷鸣，夹风卷雨，带着巨大的轰响，瞬间就把我整个身子和全部心灵占有了。我看画从来十分苛刻和挑剔，然而此刻却只有被征服、被震撼、被惊呆的感觉。这种感觉真是无法描述。更无法与眼前这位羸弱的书生般的画家李伯安连在一起。但我很清楚，我遇到了一位罕世和绝代的画家！

这画作便是他当时正投入其中的巨制《走出巴颜喀拉》。他已经画了数年，他说他还要再画数年。单是这种"十年磨一画"的方式，在当下这个急功近利的时代已是不可思议。他叫我想起了中世纪的清教徒，还有那位面壁十年的达摩。然而在挤满了名人的画坛上，李伯安还是个"无名之辈"。

我激动地对他说，等到你这幅画完成，我们帮你在中国美术馆办展览庆祝，让天下人见识见识你李伯安。至今我清楚地记得他脸上现出一种带着腼腆的感激之情——这感激叫我承受不起。应该接受感激的只有画家本人，何况我还丝毫无助于他。

自此我等了他三年。由乙丙那里我得知他画得很苦。然而艺术一如炼丹，我从这"苦"中感觉到那幅巨作肯定被锻造得日益精纯。同时，我也更牢记自己慨然做过的承诺——让天下人见识见识李伯安。我明白，报偿一位真正的艺术家的不是金山银山，而是更多的知音。

在这三年，一种百思莫解的感觉始终保存在我心中，便是李伯安曾给我的那种震撼，以及震撼之后一种畅快美好的感受。我很奇怪，到底是一种什么力量，竟震撼得如此持久？如此磅礴、强烈、独特与神奇？

现在，打开这部画集，凝神面对着这幅以黄河文明为命题的百米巨作《走出巴颜喀拉》时，我们会发现，画面上没有描绘这大地洪流的自然风光，而是全景式展开了黄河两岸各民族壮阔而缤纷的生活图景。人物画要比风景山水画更直接和更有力地体现精神实质。这便叫我们一下子触摸到中华民族在数千年时间长河中生生不息的那个精灵；一部浩瀚又多难的历史大书中那个奋斗不已的魂魄；还有黄河流域无处不在的那种浓烈醉人的人文气息。纵观全幅作品，它似乎不去刻意观照一个个生命个体，而是超时空地从整个中华民族升华出一种生命精神与生命美。于是这百米长卷就像万里黄河那样浩然展开。黄河文明的形象必然像黄河本身那样：它西发高原，东倾沧海，翻腾咆哮，汪洋恣肆，千曲百转，奔涌不回，或滥肆而狂放，或迂结而艰涩，或冲决而喷射，或漫泻而悠远……这一切的一切充满了象征与意象，然而最终又还原到一个个黄河儿女具体又深入的刻画中。每一个人物都是这条母亲河的一个闪光的细节，都是对整体的强化与意蕴的深化，同时又是中国当代人物画廊中一个个崭新形象的诞生。

我们进一步注目画中水墨技术的运用，还会惊讶于画家非凡的写实才华。他把水墨皴擦与素描法则融为一体，把雕塑的质感和写意的挥洒混合其间。水墨因之变得充满可能性和魅力无穷。在他之前，谁能单凭水墨描绘出如此浩瀚无涯又厚重坚实的景象！中国画的前途——只在庸人之间才辩论不休，在天才的笔下却是一马平川，纵横捭阖，四望无垠。

当然，最强烈的震撼感受，还是置身在这百米巨作的面前。从历代画史到近世画坛，不曾见过如此画作——它浩瀚又豪迈的整体感，它回荡其间的元气与雄风，它匪夷所思的构想，它满纸通透的灵性，以及对中华民族灵魂深刻的呈现。在这里，精神的博大，文明的久远，生活的斑斓，历史的峥嵘①，这一切我们都能有血有肉、充沛有力地感受到。它既有放乎千里的横向气势，又有入地三尺的纵向深度；它本真、纯朴、神秘、庄重……尤其有一种虔诚感——那种对皇天后土深切执着的情感——让我们的心灵得到净化，感到飞升。我想，正是当代人，背靠着几千年的历史变迁，又经历了近几十年的社会动荡，对自己民族的本质才能有如此透彻的领悟。然而，这样的连长篇史诗都难以放得下的庞大的内容，怎么会被一幅画全部呈现了出来？

现在我才明白伯安早逝的缘故。原来他把自己的精神血肉全部搬进这幅画中了！

人是灵魂的，也是物质的。对于人来说，物质是灵魂的一种载体。但是这物质的载体要渐渐消损，那么灵魂的出路只有两条：要么随着物质躯壳的老化破废而魂飞魄散，要么另寻一个载体。艺术家是幸运的。因为艺术是灵魂一个最好的载体，当然这仅对那些真正的艺术家而言。当艺术家将自己的生命转化为一个崭新而独特的艺术生命后，艺术家的生命便得以长存。就像李伯安和他的《走出巴颜喀拉》。

然而，这生命的转化又谈何容易！此中，才华仅仅是一种必备的资质而已。它更需要艺术家心甘情愿撇下人间的享乐，苦其体肤和劳其筋骨，将血肉之躯一点点熔铸到作品中去，直到把自己消耗

---

① 峥嵘（léngcéng）：形容山高。

得弹尽粮绝。在这充满享乐主义的时代，哪里还能见到这种视艺术为宗教的苦行僧？可是，艺术的环境虽然变了，艺术的本质却依然故我。拜金主义将无数有才气的艺术家泯灭，却丝毫没有使李伯安受到诱惑。于是，在二十世纪即将终结之时，中国画坛诞生了一幅前所未有的巨作。在中国的人物画令人肃然起敬的高度上，站着一个巨人。

今天的人更多会认定他的艺术成就，而将来的人一定会更加看重他的历史功绩。因为只有后世之人，才能感受到这种深远而永恒的震撼。

1999 年 2 月于 天津

绘画是文学的梦

　　我曾经使用这个题目做过一次演讲，是在美国旧金山我的画展期间。我相信那一次大多数人没有弄懂我这个题目里边非常特殊的内涵。因为多数听众只是单纯地对我的绘画有兴趣，抑或是我的文学读者。只有极少的人是专业人士。

　　我这个话题的题目听起来美，但内容却很专业，范围又很褊狭①。它置身在绘画与文学两个专业之间，既非绘画的中心，又非文学的腹地。我身在两个巨大高原中间一个深邃的峡谷里。站在高原上的人无法理解我独有的感受，但我偏偏时常在这个空间里自由自在地游弋；我很孤独，也满足。现在，我就来挖掘这个空间中深藏的意义。

　　我之所以说"绘画是文学的梦"，却不说"文学是绘画的梦"，正表示我是站在文学的立场上来谈绘画的。一句话，我是表达一个写作人（古代称文人）的绘画观。

一

　　文人在写作时，使用单一的黑墨水，没有色彩。色彩都包含在

———————————

① 褊（biǎn）狭：形容心胸、空间等狭小。

字里行间；而且，他们是通过抽象的文字符号来表达心中的想象与形象。这时，文字的使命是千方百计唤起读者形象的联想，唤起读者的画面感，设法叫读者"看见"作家所描述的一切，也就是契诃夫所说的"文学就是要立即生出形象"。但是这是件很难的事。怎么才能唤起读者心中的画面？这是一个大题目，我会另写一篇大文章，来描述不同作家文字的可视性。而此时此刻，另一种艺术一定令写作人十分地向往和崇尚，这就是绘画。

所以我说，人为了看见自己的内心才画画。

我相信古代文人大都为此才拿起画笔的。

但是，一旦拿起笔来，西方与东方却大不相同。

对于西方人来说，绘画与写作的工具从来不是一种。他们用钢笔和墨水写作，用油画颜料与鬃毛笔作画。如果西方的写作人想画画，他起码先要学会把握工具性能的技术和方法。尽管普希金、歌德、萨克雷、雨果等都画得一手好画，但毕竟是凤毛麟角。在西方人眼中，他们属于跨专业的全才。

可是在古代东方，绘画与写作使用的同样是笔墨纸砚。对于一个东方的写作人，只要桌有片纸，砚中余墨，便可乘兴涂抹一番。自从宋代的苏轼、米芾、文同等几位大文人挥手作画之后，文人们的亦诗亦画成了一种文化时尚。乃至元代，文人们在画坛集体登场，幡然①一改唐宋数百年来院体派和纯画家的面貌，展现出前所未有的文人画风光奇妙的全新景观。

我对明人董其昌、莫是龙、孙继儒等关于文人画和"南北宗"的理论没有兴趣，我最关心的是：究竟文人画给绘画带来什么？如

---

① 幡然：迅速而彻底地（改变）。

果从表面看，可能是令人耳目一新的笔墨情趣，技术效果，还有在院体派画家笔下绝对看不到的将文字大片大片写到画面上的形式感。但文人画的意义绝不止于这些！进而再看，可能是文学手段的使用。比如象征、比喻、夸张、拟人。应该说，正是由于从文学那里借用了这些手段，才确立了中国画高超的追求"神似"的造型原则。但文人画的意义也不止于此！

文人画的意义主要是两个方面：

一是意境的追求。意境这两个字非常值得琢磨。依我看，境就是绘画所创造的可视的空间，意就是深刻的意味，也就是文学性。意境就是把深邃的文学的意味，放到可视的空间中去。意境二字，正是对绘画与文学相融合的高度概括。应该说，正是由于学养渊深的文人进入绘画，才为绘画带进去千般意味和万种情怀。

二是心灵的再现。由于写作人介入绘画，自然会对笔墨有了与文字一样的要求，就是自我的表现。所谓"喜气与兰，怒气与竹"，"逸笔草草，不求形似，聊发胸中之逸气耳"，都表明了写作人要用绘画直接表达他们主观的情感、心绪与性灵。于是个性化和心灵化便成了文人画的本质。

绘画的功能就穿过了视觉享受的层面，而进入丰富与敏感的心灵世界。

如果我们将马远、夏圭、范宽、许道宁、郭熙、刘松年这些院体派画家们放在一起，再把徐渭、梅清、倪瓒、金农、朱耷、石涛这些文人画家放在一起，相互对照和比较，就会对文人画的精神本质一目了然。前者相互的区别是风格，后者相互的区别是个性；前者是文本，后者是人本。

在中国绘画史上，文人画兴起不久，很快便成为主流。这是西方所没有的。正因如此，中国画最终形成了自己独有的艺术体系与文化体系。过去我们常用南北朝谢赫的"六法论"①来表述中国画的特征，这其实是很荒谬的。在南北朝时期，中国画尚处在雏形阶段；中国画的真正成熟，是在文人画成为主流之后。

因为，文人画使中国画文人化。

文人化是中国画的本质。

在绘画之中，文人化致使文学与绘画的结合；在绘画之外，则是写作人与画家身份的合二而一。

西方的写作人作画，被看作一种跨专业的全才；中国文人的"琴棋书画，触类旁通"，则是理所当然的。因而中国人常把那种技术高而文化浅的画家贬为画匠。

这是中国画一个很重要的传统。

然而，这个传统在近百年却悄悄地瓦解了。其中最重要的原因，是书写工具的西方化。我们用钢笔代替了毛笔。这样一来，写作人就离开了原先的笔墨纸砚；绘画的世界与写作人渐渐脱离，日子一久竟有了天壤之别。当然，从深远的背景上说，西方的解析性思维一点点在代替着东方人包容性的思维。西方人明晰的社会分工方式，逐渐更换了东方人的兼容并蓄与触类旁通。于是，近百年的画坛景观是文人的撤离。不管这样是耶非耶，但这是一种被人忽略的画坛史实。这个史实使得近百年中国画的非文人化。

正因为非文人化的出现，才有近十年来颇为红火的"新文人画"

---

① "六法论"：南齐宫廷画家和绘画理论家谢赫在《古画品录》中总结和发展前代绘画理论中的法测，从气韵生动、骨法用笔、应物象形、随类赋彩、经营位置、传移摹写六个方面，论述了所绘对象的内在精神和外在状态，是后代品评美术作品高下的重要标准。

运动。但新文人画并非写作人重新返回画坛，而是纯画家们对古代文人画的一种形式上的向往。

二

我本人属于一个另类。

我在写作之前画了十五年的画。我的工作是摹制古画，主要是摹制宋代院体派的作品。恰恰不是文人画。

平山郁夫曾一语道出我有过"宋画的磨炼"，这说明他很有眼光。我的画里没有黄公望与石涛的基因，只有郭熙与马远的影子。正像我的小说没有昆德拉和塞林格，只有巴尔扎克、屠格涅夫、蒲松龄、冯梦龙、鲁迅，还间接有一点马尔克斯。

我自二十世纪七十年代末与绘画分手，走上文坛，成为第一批"伤痕文学"作家。在八十年代，我几乎把绘画忘掉。那时，我曾经在《文艺报》上发表过一篇文章叫作《命运的驱使》，写我如何受时代责任所迫而从画坛跨入文坛。但当时，人们都关心我的小说，没人关心我的画。我的脑袋里也拥满了那一代人千奇百怪的命运与形象。就这样，我无名指上那个常年被画笔的笔杆磨出的硬茧也不知不觉地消退了。

到了二十世纪九十年代初期，我重新思考自己下一步的创作道路，陷入苦闷。在又困惑又焦灼的那一段时间里，无意中拿起画笔，只想回到久别的笔墨天地里走一走。忽然我惊呆了。我不是发现了久违的过去，而是发现了从未见过的世界。因为，我发现心灵竟然可以如此逼真并可视地呈现在自己的面前。

但是，现在来认识自己，我并没有什么重大突破和发现，我只不过又回到文人画的传统里罢了。

三

我与古代一般的文人不同的是，我写过大量的小说。每篇小说都有许多人物。小说家总是要进入他笔下每一个人物的心中。就像演员进入角色，体验不同情境中特定的情感与心境。我相信任何小说家的内心都是巨大的情感仓库。他们对情感的千差万别都有精细入微的感受。比如感伤，还有伤感、忧虑、忧郁、忧愁、愁闷、惆怅等，它们的内涵、分量、给人的感觉，都是全然不同的。它们不是全可以化为画面吗？一旦转为画面，相互便会大相径庭。

我现在作画，已经与我二十年前作为一个纯画家作画完全不同了。以前我是站在纯画家的立场上作画；现在我是从写作人的立场出发来作画。

尽管现在，我作画中也有愉悦感，但我不是为自娱而画。绘画对于我，起码是一种情感方式或生命方式。我的感受告诉我，世界上有一些东西是只能写不能画的，还有一些东西是只能画不能写的。比如，我对"三寸金莲"的文化批判，无法以画为之；比如我在《思绪的层次》中对大脑的思辨中那种纵横交错、混沌又清明的无限美妙的状态，只有用画面才能呈现。

尽管我对画面上水墨的感觉，对肌理效果，对色彩关系的要求，也很严格甚至苛刻，但这一切都像我的文字，必须服从我的心灵，而不是为了水墨或肌理本身。

我之所以这么注重心灵，还是写作人的观念。因为文学最高的职责是挖掘心灵。

四

关于绘画的文学性，我明确地不把诗作为追求目的。

绘画是静止的瞬间，是瞬间的静止与概括；诗用一滴海水来表现整个大海，诗是在"点"上深化与升华。所以诗与画最容易结合。在古人中，最早这样做的是王维。故此苏轼说"味摩诘之诗，诗中有画；观摩诘之画，画中有诗"。诗是中国绘画与文学的结合点与交融点。

但我不是诗人，我写散文。我的散文非常强烈地追求画面感，那么我也希望我的画散文化。尤其是对于现代人，更接近于散文而不是诗。

散文与诗的不同是，散文是一段一段，是线性的。但线性的描述可以一点点地深化情感和深化意境，同时使绘画的意境具有可叙述性。诗的意境是静止的。散文的意境是一个线性的过程。但这不是我创造的，最初给我启发的是林风眠先生，林风眠先生的画就是散文化的，还有东山魁夷的画。

说到这里，我应该承认，我的画不是纯画家的画，我在当今应是一个"另类"。应该说，在写作人基本撤离出画坛的时代，我反方向地返回去，皈依文人画的传统。我愿意接受平山郁夫对我的评价，我是一种"现代文人画"。

五

现在我从梦里醒来，回到很现实的一个问题里。

今年一次在北京参加会议，忽然接到一个电话，声称是我的铁杆读者，心里憋着口气，想骂骂我；为此他喝了两大杯酒。酒劲上头，乘兴把电话打来。我便笑道："你想说什么，尽管说吧。批评也好，骂也无妨，都没关系。"

他被酒扰昏了头，有的话来来回回说了好几遍。我却听明白了，他说我亦文亦画，又投入城市文化保护，又搞民间文化遗产抢救工程。他说："你简直是浪费自己。除去写小说，那些事都不是你该干的！不写小说还称得上什么作家！你对读者不负责！"他挺粗的呼吸通过电话线阵阵撞在我的耳膜上。我只支应着，笑着，一再表示接受他的意见。我没作任何表白，因为此时不是交流的时候。

我常常遇到这样的读者，他们对我不满。怎么办？

不久前，我为既是作家又是画家的雨果写了一篇文章，叫作《神奇的左手》。里边有几句话，正是我想对我的读者说的：

"你看到过雨果、歌德、萨克雷等人的绘画吗？只有认真地读他们的书又读他们的画，你才能更整体和深刻地了解他们的心灵。我所说的了解，不是指他们的才能，而是他们的心灵。"

2002 年 4 月 26 日

第五辑

文艺杂谈

话说中国画

中国画在世界上是独一无二的。这不仅因其历史深厚久远，大师巨匠如满天星斗，传世名作无以数计，更重要的是它异常独特，且具鲜明的民族个性。中华民族独有的宇宙观、哲学观、艺术观、审美观，顽强地表现其间；把其他任何民族的绘画与其放在一起，都迥然殊别，立时可见；中国画独放异彩。

中国画自它诞生之日始，就不以追摹自然形态为能事，而把表现物象的精神作为目的。在形与神的关系上，认为"论画以形似，见与儿童邻"（苏轼语），主张"以形写神"（顾恺之语）。哪怕所画的形态在"似与不似之间"（齐白石语），也要把内在的精神表现出来，这就使中国画家的注意力始终投射在事物内在的、深层的、本质的层面上。唐宋两代，繁盛迷人的社会生活征服了画家，严谨认真写实的画风因之盛行一时，但捕捉物象精神仍是绘画的最高追求。同时一些修养渊深的文人介入绘画，他们强调情感抒发与个性张扬，绘画的精神内涵得到进一步充实与开拓。文人们还主张"诗是无形画，画是有形诗"，提倡"书画同源"，这样就把诗的深刻境界与书法的审美品格带入绘画，促使独具魅力的中国画艺术特征的形成。

诗对画的首要影响，是使画家不受自然物象的时空局限，凝练升华，联想自由，去构造更加动人和感人的艺术境界。诗的洗练、隽永、含蓄和韵味，使绘画更注重"虚"的成分，更讲究"空白"的运用，更致力于笔墨的精练与意趣。文学中常见的象征、比喻、夸张、拟人等手法，被带入绘画后，绘画的表现力更大大地增强。这也是明清以来大写意画的主要艺术手法。

书法是中国特有的、纯形式的艺术。在书法中，整体的布局，字的形态与架构，乃至一点一划，无不充溢着形式感；笔的疾缓、刚柔、巧拙、藏露，墨的枯润、饱渴、轻重、浓淡，一方面直抒作者的情感与思绪，一方面传达审美的精神与理想。中国的绘画与书法都使用毛笔，中国画又是以线造型，线条是画面的骨架，书法的笔墨便自然而然地过渡到绘画中来，不仅提高了绘画用笔的技法和能力，也丰富了绘画的笔情墨趣和形式美。尤其经过苏轼、文同、赵孟頫等人的努力，将书法引入绘画，使元以来绘画的面貌幡然一变，全然改观了。

元朝以来的中国画，还兴起在画面上题写诗文。画面既是绘画作品，也是书法作品，又是可读的文学作品，再加上篆刻印章，所谓"诗、书、画、印"一体，构成中国画独具的形式美。这对画家的修养也有了更高和更全面的要求。画家多是工诗善书，兼精治印的"通才"。

中国画的主要工具材料是纸、笔、墨。最早的中国画大多画在绢上，宋元以来渐渐搬到纸上来。纸的种类很多，大致分为生熟两类，熟宣纸类是用矾水刷过的，不渗水，适于画精整而细致的工笔画；生宣纸吸水性强，不易掌握，但把水墨铺展上去，变幻无穷，故宜于挥洒淋漓多趣的写意画。笔的种类更是不可胜数，粗分可分作三类，一是笔锋刚健的狼毫类，二是锋毛柔软的羊毫类，三是兼用狼毫与羊毫混制而成，笔性刚柔相济的兼毫类。画家根据所要画的物象的形态和质感选择不同的毛笔，往往一幅画要用多种类型的笔。一支毛笔锋毫的散聚，含水蘸墨的多少，全由画家根据需要控制；使用笔锋的不同部位——中锋、侧锋、逆锋等，效果全然不同。每个画家都有自己习惯的用笔方法，这也是构成画家风格的重要因素。中国画上最主要的颜色是黑色。中国画说"墨分五色"，即用浓淡不同的墨色作画，常常不附加其他颜色，也一样可以表现物象的丰富性。中国画家在用墨上积累了很多经验，有的画家以独到的墨法自成一家。有时，画面加入其他颜色。早期的中国画所用颜色多为矿物质原料，如朱砂、石青、石绿、石黄、赭石、铅粉等，覆盖性强，色彩浓艳，经久不变，故当时中国画多为单线平涂，画面具有强烈的装饰效果。后来，渐多采用植物性颜料，如花青、藤黄、胭脂、朱磦等，能被水溶解，互相调配，色泽接近自然，并能与墨结合，相辅相成，色调典雅；偶有画面，只用颜色，不用墨色，谓之"没骨"。骨即墨色，可见墨在中国画中至关重要、无可替代的位置。可以说，没有墨就没有中国画。

中国画的分类非常繁杂，名称极多。从题材内容上，习惯分为人物、山水、花鸟、楼台、走兽、博古等；从画面笔墨繁简的程度上分为写意、工笔、大写意、半工半写等；从设色上分为青绿、金碧、浅绛、水墨等；从技法上分为白描、双钩、单线平涂、泼墨等。中国画在画成之后，要经过装裱工序。一经裱褙，绫托锦衬，高贵大方，并具有很强的赏玩性。中国画的装裱十分考究，款式繁多，一般分为卷轴、镜片、扇面、斗方、册页等，卷轴画中又分为中堂、条幅、对屏、通景屏等。中国画常常是把装裱款式上的分类作为第一位的。

现今留下的最早的绘画，是画在山岩峭壁上，距今五千年以上；后来渐渐移到绢素上，成为单纯观赏性的艺术。开头是无名的工匠为之，此后才有专业绘画的画家出现，此时距今也有两千年了。中国绘画历经许多朝代，在历史江河的百转千折中，涌现出无数照耀古今的杰出画家和啸傲一时的流派。时风的变迁，致使绘画的面貌不断翻新更新；名家大师们独来独往，各立一帜，又使画坛千姿百态，形成了举世皆知、漫长悠远、异彩纷呈的中国绘画历史。本集在对百件中国画名品评介的同时，注意到前后贯穿的历史联系，并对历史发展中各种绘画现象的前因后果皆有论说。读者若能依照图文排列的前后顺序阅读，就能找到潜在其中的中国绘画史的梗概来。倘若读者能从中得到"史"的印象，作者为本书付出的辛苦便有了最好的报偿。

1992 年 6 月 定稿
2015 年 6 月 修订

第五辑

文艺杂谈

文人的书法

文人书法的历史要比文人画的历史长。

文人用毛笔、墨和宣纸写文章，很容易就对书写的审美有了兴趣。书法的艺术便蕴寓其中。

文人以文章抒发心志，其书法天生具有挥洒情感、一任心灵的性质，故此文人书法是以个性为其特征。文人性格彼此迥异，有一千个擅长书法的文人，就有一千个相去千里的书法面貌，故此文人书法风格都不是刻意追求的。

但是，在篆隶时代，字体规范严格，限制了个性的发挥，文人书法未能形成。到了行草时代，字体走向自由，张扬个性的文人书法便应运而生。此后文人书家所写的篆隶，也就融进了个人的意蕴与性情了。

文人的书法，向例不拘法矩。情之所至，笔墨奋发。文字原本是表达与宣泄心灵的工具，工具缘何反过来要限制心灵？故此文人进入书法，天地突然豁朗；一无牵绊，万境俱开。

同时，文人不屑于书写别人的话语。言必己出，乃是书法之根本。每每心有难捺之语，或有灵性之句，捉笔展纸，书写出来。笔笔自然都是发自性灵的心迹，字字都是情感乃至情绪的形态。这样的书法，才是有魂的艺术。

　　历史地看，文人涉入书法，乃是文化的注入。于是，翰墨的世界，不仅奇花异卉争相开放，书法的底蕴更是走向雄厚深邃。但如今，文人著书立说的工具已经改成钢笔和圆珠笔，很多文人撤离书坛，亦文亦书者毕竟不多，文人书法该向何处去？我以为，文人书法已然历史地落到书家身上。

　　然而今之书家，是否亦有这般所思所想？

2003 年 4 月

小说的眼睛

绘画有眼，小说呢？

在我痴迷于绘画的少年时代，有一次老师约我们去他家画模特儿。走进屋才知道，模特儿是一位清瘦孱弱的老人。我们立即被他满身所显现出的皱纹迷住了。这皱纹又密又深，非常动人。我们急忙找好各自的角度支起画板，有的想抓住这个模特儿浓缩得干巴巴的轮廓，有的想立即准确地画出老人皮肤上条条清晰的皱纹，有的则被他干枯苍劲、骨节突出的双手所吸引。面对这迷人的景象，我握笔的手也有些颤抖了。

我们的老师——一位理解力高于表现力因而不大出名的画家叫道："别急于动笔！你们先仔细看看他的眼睛，直到从里边看出什么来再画！"

我们都停了下来，用力把瞬间涌起的盲目的冲动压下去，开始注意这老人的眼睛。这是一双在普通老人脸上常见的、枯干的、褪尽光泽的眼睛。何以如此？也许是长年风吹日晒、眼泪流干、精力耗尽的缘故。然而我再仔细观察，这灰蒙蒙的眼睛并不空洞，里面有一种镇定沉着的东西，好像大雾里隐约看见的山，跟着愈看愈具体：深谷、巨石、挺劲的树……这眼里分明有一种与命运抗衡的个性，以及不可摧折的刚毅素质。我感到生活曾给予这老人许多辛酸苦辣，却被他强有力的性格融化了。他那属于这生命特有的冷峻的光芒，不正是从这双淡灰色的眸子里缓缓放射出来的吗？

顿时，这老人身上的一切都发生了奇妙的变化。他皮肤上的皱纹，不再是一位老人那种被时光所干缩的皱纹，而是被命运之神用凿子凿上去的。每条皱纹里都藏着曲折坎坷而又不肯诉说的故事。在他风烛残年、弱不禁风的躯体里，包裹着的绝不是一颗衰老无力的心脏，而是饱经锤打、不会弯曲的骨架。当我再一次涌起绘画的冲动时，就不再盲目而空泛，而是具体又充实了。我觉得，这老人满身的线条都因他这眼神而改变，我每一笔画上去，连笔触的感觉都不一样了。笔笔都像听他这眼神指挥似的，眨眼间全然一变。

人的眼睛仿佛汇集着人身上的一切，包括外在和内在的。你只要牢牢盯住这眼睛，就甚至可以找到它隐忍不言的话，或是藏在谎言后面的真情。一个人的气质、经验、经历、智能，也能凝聚在这里面，而又有意无意地流露出来。因此，作家、医生、侦探都留意人的眼睛。从此，我再画模特儿，总要先把他的眼睛看清楚。看清了，我就找到了打开模特儿心门的钥匙。

绘画有眼，诗有"诗眼"，戏有"戏眼"。小说呢？是否也有一个聚积着作品的全部精神，并可从中解开整个艺术堂奥 ① 的眼睛呢？

---

① 堂奥：房屋的深处，借指深奥的道理或境界。

小说的眼睛大有点石成金之妙

在短篇小说中，其眼睛有时是一个情节。比如邓友梅的《寻访"画儿韩"》。"画儿韩"邀来古董行的朋友，当众把骗他上当的"假画"泼酒烧掉，恐怕是小说一连串戏剧性冲突中最惊心动魄的一幕。邓友梅把小说里的情节全都归结于此。这是小说的悬念，也是作品情节的真正开始。这个情节就是这篇小说的眼睛。而这之后故事的发展，都是由这个情节"逼"出来的。读罢小说，不能不再回味"烧假画"这个情节。由此，对作品的内涵和人物的性灵，也会理解得更为深刻了。

再有便是普希金的《射击》和蒲松龄的《鸽异》。前一篇是普希金为数不多的短篇小说中最有故事性的。其中最令人惊诧的情节，是受屈辱的神枪手挑选了对手度蜜月的时刻去复仇。在那个获得了人间幸福的对手的哀求下，他把子弹打进了墙上的枪洞里。后一篇《鸽异》是个令人沉思的故事。养鸽成癖的张公子好不容易获得两只奇异的小白鸽。后来，他又将这对珍爱的小白鸽赠送给高官某公，以为这样珍贵的礼物才与某公的地位相称。不料无知的某公并不识货，把神鸽当作佳肴下了酒。这个某公吃掉神鸽的情节，就是小说的眼睛。它与前一篇中神枪手故意把子弹射进墙上的枪洞的那个情节一模一样，都给读者留下余味，引起无穷的联想。

这三篇都以精彩情节为眼睛的小说，却又把不同的眼睛安在不同的地方：邓友梅把眼睛安在中间，普希金和蒲松龄则把眼睛安在结尾。把眼睛安在中间的，使故事在发展中突然异向变化；而把眼睛安在结尾，则是以情节结构小说者创作的惯技。这样的小说，大多是作家先有一个巧妙的结尾，并把全篇的"劲儿"都捺在这里，再为结尾设置全篇，包括设置开头。

眼睛不管放在哪里，作为小说眼睛的情节，都必须是特殊的、绝妙的、新颖的、独创的。因为整个故事的所有零件，都将精巧地扣在这一点上，所有情节都是为它铺垫，为它安排，为它取舍，这才是小说眼睛的作用。如果去掉这只眼睛，小说也就不复存在了。如果换一只眼睛，便是假眼，成为一个无精神、无光彩、无表情的玻璃球，小说也成了瞎子一样。

另一种是把细节当作小说的眼睛，这也是常见的。莫泊桑《项链》中的假项链；欧·亨利《最后一片叶子》中画在树上的藤叶；杰克·伦敦《一块排骨》中所缺少而又不可缺少的那块排骨，都是很好的例子。再如在契诃夫的《哀伤》中，老头儿用雪橇送他的老伴到县城医院去治病，在纷纷扬扬的大雪里，他怀着内疚的心情自言自语地诉说着自己如何对不起可怜的老伴，发誓要在她治好病后，再真正地爱一爱自己一生中唯一的伴侣，然而他发现，落在老伴脸上的雪花不再融化——老伴已经死了！这是一个多么令人战栗的细节！于是，他一路的内疚、忏悔和誓言，都随着这一细节化成一片空茫茫的境界；可是一个冰冷的浪头，有力地拍打在你的心头。

试想，如果拿掉雪花落在老太婆脸上不再融化这一细节，这篇小说是否还强烈地打动你？这细节起的是点石成金的作用！

因此，这里所说的细节，不是一般意义上的细节，哪怕是非常生动的细节。好小说几乎都有一些生动的细节（譬如《孔乙己》中曲尺形的柜台、茴香豆、写着欠酒债人姓名的粉板，等等）。但是，当作眼睛的细节，是用来结构全篇小说的。就像《项链》中那条使主人公为了一点空幻的虚荣而茹苦含辛十年的假项链，它绝不是人物身上可有可无的附加物，而应该是必不可少的。莫泊桑在这篇作品中深藏的思想、人物不幸的命运与复杂的内心活动，都是靠这条假项链揭示出来的。这样的细节会使一篇作品成为精品。只有短篇小说才能这样结构；也只有这样的结构，才具有短篇小说的特色。

当然，在生活中这样的细节是可遇而不可求的，但如果作者不善于像蚌中取珠那样提取这样的细节，以高明的艺术功力结构小说，那么，即使有了这样珍贵的细节，恐怕也会从眼前流失掉。就像收音机没有这个波段，把许多优美旋律的电波无声无息地放掉了。

各种各样的小说眼睛

我曾经找到过一部小说的眼睛，就是《高女人和她的矮丈夫》中的伞。

我在一次去北京的火车上遇到一对夫妻，由于女人比男人高出一头，受到车上人们窃窃的嘲笑。但这对夫妻看上去却有种融融[①]的气息，使我骤然心动，产生了创作的欲望。以后的一年间，我的眼前不断浮现起这对高矮夫妻由于违反习惯而有点怪异的形象，断断

---

① 融融：形容和睦快乐的样子。

续续为他们联想到许多情节片段，有的情节和细节想象得使我自己也感动起来。但我没有动笔，我好像还没有找到一个能凝集起全篇思想与情感的眼睛。

后来，我偶然碰到了——那是个下雨天，我和妻子出门。我个子高，自然由我来打伞。在绵绵的春雨里，在笼罩着我们两人的这个遮雨的伞下边，我陡然激动起来。我找到它了，伞！一柄把两人紧紧保护起来的伞！有了这伞，我几乎是一瞬间就轻而易举地把全篇故事想好了。我一时高兴得把伞塞给妻子，跑回去马上就写。

我是这样写的：高矮夫妻在一起时，总是高个子女人打伞更方便些。往后高女人有了孩子，逢到日晒雨淋的天气，打伞的差事就归矮丈夫了。但他必须把伞半举起来，才能给高女人遮雨。经过一连串令人心酸的悲剧过程，高女人死了，矮丈夫再出门打伞还是习惯地半举着，人们奇妙地发现，伞下有长长一条空间，空空的，世界上任何东西也补不上……

对于这伞，更重要的是伞下的空间。

我想，这伞下的空间里藏着多少苦闷、辛酸与甜蜜？它让周围的人们渐渐发现世界上最珍贵的东西——纯洁与真诚就在这里。斜风细雨中这把孤孤单单的伞，呼唤着不幸的高女人，也呼唤着人们以美好的情感去填补它下面的空间。

我以为，有的小说要造成一种意境。

比如王蒙的《海的梦》，写的就是一种意境。意境也是一种眼睛，恐怕还是最感人的一种眼睛。

也许我从事过绘画，我喜欢使读者能够在小说中看见一个画面，就像这雨中的伞。

有时一个画面，或者一个可视的形象，也会是小说的眼睛。比如用衣帽紧紧包裹自己的"伞中人"（契诃夫《装在套子里的人》），比如拿梳子给美丽的豹子梳理毛发的画面（巴尔扎克《沙漠里的爱情》）。

作家把小说中最迷人、最浓烈、最突出的东西都给了这画面，使读者心里深深刻下一个可视的形象，即使故事记不全，形象也忘不掉。

我再要谈的是：一句话，或者小说中人物的一句话，也可以成为小说的眼睛。

《爱情故事》几次在关键时刻重复一句话："爱，就是从来不说对不起。"这句话，能够一下子把两个主人公之间特有的感情提炼出来，不必多费笔墨再做任何渲染。这篇小说给读者展现的悲剧结局并不独特，但读者会给这句独特的话撞击出同情的热泪。

既然有丰富复杂的生活，有全然不同的人物和故事，有手法各异的小说，就有各种各样的眼睛。这种用一句话作为眼睛的小说名篇就很多，譬如冈察尔的《永不掉队》、都德的《最后一课》等。这里不一一赘述。

年轻的习作者们往往只想编出一个生动的故事来，而不能把故事升华为一件艺术品，原因是缺乏艺术构思。小说的艺术，正体现在虚构（即由无到有）的过程中。正像一个雕塑家画草图时那样：他怎样剪裁，怎样取舍，怎样经营；哪里放纵，哪里夸张，哪里含蓄；

怎样布置刚柔、曲直、轻重、疏密、虚实、整碎、争让、巧拙等艺术变化；给人怎样一种感受、刺激、情调、感染、冲击、渗透、美感等等，都是在这时候考虑的。没有独到、高明、自觉的艺术处理，很难使作品成为一种真正的艺术佳作。小说的构思应当是艺术构思，而不是什么别的构思。在艺术宝库里，一件非艺术品是不容易保存的。

结构是小说全部艺术构思中重要而有形的骨架。不管这骨架多么奇特繁复，它中间都有一个各种力量交叉的中心环节，就像爆破一座桥要找那个关键部位一样。一个高水平的小说欣赏者能从这里看到一篇佳作的艺术奥秘，就像戏迷们知道一出戏哪里是"戏眼"，而它的制作者就应当比欣赏者更善于把握它和运用它。

谈到运用，就应当强调：切莫为了制造某种戏剧性冲突，或是取悦于人的廉价效果，硬造出这只眼睛来。它绝不像侦探小说中故意设置的某一个关键性的疑点。小说的眼睛是从大量生活素材的积累中提炼出来的，是作家消化了素材、融合了感情后的产物，它使作品在给人以新颖的艺术享受的同时，使人物得以更充分的开掘，将生活表现得更深刻而又富于魅力。它是生活的发现，又是艺术的发现。

当然，并非每篇小说都能有一只神采焕发的眼睛。就像思念故乡的可怜的小万卡最后在信封上写"乡下，我的祖父收"或像《麦琪的礼物》中的表链与发梳，或像《药》结尾夏瑜坟上的花圈那样。

小说的眼睛就像人的眼睛。

它忽闪忽闪，表情丰富。它也许是明白地告诉你什么，也许要你自己去猜去想去悟。它是幽深的、多层次的，吸引着你层层深入，绝不会一下子叫你了然。

这，就是小说的眼睛最迷人之处。

还有一种闭眼的小说

是否所有的小说都可以找到这只眼睛？

许多小说充满动人的细节、情节、对话、画面，却不一定可以找出这只眼睛来。因为有些作品它不是由前边所说的那种明显的眼睛来结构小说的。例如《祝福》中的祥林嫂，结婚撞破脑袋，阿毛被狼叼去，鲁四爷不叫她端供品……它是由几个关键情节支撑起来的，缺一不可。那种内心独白或情节淡化、散文化、日记体的小说，它的眼睛往往化成了一种诗情、一种感受、一种情绪、一种基调，作家借以牢牢把握全篇。甚至连每一个词汇的分寸，也要受它的制约。小说的眼睛便躲藏在这一片动人的诗情或感受的后面。小说任何一个细节、一段文字，离开这情绪、感觉、基调，都会成为败笔。

还有一种小说，明明有眼睛，却要由读者画上去。这是那种意念（或称哲理）小说。作家把哲理深藏在故事里，它展开的故事情节，是作为向导引领你去寻找。就像一个闭着眼说话的人，你看不见他的眼珠，却一样能够猜到他的性格和心思。这是一种闭眼小说。手段高明的作者总是把你吸引到故事里去，并设法促使你从中悟出道理（或称哲理）。《聊斋志异》中许多小说都是这样的。如果作者低能，生怕读者不解其意，急得把眼睛睁开，直说出道理来，反而索然无味了。这个眼睛就成了无用的废物。

前边说，小说需要那样的眼睛，这里又说小说不需要这样的眼睛。两者是一个意思，都是为了使小说更接近或成为艺术品，更富于艺术魅力。

1984 年 1 月 12 日《文学报》首发

画飞瀑记

　　这日，忽有莫名之豪情骤至，画兴随之勃发，展纸于案，但觉纸短，便扯过一幅八尺素白宣纸换上。伸手从笔筒中取一支长管大笔，此刻心中虽无任何形象，激荡的情绪已到笔端，笔头随即强烈地抖颤起来。转手一捅砚心，墨滴四溅，点点落到皎白纸面也全然不顾。然手中之笔已不听任于手，惊鸟一般陡地跳入水盂，一汪清水便被这墨笔扰得如乌云般翻滚涌动。眼前的纸面，恍若疾风吹过，云皆横态，大江奔去，浪作斜姿，奔泻的笔墨随同这幻象一同呈现。

　　水墨大笔在纸的上端横向挥洒，即刻一片洪流漭瀁①展开，看似万骏狂驰，瞬息而至。不待思索如何谋篇布局，笔管自动立起，向下劲扫数笔，顿时万马落崖，江河倒挂，水气冲来，不觉倒退几步。更有一阵冷雨扑面，不知是挥舞的水墨飞溅，还是一种逼真的幻觉所致。大水随笔倾下，长流百尺，一泻到底，极是畅快，心中块垒也被浇得净尽。水落深谷，腾龙跃蛟，崩云卷雪，耳边已响起一阵如雷般的轰鸣。继而，换一支羊毫大笔，饱蘸清水淡墨，亦我绵绵情意，化浪花为湿雾，化浓霭为轻烟，默然飞动，舒漫流散。更有

---

① 漭瀁（mǎngyǎng）：广大貌。

云烟飞升，萦绕于危崖绝巘①之间；望去如薄纱遮翳，似明似灭，或有或无，渺迷幽夐②，无上高远复深远也。此皆运笔之虚实轻重使然。笔欲住而水不止，烟欲遁而雾不绝。水过重谷，乱石相截。然非此不能表现水的浩荡、顽强与百折不回的勇气。因之，阔笔写一横滩，水则涌而漫过；浓墨泼一立石，水则砰然拍去，激出巨浪，笔甩墨飞，冷气夹带水珠，弹向天空。岩石夹峙，水流倍猛，四处疾射，奔流前行。一路遇阻而过，逢截必越，腕间似有不挡之势。画笔受激情鼓荡，撞得水盂砚池叮当作响，此亦画之音乐也。直画得荡气回肠，大气磅礴。只见水出谷底，汇成巨流，汩汩而去。不觉挥腕一扫，掷笔画成。

于是，悬画于壁，静心望去，原来竟是一大幅飞瀑图。奇怪！作画之前，并未有此图之想，缘何成此画图？一般所谓作画"胸有成竹"在"胸无成竹"之上，错矣！殊不知，"胸无成竹"才是最高的作画境界。此便是先有内心的情氛与实感，不过借笔墨一时成像罢了。

身在世纪之交，每思前顾后，阅历百年，感慨万端。然而，由当今而瞻前，确是阔而无涯。心所往，皆宏想。由是黄钟大吕，时亦鸣响心中。这便是如上豪情时有骤至之故。图画至此，意犹未尽，遂取一支长锋狼毫笔，题数字于画上，乃是这样一句：

万里泻入心怀间

---

① 绝巘（yǎn）：极高的山峰。

② 幽夐（xiòng）：幽深；深邃。

画为文外事，文亦画外事；画为文中事，文亦画中事。画罢，作文以记之。

1997 年 2 月

天一阁观画记

——《天一阁藏书画选》序

吾乡宁波，别称甬，古来以四香传扬天下。四香者，谓之曰：米香、鱼香、书香、墨香也。

自河姆渡发掘出金灿灿七千年前之稻谷，吾乡便被看作中华粮米之源头。放目甬地，水光盈盈，物皆倒影；地上池泊毗邻，地尽海浪相迎，真乃鱼之世界。锦鳞鲜美以养脑，珠米精醇以养身，此天赐甬人福祉矣！

然甬人不以衣食温饱为平生事，素来风习儒雅，亟好读书，修身养性之外，更求博知广闻于天下。于是兴造书楼，珍藏典籍，传祚后人。其间以天一阁为冠，册数之巨，海内无出其右。孤本善本，天下称奇，纸香书香，四海可闻。金银财宝富有限，知识精神贵无算。于是异地之人，对吾乡文化之素养只能仰视，不敢侧目。

再者，文人文房，向来翰墨一体，诗画同心，书香墨香相和而不相分。然世人只知天一阁藏书鼎富，不知天一阁藏画亦丰。壬申仲阳[1]，吾归故里访祖寻根，兼假宁波美术馆举办"敬乡画展"，因之得以观瞻天一阁藏书楼。承蒙阁中父老厚情相待，展示书画珍藏。

---

[1] 仲阳：仲春，春季的第二个月，即农历二月。

观画时，阁中人凡触摸藏品，必戴雪白手套。庋藏①之严，令人钦敬；爱惜之深，感吾不已。而此中藏品，其品格之高迈，品相之完美，收藏者品位之不凡，更令吾连连赞叹。不禁道："天一阁藏书楼该另有一称呼，叫作天一阁藏画楼了。"众人听罢皆笑。笑中透出一分自豪，二分自得，十分自信。然甬人之笑，唯破颜而不出声，此亦吾乡温文尔雅之风乎？

自壬申返津数年矣！时时念及天一阁那些长卷短轴。每与朋友叙说，首当其冲便是黄慎《杨柳鹭鸶图》。当年观此画时，似乎听到瘿瓢子②笔扫纸面之声，着力劲健，其声清爽；于今思之，犹有行笔之声飒飒在耳。天下名画，多记其形，何人之作，堪记其声？

天一阁藏"扬州八怪"之作甚多，令吾长记不忘者，还有李鱓的《秋葵凤仙图》。笔墨挥运之际，虽与黄慎一般劲健，却不求爽利，唯求坚挺。画中秋花已非寻常秋色，乃画家不苟时尚之高洁情怀也。而此次观画不该舍而不谈者，应是虚谷和尚的《紫藤金鱼图》：紫藤花下，三鱼畅游，二红一黑，红鱼正身挺进，黑鱼反身相戏，白白肚皮绽露出来。这水中笨拙翻转之一瞬，显出自如与幽默。此种画鱼，实属罕见。于是平常画面，陡然意趣横生。中国画衍至清代中期，创意衰微，相互传袭，千人一面。所谓大家者，皆是虚谷这般骤生意外，想象非常，越出矩囿③，一任情怀，画史之活力与进步便在其中。

壬申观画，感受殊深，应是无数精品，在甬一方。但毕竟时光

---

① 庋（guǐ）藏：置放；收藏。

② 瘿瓢子："扬州八怪"之一的黄慎号瘿瓢子，别号东海布衣，是中国清代杰出的书画家。擅长人物、山水、花鸟，并以人物画最为突出。

③ 矩囿（yòu）：法度、规则之限制。

邈远，淡忘日多。幸好近日天一阁来人，言称将出版《天一阁藏书画选》，嘱吾作序，并送来选目及藏品照片近百帧。披览这些照片，不单复活记忆，更了解天一阁藏品全貌。其中若干前所未见，尤以书法为多。一旦纵观全豹，更是绚烂惊人！

天一阁所藏书画，上及元明，下抵近世，历时数百载，代代宗师，多有真迹，且不乏精品力作。书法中，清人查士标《行书轴》，明秀超逸，无字不精，书在人在，当为上品；钱维乔行书《子安山亭序轴》，于含蓄中见清放，于端庄中显洒脱，通篇气势流贯，满幅神采飞扬，即使置于整个清代翰墨间，也信是一件杰作。与此同在高阶者，还有文震孟、陈继儒、沈明臣、祁豸佳、祝允明、徐渭、张瑞图、弘一法师，等等。枝山之飘逸奔突，瑞图之明快奇险，继儒之才情并茂，明臣之枯秀兼得，无不从中可见。而宋人黄庭坚草书《刘禹锡竹枝词九首》和元人李衎楷书《张公艺传并赞》，何止于阁中之宝，当为国宝也。

至于绘画，更是蔚为大观。在所藏明人画作中，既可神领董其昌、文徵明、倪元璐等文人画家之笔情墨韵，也可一睹张平山为代表的院体画派大刀阔斧之精神。由是而下，清代藏品更具周详。自四王称雄之主流派、扬州画派、金陵八家，及至清末海派，无一不有，面面俱到，一展清代画坛斑驳缤纷之风采。单是罗聘一幅《墨梅图》，足令人再进一次天一阁。该阁非专业书画博物馆，有此规模，足见甬城崇尚书画传统之渊源！

天一阁位居甬城中心，阁外市声环绕，阁内景致清幽，尘埃不起，宛如世外。其间林树参错，楼宇掩映，庭院巧构，草木精植，怪石嶙峋，池水潋滟，竹影铺地，苔痕上阶，鸟似风叶，蝶如飞花，春秋皆画，雨雪亦诗。这般景色，与阁内珍藏之画幅书轴、图籍卷帙相互濡染，生出无限深浓之书卷气。中华雅文化之精华，可在阁内尽享。

天一阁为明人范钦所建。范钦平生收集古今图籍，公私刻本，政书文献，拓册帖石，累积数万，皆珍存楼中。范钦后，其子大冲继承书楼，苦心保管，百倍珍惜，并立下八字规章"代不分书，书不出阁"。尽管数百年来，历经兵燹窃盗，各地书楼荡然①，唯此岿然独存。

甬人有此先人，必亦有此后辈。先人造福于我辈，我辈如何造福于后人？

话说至此，思绪漭然②，似在观画外，皆在观画中。

是为序。

丙子夏末于津门俯仰堂

---

① 荡然：形容原有的东西完全失去。

② 漭然：形容无边无际的样子。

灵感忽至

凌晨时分被一种莫名的不安扰醒，这不安可不是什么焦虑与担心，而是有种兴致在暗暗鼓动，缘何有此兴奋我并不知道。随后想到今天是元月元日。这一日像时间的领头羊，带着一大群时光充裕的日子找我来了。

妻子还在睡觉，房间光线不明，我披衣去到书房。平日随手堆满了书房的纸页和图书在迷离的晨色里充满了温暖和诗意。这里是我安顿灵魂的地方。我的巢不是用树枝搭起来而是用写满了字的纸和书码起来的。我从中抽出一页素纸，要为今天写些什么。待拿起笔，坐了良久，心中却一片茫然。一时人像浮在无际无涯的半空中，飘飘忽忽，空空荡荡。我便放下笔，知道此时我虽有情绪，却无灵感。

写作是靠灵感启动的。那么灵感是什么？它在哪里？它怎么到来？不知道。似乎它想来就来，不请自来，但有时求也不来，甚至很久也不露一面，好似远在天外，冷漠又悭吝；没有灵感的艺术家心如荒漠，几近呆滞。我起身打开音乐。我从不在没有心灵欲望时还赖在桌前。如果毫无灵感地坐在这里，会渐渐感觉自己江郎才尽,那就太可怕了。

音响里播放的歌是前几年从俄罗斯带回来的,一位当下正红的女歌手的作品集。俄罗斯最时尚的歌曲的骨子里也还是他们固有的气质,浑厚而忧伤。忧伤的音乐最容易进入心底,撩动起过往的岁月积存在那里的抹不去的情感。很快,我就陷入这种情绪里。这时,忽见画案那边有一块金黄色的光。它很小,静谧,神秘;它是初升的太阳照在对面大楼的玻璃幕墙反射下来,落在画案那边的什么地方。此刻书房内的夜色还未褪尽,在灰蒙蒙、晦暗的氤氲里,这块光像一扇远远亮着灯的小窗。也许受到那忧伤歌声的感染,这块光使我想起四十年间蛰居市廛①中那间小屋,还有炒锅里的菜叶、破烂的家什、混合在寒冷的空气中烧煤的气味、妻子无奈的眼神……然而在那冰天雪地的时代,唯有家里的灯光才是最温暖的。于是此刻这块小小的光亮变得温情了。我不禁走到画案前铺上宣纸,拿起颤动的笔,蘸着黄色和一点点朱红,将这扇明亮的小窗子抹在纸上。随即是那扰着风雪的低矮的小屋。一大片被冷风摇曳着的老槐树在屋顶上空横斜万状,说不清那些苍劲的枝丫是在抗争还是兀自挣扎。在通幅重重叠叠黑影的对比下,我这亮灯的小屋反倒显得更加温馨与安全。我说过,家是世界上最不必设防的地方。

记得有一年,特大的雪下了一夜,我的矮屋门槛太低,早晨推不开门,门外挡着的积雪足足有两尺厚。我从这小窗户跳出去,用木板推开门外的雪才把门打开。当时我们从家里走出,站在清洌的冻耳朵的空气里,多么像雪后从洞里钻出来的野兔……于是我把矮

---

① 市廛(chán):店铺集中的市区。

屋前大块没有落墨的纸当作白雪。我用淡淡的水墨渲染地上厚厚而柔软的白雪时，还记得起那时常有的一种盼望——有朋友来串门和敲门。支撑我们走过困境与苦难的不是人间种种情与义吗？我便用笔在雪地上点出一串深深的脚窝渐渐通进我的小屋。这小屋的灯光顿时更亮，黄色的光影还透射到窗外的雪地上。

没想到，就这样一幅画出来了。温情又伤感，孤寂又温馨。画中的一切都是我心底的景象。我写过这样一句话："人为了看见自己的内心才画画。"而心中的画多半是它们自己冒出来的。这是一种长久的日积月累，等待着有朝一日的升华；就像冬日大地上的万物，等待着春风吹来，一切复活；又如高高一堆干枝干柴，等待着一个飞来的火种。这意外出现的火种就是灵感。

灵感带来突然之间的发现、突破、超越与升腾。它是上天的赐予，是上天对艺术家的心灵之吻，是对一切生命创造的发端与启动。那么我们只有束手等待它吗？当然不是。正如无上的爱总是属于对它苦苦的追求者的。在你找它时，它一定也在找你。当然它不一定在你规定的时间和地点到来。就像我在书房原本是想写点什么，灵感没有来，可是谁料它竟然化作一块灵性的光降临到我的画案上。它没有进入我的钢笔，却钻进我的毛笔。

记得前些年访问挪威时，中国作协请我写一幅字赠送给挪威作家协会。我只写了两个字：笔顺。挪威的作家朋友不明其意。我解释道："这是中国古代文人间相互的祝词。'笔顺'就是写作思路顺畅，没有障碍的意思。"对方想了想，点点头，似乎还没弄明白我写这两个字的含义。中国的文字和文化真是很深，对外交流时首先要把自己解释明白。我又换了一种说法解释道："就是祝你们写作时常常有灵感。"他听了马上咧开嘴，很高兴地谢谢我，也祝我常有灵感。看来灵感对于全球的艺术家都是"救世主"了。

新年初至，灵感即降临我的书房画室，这于我可是个好兆头。当然我明白，只要我守住自己的信仰与追求及其所爱，灵感会不时来吻一吻我的脑门。

2008 年 1 月 1 日新年第一篇

第六辑

异域风情

地铁中的乐手

倘若到了纽约，想听听音乐，内行的人一准会带你去曼哈顿岛南端那些小咖啡馆。几个黑人，两三件亮闪闪的铜管乐器，一架老掉牙的立式白钢琴，再加上一杯苦味的浓咖啡，就可以领略到地道又醇厚的美国黑人的爵士乐了。

那么到了巴黎想听听当地颇具特色的音乐呢？更好办，不用任何人做向导，去买张地铁票到里边东南西北地转一转吧！

只要随着地铁中的人流走起来，便会自然而然进入音乐之中。你走着走着，便感到音乐出现了，并一点点离你愈来愈近。忽然，在一个拐角处，你看见一位乐手在拉琴。这乐手似乎很瘦，脸有些苍白。但他给你的印象也只是到此为止，因为你被流动的人群裹在中间，很快就会走过去。小提琴如泣如诉的声音在你的身后愈来愈小。不等你识别出这似曾相识的有一点凄凉的旋律出自什么曲目，前边——一个金属般男人的歌声迎面把你笼罩起来。你进了另一个同样动人的音乐空间。

整个巴黎下边全是地铁，它通往城中任何地方。在这纵横交错的地铁通道中，处处可以碰到乐手和歌手。他们往往在两条或多条通道的交汇口，有时也在通道中间。大多时候只是一个人，拉提琴，或吹黑管、萨克斯管、风笛，有的连拉带唱，甚至加上一个鼓，连接上带蓄电池的小喇叭，演奏起来极有气氛。偶尔也会有两个人一起演奏，他们用不同的乐器美妙地搭配着。甚至还有三四个人一组，有说有唱，还有伴奏，够得上一支有声有色的小乐队了。他们通常把琴盒打开放在脚前，有的则把帽子翻过来撂在地上。过路赶车的人群中，时时会有人一猫腰，把几个法郎放在里边。他们并不一定被演奏的曲子感动了，才掏这几个钱。全巴黎的人都会这样做，以表示对艺术和艺术家的敬重与支持。而且，也别以为这些乐手都是在卖艺乞讨。他们有的是出于对音乐的爱好，为了让公众共享他们演奏的乐曲；有的则是喜欢这种流浪汉式的自由自在的艺术家生活。他们自娱自乐，当然也需要你的理解与帮助。在他们中间有很棒很棒甚至很杰出的乐手。

　　一次，我们乘四路车，在夏特莱站准备换乘一路去往拉·德芳斯。在穿过一个低矮的通道时，有一个黑人乐手挎着吉他，边弹边唱。这黑人沙哑的嗓子粗犷有力，听起来宛如大漠上的飓风。他的吉他也弹得有滋有味。更绝妙的是，他一只脚踩着一个踏板，敲打着一面弹簧鼓；同时，弹吉他的右手的食指上套着一个铁箍，时不时举起来，"当——当——"敲两下脑袋上边一根露在外边的金属水管。歌声、吉他声、鼓声和敲水管的清脆悦耳的声音彼此相配，极有节奏感，新奇而又美妙。他声音的感染力、穿透力和演奏时随手拈来的创造性，都表现着一个民间乐手和歌手非凡的乐感与才华。我当时就想，国内歌坛上那些用媒体和电声包装起来的嗲声嗲气的"天王巨星"们，如果来到这位地铁中无名的乐手面前，恐怕连嘴都不敢张开呢！

　　我遇到一位来巴黎学习音乐的留学生，她说逢到周末常常买张票钻进地铁站。巴黎的地铁很自由，只要你不出来，在里边乘着车可以来回来去跑上一天。她就一站一站地去听这些民间乐手们的演唱。巴黎是个国际化的都市，乐手也像旅客一样来自世界各地。不用去辨认他们的模样，只要一听乐曲就知道谁是法国人、西班牙人、意大利人、奥地利人、苏格兰人，谁是阿拉伯人、非洲人和墨西哥人。近几年俄罗斯人和东欧人渐渐多起来。那些额头的头发向上翻卷着的小伙子，把挂在胸前的手风琴起劲地一拉，便使我们搞过几十年"中苏友好"的中国人感到亲切万分。在香榭丽舍站上，我见过一位中国姑娘坐在那里弹琵琶，她黑黑的披发瀑布一样从额头垂下来，弹得很投入。可是匆匆走着的乘客很少有人停下来听一听。也许这种古老的乐声对于法国人来说太遥远了。不同文化是很难快速沟通的。但她的琴桌上却放着一支深红色的玫瑰。说不定这是哪位执花去看情人的年轻男子，将手中的花儿转而献给了这位如奏天音的东方神女了。

我相信，把玫瑰放在这里的，一定是巴黎人。

巴黎的地铁简直是一个巨大的网状的音乐厅。地铁的通道四通八达。这些长长的通道便是传送着动听乐曲的管道。上百个乐手分布在各个站口，演奏着他们各自心中的歌。如果他们相遇，相互总要保持着一定距离。当这个乐手的乐曲在通道的某个地方将要消失时，另一种悦耳的歌曲便会及时地送入你的耳鼓。对于那些步履匆匆的乘客来说，如果这支乐曲没有引起他们的共鸣，他们便一掠而过；如果被哪一支曲子打动了，他们便会站下来，欣赏一阵子。那么，人们在地铁中走来走去，不只是为了赶车，也是为了寻找和选听音乐吗？而这些乐手们经常要"转移阵地"，从这个地铁站迁到另一个地铁站，换一换对场地的感觉。当他们提着乐器上车之后，忽然兴之所至，便端起乐器，即兴地把一支欢乐的乐曲撩人兴致地吹奏起来，整个车厢顿时一片光明。这时你会感到，整个巴黎全是音乐。

所以我说，巴黎的地上是绘画的世界，地下是音乐的世界。

音乐的世界五光十色。在这世界里你会感受万千。也许你的心被工作中的烦恼填满，但乐手们的几个闪光的音符会把你那些沉重的块垒挪开，他们哪来的这般魔力？也许你刚刚失恋，心灰意冷，空无所依，乐手们一段满怀柔情的倾诉便给了你深切的抚慰。这支曲子原本你就熟悉，但它缘何此时竟成了你的深切的知己？

一片欢快的节奏，可以为人助兴，使人奋发，激发生命的活力，中止心中一种黑色的抑郁的蔓延；而一支感伤而多情的曲调，使人柔和和敏感，使人珍惜往事，还可以让空泛的心忽然丰富起来，生出一些美好的心境与爱意。音乐比任何艺术都伟大之处，在于它能够直接地进入与参与人的心灵。

于是，这看似寻常的地铁文化，这些无名的民间乐手，实际上处在巴黎生活的深层。这里不是高不可攀的艺术殿堂，却是人间真正的音乐生活的场所；这些乐手不是日月星辰般的音乐大师，但他们可以毫不费力地走进每一个巴黎人的心中。巴黎的地铁已经有一百年的历史，巴黎人每天的生活全都离不开地铁，他们的心灵早与这流动在地铁通道中的乐曲融为一体。你去问一问巴黎人，他们会告诉你，每个巴黎人至少被这些乐手难以忘怀地感动过一次、两次、三次……

2001 年 4 月

第六辑

异域风情

维也纳春天的三个画面

你一听到青春少女这几个字，是不是立刻想到纯洁、美丽、天真和朝气？如果是这样你就错了！你对青春的印象只是一种未做深入体验的大略的概念而已。青春，它是包含着不同阶段的异常丰富的生命过程。一个女孩子的十四岁、十六岁、十八岁——无论她外在的给人的感觉，还是内在的自我感觉，都绝不相同。就像春天，它的三月、四月和五月是完全不同的三个画面。你能从自己对春天的记忆里找出三个画面吗？

我有这三个画面。它不是来自我的故乡故土，而是在遥远的维也纳三次旅行中的画面定格，它们可绝非一般！在这个用音乐来召唤和描述春天的城市里，春天来得特别充分、特别细致、特别蓬勃，甚至特别震撼。我先说五月，再说三月，最后说四月，它们各有一次叫我的心灵感到过震动，并留下一个永远具有震撼力的画面。

五月的维也纳，到处花团锦簇，春意正浓。我到城市远郊的山顶上游玩，当晚被山上热情的朋友留下，住在一间简朴的乡村木屋里，窗子也是厚厚的木板。睡觉前我故意不关严窗子，好闻到外边森林的气味，这样一整夜就像睡在大森林里。转天醒来时，屋内竟大亮，谁打开的窗子？正诧异着，忽见窗前一束艳红艳红的玫瑰。

谁放在那里的？走过去一看，呀，我怔住了，原来夜间窗外新生的一枝缀满花朵的红玫瑰，趁我熟睡时，一点点将窗子顶开，伸进屋来！它沾满露水，喷溢浓香，光彩照人；它怕吵醒我，竟然悄无声息却又如此辉煌地进来了！你说，世界上还有哪一个春天的画面更能如此震动人心？

那么，三月的维也纳呢？

这季节的维也纳一片空蒙。阳光还没有除净残雪，绿色显得分外吝啬。我在多瑙河边散步，从河口那边吹来的凉丝丝的风，偶尔会使我感到一点春的气息。此时的季节，就凭着这些许的春的泄露，给人以无限期望。我无意中扭头一瞥，看见了一个无论多么富于想象力的人也难以想象得出的画面——

几个姑娘站在岸边，她们正在一齐向着河口那边伸长脖颈，眯缝着眼，噘着芬芳的小嘴，亲吻着从河面上吹来的捎来春天的风！她们做得那么投入、倾心、陶醉、神圣，风把她们的头发、围巾和长长的衣裙吹向斜后方，波浪似的飘动着。远看就像一件伟大的雕塑。这简直就是那些为人们带来春天的仙女们啊！谁能想到用心灵的吻去迎接春天？你说，还有哪个春天的画面，比这更迷人、更诗意、更浪漫、更震撼？

我心中的画廊里，已经挂着维也纳三月和五月两幅春天的图画。这次恰好在四月里再次访问维也纳，我暗下决心，无论如何也要找到属于四月这季节的同样强烈动人的春天杰作。

开头几天，四月的维也纳真令我失望。此时的春天似乎只是绿色连着绿色。大片大片的草地上，没有五月那无所不在的明媚的小花。

没有花的绿地是寂寞的。我对驾着车一同外出的留学生小吕说："四月的维也纳可真乏味！绿色到处泛滥，见不到花儿，下次再来非躲开四月不可！"

　　小吕听了，就把车子停住，叫我下车，把我领到路边一片非常开阔的草地上，然后让我蹲下来扒开草好好看看。我用手拨开草一看，大吃一惊：原来青草下边藏了满满一层花儿，白的、黄的、紫的，纯洁、娇小、鲜亮，这么多、这么密、这么辽阔！它们比青草只矮几厘米，躲在草下边，好像只要一努劲，就会齐刷刷地全冒出来……

　　"得要多少天才能冒出来？"我问。

　　"也许过几天，也许就在明天。"小吕笑道，"四月的维也纳可说不准，一天换一个样儿。"

　　可是，当夜冷风冷雨，接连几天时下时停，太阳一直没露面儿。我很快就要离开这里去意大利了，便对小吕说："这次看不到草地上那些花儿了，真有点遗憾呢。我想它们刚冒出来时肯定很壮观。"

　　小吕驾着车没说话，大概也有些怏怏然吧。外边毛毛雨点把车窗遮得像拉了一道纱帘。可车子开出去十几分钟，小吕忽然对我说："你看窗外——"隔着雨窗，看不清外边，但窗外的颜色明显地变了：白色、黄色、紫色，在窗上流动。

　　小吕停了车，手伸过来，一推我这边的车门，未等我弄明白是怎么回事，便说："去看吧——你的花！"

　　迎着细密地、凉凉地吹在我脸上的雨点，我看到的竟是一片花的原野。这正是前几天那片千千万万朵花儿藏身的草地，此刻一下子全冒出来，顿时改天换地，整个世界铺满全新的色彩。虽然远处大片大片的花已经与蒙蒙细雨融在一起，低头却能清晰地看到每一朵小花，在冷雨中都像英雄那样傲然挺立，明亮夺目，神气十足。我惊奇地想，它们为什么不是在温暖的阳光下冒出来，偏偏在冷风冷雨中拔地而起？小小的花居然有此气魄！四月的维也纳忽然叫我明白了生命的意味是什么，是——勇气！

　　这两个普通又非凡的字眼，又一次叫我怦然感到心头一震。这一震，便使眼前的景象定格，成为四月春天独有的壮丽的图画，并终于被我找到了。

　　拥有了这三幅画面，我自信拥有了春天，也懂得了春天。

1995 年 6 月于 天津

第六辑

异

域

风

情

维也纳森林的故事

　　维也纳人的骄傲与福气之一，是他们生活在层层叠叠的绿色的包围之中。森林不单是维也纳人度假游玩的去处，平日黄昏人们也常常驱车到城市东北角的卡伦堡山上，敞开肺叶，张开嘴巴，大口吸吮林海散发出来的清新、湿润、凉爽和充沛的氧气。放眼远眺，绿海无边，每一棵树都是一朵绿色的浪花，多少树才汇成这海一样无边无际的森林？维也纳人整天眼睛被城市的奇光异彩所眩惑，此刻觉得绿色真是一种净化眼睛和心灵的颜色。

　　所以，维也纳人喜欢绿色。绿色的家具、窗帘、墙壁、器皿都是常见的。盐溪湖一带专门烧制一种带有绿色条纹的陶瓷，是奥地利最富特色的民间工艺之一。这里的男人还爱穿绿色西服，打绿色领带，就像温暖的澳大利亚的男人们爱穿淡红色的衬衫一样。

　　世人只知道这片森林受益于施特劳斯的名曲《维也纳森林的故事》而名扬天下，引来千千万万旅游者，为这座城市赢得外汇，哪里知道维也纳人与这片森林生命攸关，互惠互助，相依相存，因而才给了那位"圆舞曲之王"以创作的灵感、冲动和深情。

　　维也纳森林到底有多大？有人说绵延四十公里，有人说方圆百里。其实这个被称作"森林王国"的奥地利，拥有三百七十万公顷森林，整个国家土地的百分之四十四被森林所覆盖。处处森林相连，谁能找到这维也纳森林的边缘？

一出城市，到处是这样的景色：向阳的山坡上，林色鲜翠；背阳的山坡上，森森然像一片埋伏在那里披甲戴盔的兵阵。森林之间是大片大片的开满鲜花的牧草，很难看见土的颜色。维也纳森林是指维也纳城市近郊一带，地势最高不过海拔四百米，很少针叶树，多为阔叶林，榆、槐、桉、桐等数十种树木交相混杂，每逢春至，树上开花，小鸟欢叫，各种野生小动物奔跃其间。这感觉与南部蒂罗尔州那种高山峻岭，松柏参天，雪溪喷泻全然两样。这里的森林清新柔和，温文尔雅，倒与维也纳这个城市的味道更相调和。

森林不单使人赏心悦目，呼吸舒畅，排除烦恼，它还神奇地调节着气温。在维也纳，无论太阳怎样灼热，只要钻到树荫里便立刻清爽宜人。这感觉异常分明。"太阳地"和"荫凉地"，好似两个季节。中午与早晚，温差非常分明。即使炎夏时节，日落之后，空气也会很快凉爽下来，维也纳人在夏天夜里也要盖被子睡觉。特别是一场雨后，天气如秋，气候多变，穿衣服跟不上变化。有时风起雨过，那些等候公共汽车的人群可谓千奇百怪。有的依然穿背心光膀子，有的已经穿上毛衣和皮夹克。此种奇观，很像中国北方的"二八月乱穿衣"，但这里却是"五六月乱穿衣"了。

我在游览维也纳郊外一座皇家猎宫时，骤然风雷交加，大雨疾降，忽见大片草地冒起浓浓白烟，林间更是烟雾飞扬，很是壮观。这种景象以前很少见到。导游告诉我，这是因为森林和草地吸收阳光的热量，冷雨一浇，顿成烟雾。我才深知森林与草地作用的非凡。

人在地球上繁衍生息，正是大自然万物相互调剂、相互受益、相互依存的结果。万物与环境共存亦共亡。恐龙正是环境改变而绝

第六辑

异域风情

·209·

种。倘若人类无知，盲目而任意破坏自己的生存环境，必将是恐龙第二，那便只有等待外星人来，为灭绝的地球人类歇歇叹息。

维也纳人明白，宜人的气候不只是上帝的恩赐，更由于祖祖辈辈对这种恩赐倍加珍爱。早在一八五二年奥地利就颁布了《森林法》，实行一百余年，沿用至今。这实际上就是严格的森林保护法，科学性与应用性结合得很完美。比如采伐，伐掉的那一片林木的空地，正是需要阳光射入、促使森林更好生长之处。所以，奥地利人从来不缺乏木材，也不缺乏绿色。

如果留心观察，还会发现维也纳人对房前屋后的草地就像对居室内的地毯一样爱惜。你很难发现一小块枯草。他们甚至不肯使用汽车里的空调，担心废气污染草木与空气。在这个百万人口的大城市里，无论何处，张目一看，总有鲜艳的花木在视野之内；放眼望去，空气透明，视线无阻，只要目力所及，那些远远站在楼顶上的一座座雕像的面孔，都能看得一清二楚，绝无尘烟障目……这样，各种各样的鸟儿就像在维也纳森林里一样，无忧无虑地生活在城市的千楼万宇中间。

一天黄昏，我在城市公园正兴致勃勃地欣赏露天音乐会，忽然大厅顶上发出声声异样的鸣叫，音调似猫，其声宏大。扭头望去，原来是一只大孔雀站在上面。孔雀是逞强好胜的飞禽，它要与乐队一比高低。这引得欣赏音乐的人们都笑起来，但没有人驱赶孔雀，乐队更起劲地演奏，随后便是乐队与孔雀边奏边唱，奇妙之极。

还有比这表达大自然与人类和谐亲密关系的更美好的颂歌吗？这不正是《维也纳森林的故事》最动人的深层内涵吗？

1993 年 8 月 22 日《文汇报》首发

维也纳生活圆舞曲

清早醒来，不睁开眼，尽量用耳朵来辨认天天叫醒我的这些家伙们。单凭听力，我能准确地知道这些家伙所处的位置，是在窗前那株高大的七片叶树里边，还是远远地站在房脊和烟突①上。当然，我不知道这些家伙的名字。我的家乡绝没有这么多种奇奇怪怪又美妙的叫声，我的城市里只有麻雀。

有一种叫声宛如花腔女高音，婉转，嘹亮，悠长，变化无穷，它怎么能唱出如此丰富而不重复的音调？后来我在十四区博物馆听鸟儿们的录音时，才知道这家伙名叫 AMSEL（乌鸫）。它长得并不美。我在闭目倾听它的鸣唱时，把它想象得美若彩凤。其实它全身乌黑的羽毛，一个长长的黄嘴，好似一只小乌鸦叼着一支竹笛子。

我发现，闭上眼睛时，声音会变得特别清晰和富于形象。有一种叫声像是有人磕牙，另一种叫声好似老人叹息，声音沙哑又苍老，但它们总是在很远很远的地方。还有一种鸟叫得很像是猫叫。一天，它一边叫，一边从我的窗前飞过。我幻觉中出现一只"飞的猫"。

一位奥国朋友称这种清晨时鸟儿们的合唱为"免费的音乐会"。

---

① 烟突：烟囱。

参加这音乐会的还有远远近近教堂的钟声。我闭目时也能听出这些钟声来自哪座教堂。从远方传来的卡尔大教堂的钟声沉雄而又持久，来自后街上克罗利茨小教堂的钟声却清脆而透亮。小教堂钟声的加入，常常使这"免费音乐会"达到高潮。然而，每每在这个时候，从窗子里会溜进来一股什么花香钻进我的鼻孔。

五月里的维也纳是"花天下"。

家家户户挂在窗外的长方形的花盆全都鲜花盛开，绚烂的颜色好像是这些家庭喷发出来的。许多商店用彩色的花缠绕在门框上，穿过这门就如同走进花的巢穴。按照惯例，城市公园年年都用鲜花装置起一座大表，表针走得很准时，花儿组成的表盘年年都是全新的图案。今年，园艺家们别出心裁，还在公园东北角临街的一块高地上，用白玫瑰和冬青搭起一架芬芳的三角琴。于是，维也纳的灵魂——音乐与花，全叫它表达出来。

古城依旧的维也纳，也很难找到一条笔直的路。开车在这些弯弯曲曲又畅如流水的街道上跑着，两边的景物全像是突然冒出来的。或是一座宁静又精雅的房舍，或是几株像喷泉一样开满花朵的树，或是一个雕像……这是行驶在笔直的路上绝对没有的感受。而且，跑着跑着，很容易想起音乐来。在这个音乐之都中，最重要的并不是到处的音乐会，到处的音乐家雕像与故居，而是你随时随地都会无声地感受到音乐的存在，所以勃拉姆斯说："在维也纳散步可要小心，别踩着地上的音符。"

有人说，真正的维也纳的音乐并不在金色大厅或歌剧院，而是在城郊的小酒馆里。当然，卡伦堡山下的那些知名的小酒店的乐手们过于迎合浅薄的旅游者的口味了。他们的音乐多少有点商业化。如果躲开这些旅游者跑到更远的一些乡村的"当年酒家"里坐一坐，便能够体会到真正的维也纳音乐。坐在长条的粗木凳上，一边饮着芳香四溢的当年酿造的葡萄酒——那种透明的发黏的纯紫色的葡萄酒更像是葡萄汁，一边咬着刚刚出炉、烫嘴、喷香而流油的烤猪排——那是一种差不多有二尺长的很嫩的猪肋排，忽然欢快的华尔兹在你耳边响起。扭头一看，一个满脸通红的老汉，满是硬胡茬的下巴夹着一把又小又老的提琴，在你身后起劲地拉着。他朝你挤着眼，希望你兴奋起来，尽快融入音乐。一条短尾巴的大黑狗已经围着他的双腿起劲地左转右转。整个酒店的目光都快活地抛向他。音乐，是撩动人们心情的"神仙的手指"。这才是维也纳灵魂之所在。

曾经疆土极其辽阔的奥匈帝国已然灰飞烟灭，它使得今天的奥地利人在心理上难以平衡。他们一边酸溜溜地感叹着往事不堪回首，一边又要矜持地守卫着昔日的高贵与尊严。这也是维也纳古城原貌得以保持的根由之一。至今，那些古老的建筑上依然刷着王公贵族所崇尚的牙黄色的涂料。奥地利人和意大利人在保护古城上的想法全然相反。意大利人绝对不把老墙刷新，而是让历史的沧桑感和岁月感斑斑驳驳地披在建筑上，他们为这种历史美陶醉和自豪，在罗马、佛罗伦萨、西耶那，连墙上的苔藓也不肯清除掉；但在奥地利，每隔一段时间建筑要刷新一次。他们总想感受到昨日的辉煌。于是，在维也纳城中徜徉，真的会觉得时光倒流，曾经威风八面的哈布斯堡王朝恍若还在——特别是背后响起旅游马车驶过时"嗒嗒"的蹄声。

维也纳最没有改变的是它的节律。

看着维也纳人到处光着膀子躺在绿地中央睡大觉，或是在街头咖啡店一坐就是几个小时，或是开着车去到城外泡在湖中，无法想象他们怎么工作或靠什么活着。

如果计算走路的速度，日本人比奥地利人至少快五倍，美国人比奥地利人快七倍。全维也纳人走在大街上都像是散步。

有人说，是奥地利人太多的节日和宗教的红日（日历上被标红的法定节假日）稀释了他们的节奏。他们还没有从一个甜蜜的节日里清醒过来，又进入了下一个节日。

有人说，是奥地利健全的保险体制使他们毫无后顾之忧，同时奥地利的税制又不鼓励他们发大财。收入愈高，税会愈高，而且高得惊人，它叫你最终放弃了成为巨富与"世界百强"的狂想，选择温饱和放松。

然而，有人则说，归根到底还是奥地利人的本性使然。这个温和的民族过于热爱生活，而他们把生活看作是阳光、花朵、绿色、美食和音乐组成的。他们更愿意尽享这上天赐予的一切，而不想为了占有太多的身外之物而承受过大的负担。也许你会认为他们不思进取，不尚深刻，但他们却很满足自己拥有的蛮不错的现状。

所以，在维也纳绝对看不到华尔街上那种如狼似虎的表情，看不到纽约地铁中那种严峻与紧张；即使在市中心的商业街上，也看不到银座一带那种物欲横流与人声鼎沸。

懒散的、松弛的、悠闲的奥地利人呵！

有人说，还应该看到维也纳的另一面。他们拥有十七位诺贝尔奖的获奖者，有维特根斯坦、弗洛伊德和波普，他们都曾把人类的思考推向某一个极致。但是从社会的全景观看，不少思想者因为生活平淡和无聊而自杀。他们受不了维也纳天天一样的生活，他们酗酒，因此，在维也纳，许多醉汉在醒来之后都是思想家。

最消磨维也纳人的时光，又使他们难以摆脱的是咖啡。

五月里，维也纳大大小小的咖啡店都把咖啡座位搬到边道乃至街道中央。从日头高照支起阳伞的上午十时直到点上蜡烛的夜晚，那里总是有不少人。然而，看上去维也纳的咖啡店与巴黎很不一样。巴黎人在咖啡店里好像总是前后左右挤在一起，维也纳仿佛全都舒舒服服地坐在头等舱内。

传说，维也纳人的咖啡来自土耳其。有的说是十六世纪土耳其军队从维也纳逃跑时扔下两麻袋咖啡，从此咖啡传遍奥地利；有的说是一名亚美尼亚籍的奥地利间谍打进土耳其军队，目的是想弄明白土耳其士兵为什么一上阵就那么兴奋，最后获得一个极为重要的情报，就是他们喝了咖啡。

据说就是这位亚美尼亚籍的间谍，战后在维也纳开了第一家咖啡店。这家咖啡店早已无迹可寻，但维也纳三百年的咖啡文化却十分隽永而深厚。

还有一个传说。说五个旅游者到维也纳喝咖啡。维也纳的咖啡有三十六种。五个旅游者每人点了一种咖啡，都喝得很美。后来他们去到德国，在咖啡店里也是各点了一种咖啡，结果德国人端出来的咖啡却是一样的。

第六辑 异域风情

这个嘲笑德国人的故事在维也纳无人不知。维也纳很自豪他们咖啡种类的繁多。我最喜欢的是一种加奶沫的淡咖啡，名叫美朗士。然而，如果回到天津，坐在书桌前喝美朗士就完全不是滋味了。那就必须去到维也纳，与朋友散步间随便在一家街头咖啡店坐下，两腿一伸，让傍晚的清风吹进裤管，同时依着兴致，找一个话题聊起来，并时不时端起美朗士，把这种带着微微刺激和芳香的液体，薄薄地浇在舌苔上。

维也纳人奉行享乐主义。他们的享乐一半以上是享受大自然和艺术，所以他们一定是唯美主义者。

在这一点上，维也纳人有点像日本人。他们精心打扮自己的家园，决不草率地对待任何一个角落和一个细节。维也纳是采用垃圾分类的城市，街道两旁常常放着一排六七个垃圾箱，箱盖的颜色不同，表明箱内的垃圾不同。有的是塑料，有的是金属，有的是生物，有的是玻璃……即使玻璃，也要把有色的和无色透明的严格区分出来。维也纳人对生活的精细和精心由此可知。那些街头的花坛，很少同一种花种上一片，总是将许多不同种类和颜色的花精巧地搭配在一起。这也是他们的传统。世界上还有哪个城市墙面上的浮雕比维也纳多？从巴洛克到青年风格派，每一座建筑的墙面都是建筑师们随心所欲发挥想象力的画布。

维也纳是座唯美的城市。为此，维也纳人决不会随意毁坏它。支持维也纳人城市保护意识的理论，来自历史学家蓝柯的那句名言："从历史的原状认识历史。"欧洲人一向把自己的历史精神看得至高无上，因此他们不会把历史的遗物当作岁月的垃圾。

这座城市的所有街道几乎都是老街。铺路面的石块往往还是二百年前埋在那里的，如今有的已磨成亮光光的石蛋，有的布满裂痕，像一张张古怪的脸。所有老店都把自己一两个世纪前开张时的年号镶在墙上，愈古老愈荣耀。当老店易主而转手他人时，也不会重新装修，因为古老的风格具有不可复制的历史气息。更不要说去干那种把老楼推倒重建的蠢事了。这种一二百年前的房子，都是小小的门，长长的走廊，四四方方的庭院和高深莫测的大房间，也都曾出现在茨威格的小说里。每一层楼的过道墙上都有一个水龙头和饰有花纹的生铁铸成的水盆，乃是昔时几家邻居共用的"上下水"。虽然早已废弃不用，却没有人把它拆卸下来。人们都知道——由于当年这里是女人们经常碰面和搬弄是非的地方，所以它有一个既生动又风趣的外号，叫"长舌妇"。

有的人家在"长舌妇"里边栽上一些红色或粉色的花。

维也纳是世界上标志最多的城市。这些标志大多是一种圆形小牌，把一些特殊的"规定"用形象的方式表达出来。

比方地铁车厢里那种指定的老弱病残的座位上，会有一排小圆牌，画着大肚子的孕妇、戴墨镜的盲人、挂拐的残疾人和凹胸凸背的老者。比如公园的入口处，往往也有许多小圆牌，用图像告诉人们不能骑车，不能遛狗，不能吓唬小鸟；下雨时不能站在树下，以防遭到雷击；对花粉过敏者要小心繁花怒放的地方。

维也纳人对花的热爱带来的负面影响，是引发人们花粉过敏。每到春天，都有人在街头用手绢捂住鼻子，还止不住大声如吼地打喷嚏。因为花粉过敏无药可治。

如果细看，他们这些标志总带着一种对他人的关切。当然，还不止于对人。比如一些商店谢绝狗入内，就在门前画一只可怜兮兮的小狗，用狗的口气说："看来我只能待在这里了。"

它叫你感受到这个城市的人性与温情。

我第一次到维也纳，是参加 IOV（国际民间艺术组织）的考察活动，那是一九八八年。接待我们的秘书长是一位致力于国际民间艺术交流的志愿者，名叫法格尔。他做过上奥州① 共产党的书记，一九六三年弃政从文，奔走于世界各地，他相信民间艺术的交流是人类最纯洁和本色的交流。他从四十多岁一直干到今天七十五岁，已经有一百四十多个国家的会员，各种民间艺术的交流活动遍及全球，故而这个由他一手操办的纯民间团体被联合国认定为 B 级组织。但是他只能从政府那里得到一点很微薄的支持，其他经费全由自己一手运筹。穷困难支时，便掏自己的口袋。多年来，他已经把自己的房产卖掉而搭进去了。

为此，我把他视为知己。无论世界哪个地方，民间文化都在被无知地轻视着。民间文化事业是寂寞的，它的支持者都是虔诚的奉献者。

十五年来，我在世界不少地方开会时都和他碰在一起，从希腊、奥地利、匈牙利、波兰到中国。我还多次拜访设在维也纳郊外的IOV 总部。十五年前他目光锐利、手势果断、行走挺劲的样子，依

---

① 上奥州：即上奥地利州。奥地利北部的一个州，地势较高，属于阿尔卑斯山西北地区的丘陵地带，是奥地利的工业重镇。其首府为林茨。

然鲜明地浮在眼前，但如今他已是眼神迟疑、说话无力、双手下意识地不停抖着。我望着他，心里有点伤感。他的理想把他的精力掏空了。岁月对于他和他致力的民间文化都非常无情。他却依然坚定地对我说：艺术与体育不一样。体育最终只承认第一，第一风光无限，第二就不那么重要了；但艺术是平等的，不同的文化艺术同样重要，相互不能替代，只有交流。

我说：文化交流最终的目的，不是为了一样，而是为了更不一样。

另一个让我感动的维也纳人是建筑师和画家百水。

有人说，二十世纪的建筑师中有两个怪人，都是一任天真，充满童真和奇特的想象。一位是西班牙的高迪，一位是奥地利的百水。他们的风格都是一望而知的。比如百水，流动在他建筑上的曲线，积木般的圆柱子，带表情的窗子，凹凸不平的地面等等都散发着他一无遮掩的个性。但百水更重要的意义是他视"环保"为天职。

二〇〇三年的维也纳之旅使我结识到一位在奥工作的中国女孩子。她曾与百水有过一段情谊真挚的交往。在和她的交谈中，我一下子看到了百水的灵魂。

这个灵魂是绿色的，透明的，绝无任何杂质。

他平时喜欢头上扣一个彩色的小帽子，衣着随便，家里边一塌糊涂，走出门时，常常一只脚穿一种颜色的袜子。二十世纪六十年代他在一次演讲时，忽然把衣服脱下，当众赤裸。听众中有一位女议员，这使现场的气氛很紧张。人们攻击这位放荡不羁的艺术家行为过分。但他说，他想表示人有五层皮肤。第一层是宇宙，第二层是大自然，第三层是空气，第四层是衣服，第五层才是皮肤。每一层都不能破坏。

也许百水是聪明的。他知道在媒体霸权的时代，他以这个"非常"的方式可以使人们记住他的思想：捍卫大自然！

由此，我理解到，他的作品全是他思想的工具——

他把垃圾处理厂设计得那么美丽，是因为这里可以完成垃圾的梦想——还原于生活；他设计的房子，要不到处是树木，有时屋顶还是一片绿意盈盈的小树林呢；要不就与大地混在一起，一部分房间干脆钻入地下。一种对大自然的亲切感让人感动。至于他常常把地面设计得凹凸不平，是想使人随时感到大地的生命韵律。

他画中那些年轮般环环相套的线条，象征着大自然的生命；那些螺旋状的柱子，象征生命的成长；那些葱头状的屋顶，象征生命所孕育的勃勃生机。他作画不用化学颜料，只是矿物质的颜料。他喜欢随心所欲地作画，就像大自然中的草木自由自在地生长。

他的艺术个性不就是他思想的个性吗？

尤其是在全球工业化和商品化的时代，他的思想与行为有着特殊和紧迫的意义。

一九九八年他在法国买了一处房子，看上去很像原始人的住所。没有人知道他买这个房子为了什么。后来，他又在新西兰买了一处不大的农场。那片土地全然与世隔绝，一切生物都没有被污染和破坏。他时时一个人裸体地生活在那里。这时人们才明白，百水想做一个纯粹的自然人。

他说：大自然给人最珍贵的东西是纯洁，人应该把纯洁还给它。

二○○○年二月，他死在了异乡。死前他留下了遗嘱，说他要赤身裸体埋在他新西兰那块净土中。他要把自己纯洁地还给大自然。他身体力行地完成了自己的追求。虽然他的遗体远葬他乡，却把他终生经营的绿色的理想散布在维也纳的空气里了。

我在维也纳见过三个小小的"奇迹"——

第一，在市中心戒指路上那家著名的蓝特曼咖啡店，我与魏德大使夫人聊天。时时会有觅食的鸟儿从我们中间唰地飞过。它们每一次飞过，我们都会微笑一下。世界上什么地方还会有这般美妙的情景？

第二，我和朋友们在普拉呼塔餐馆吃水煮牛肉，当服务生将一瓶上好的葡萄酒斟入我的酒杯时，即刻有一只蜜蜂飞落在我的杯沿上。它金黄色球形的肚子一鼓一鼓，玻璃样的翅膀一张一合。世界上哪里还会有这样神奇的事情发生？

第三，一天出门散步，在我居所后边一条小街上停着一辆白色的小轿车。车后边装一个铁架子，上边放一个奥式的长条形花盆，里边金黄色的菊花正在盛开。世界上哪里的人会把鲜花装在车上，带着它到处奔跑？

只有维也纳。

维也纳是个生活的城市。但他们不是为生活而生活，而是为美为享受美而生活。他们的一切生活片段都可以转化为圆舞曲，所以才出现了圆舞曲之王施特劳斯。

如果说莫扎特是萨尔茨堡的灵魂，施特劳斯则是维也纳的灵魂。

也许它不够深刻，但它把人类快乐而华丽的美推向了极致。

一九九五年奥地利政府决定与匈牙利合办世界博览会，并指定在空旷的多瑙河南岸开辟新区，像巴黎的拉德芳斯那样，兴建现代化的建筑场馆。但此举遭到维也纳人的反对。一种维也纳式的思维爆发了：我们生活得已经很好了，为什么还要拼命干？世博会一来，一定会扰乱我们的生活！故而举行全体市民的公投表决，最终还是把世博会否决掉。

于是，维也纳依旧是鲜花、皇宫、老街、咖啡、施特劳斯的旋律和"免费的音乐会"。

如果你是维也纳人，你会选择怎样的生活？如果你不是维也纳人，你在这座世界文化名城里，愿意看到怎样的一种生活？

2003 年 9 月 10 日

古希腊的石头

　　每到一个新地方，首先要去当地的博物馆。只要在那里边待上半天或一天，很快就会与这个地方"神交"上了。故此，在到达雅典的第二天一早，我便一头扎进举世闻名的希腊国家考古博物馆。

　　我在那些欧洲史上最伟大的雕像中间走来走去，只觉得我的眼睛——被那个比传说还神奇的英雄时代所特有的光芒照得发亮。同时，我还发现所有雕像的眼睛都睁得很大，眉清目朗，比我的眼睛更亮！我们好像互相瞪着眼，彼此相望。尤其是来自克里特岛那些壁画上人物的眼睛，简直像打开的灯！直叫我看得神采焕发！在艺术史上，阳刚时代艺术中人物的眼睛，总是炯炯有神；阴暗时期艺术中人物的眼睛，多半暧昧不明。当然，"文化大革命"时期的美术除外，因为那个极度亢奋时代的人们全都注射了一种病态的政治激素。

　　我承认，希腊人的文化很对我的胃口。我喜欢他们这些刻在石头上的历史与艺术。由于石头上的文化保留得最久，所以无论是希腊人，还是埃及人、玛雅人、巴比伦人以及我们中国人，在初始时期，都把文化刻在坚硬的石头上。这些深深刻进石头里的文字与图像，顽强又坚韧地表达着人类对生命永恒的追求，以及把自己的一切传之后世的渴望。

然而，永恒是达不到的。永恒只是很长很长的时间而已。古希腊人已经在这时间旅程中走了三四千年。证实这三四千年的仍然是这些文化的石头。可是如今我们看到了，石头并非坚不可摧。世界上没有任何东西可以把人带到永远。在岁月的翻滚中，古希腊人的石头已经满是裂痕与缺口，有的只剩下一些残块和断片。

在博物馆的一个展厅，我看到一截石雕的男子的左臂。虽然只是这么一段残臂，却依然紧握拳头，昂然地向上弯曲着，皮肤下面的血管膨脝①鼓胀，脉搏在这石臂中有力地跳动。我们无法看见这手臂连接着的雄伟的身躯，但完全可以想见这位男子英雄般的形象。一件古物背后是一片广阔的历史风景。历史并不因为它的残缺而缺少什么。残缺，却表现着它的经历，它的命运，它的年龄，还有一种岁月感。岁月感就是时间感。当事物在无形的时间历史中穿过，它便被一点点地消损与改造，并因而变得古旧、龟裂、剥落与含混，同时也就沉静、苍劲、深厚、斑驳和朦胧起来。

于是一种美出现了。

这便是古物的历史美。历史美是时间创造的，所以它又是一种时间美。我们通常是看不见时间的。但如果你留意，便会发现时间原来就停留在所有古老的事物上。比如那深幽的树洞，凹陷的老街，泛黄的旧书，磨光的椅子，手背上布满的沟样的皱纹，还有晶莹而飘逸的银发……它们不是全都带着岁月和时间深情的美感吗？

这也是一种文化美。因为古老的文化都具有悠远的时间的意味。

时间在每一件古物的体内全留下了美丽的生命的年轮，不信你

---

① 膨脝（hēng）：腹部膨大貌，泛指胀大。

掰开看一看！

　　凡是懂得这一层美感的，就绝不会去将古物翻新，甚至做更愚蠢的事——复原。

　　站在雅典卫城上，我发现对面远远的一座绿色的小山顶上，爽眼地竖立着一座白色的石碑。碑上隐隐约约坐着一两尊雕像。我用力盯着看，竟然很像是佛像！我一直对古希腊与东方之间雕塑史上那段奇缘抱有兴趣，便兴冲冲走下卫城，跟着爬上了对面那座名叫阿雷奥斯·帕果斯的草木葱茏的小山。

　　山顶的石碑是一座高大的雕着神像的纪念碑。由于历时久远，一半已然缺失。石碑上层的三尊神像，只剩下两尊，都已经失去了头颅，可是他们依然气宇轩昂地坐在深凹的洞窟里。这时，使我惊讶的是，它竟比我刚才在几公里之外看到的更像是两尊佛像。无论是它的窟形，还是从座椅垂落下来的衣裙，乃至雕刻的衣纹，都与敦煌和云冈石窟中那些北魏与西魏的佛像酷似！如果我们将两个佛头安装上去，也会十分和谐的！于是，它叫我神驰万里，一下子感到两千多年前丝绸之路上那段早已逝去的令人神往的历史——从亚历山大东征到希腊人在犍陀罗为原本没有偶像崇拜的印度人雕刻佛像，再到佛教东渐与中国化的历史——陡然地掉转过头，五彩缤纷地扑面而来。

　　原来时间隧道就在希腊人的石头中间！在这隧道里，我似乎已经触摸到消失了数千年的那一段时光了。这时光的触觉，光滑、柔软、流动，还有一些神秘的凹凸的历史轮廓。我静静地坐在山顶一块山石上，默默享受着这种奇异和美妙的感受，直到夕阳把整个石碑染得金红，仿佛一块烧透了的熔岩。

　　由此，我找到了逼真地进入希腊历史的秘密。

第六辑

异域风情

我便到处去寻访古老的具有文化意味的石头，从那一片片石头的遗址中找到时光隧道的入口，钻进去。

然而，我发现希腊到处都是这种石头。希腊人说他们最得意的三样东西就是：阳光、海水和石头。从德尔菲的太阳神庙到苏纽的海神庙，从埃皮达鲁斯的露天剧场到迈锡尼的损毁的城堡，它们简直全是巨大的石头的世界。可是这些石头早已经老了。它们残缺和发黑，成片地散布在宽展的山坡或起伏的丘陵上。数千年前，它们曾是堆满财富的王城、聆听神谕的圣坛或人间英雄们竞技的场所。但历史总是喜新厌旧的。被时光筛子筛下来的只有这些破碎的屋宇，残垣败壁，断碑，兀自竖立的石柱，东一个西一个的柱头或柱础。

尽管无情的历史遗弃它，有心的希腊人却无比珍惜它。他们保护这些遗址的方式在我们看来十分奇特。他们绝不去动一动历史遁去之后的"现场"。一根石柱在一千年前倒在哪里，今天绝不去把它扶立起来。因为这是历史的本来面目。尊重历史就是不更改历史。当然他们又不是对这些先人的创造不理不管。常常会有一些"文物医生"拿着针管来，为一些正在开裂的石头注射加固剂，或者定期清洗现代工业造成的酸雨给这些石头带来的污迹。他们做得小心翼翼。好像这些石头在他们手中依然是活着的需要呵护的生命。

他们使我们认识到，每一块看似冰冷的古老的石头，其实并没有死亡，它们依然带着昔时的气息。它们各自不同的形态都是历史的表情，石头上的残痕则是它们命运的印记与年龄的刻度。认识到这些，便会感到我们已身在历史中间。如果你从中发现到一个非同寻常的细节，那就极有可能是神奇的时间隧道的洞口了。

迈锡尼遗址给人的感受真是一种震撼。这座三千多年前用巨石砌成的城堡，如今已是坍塌在山野上的一片废墟。被时光磨砺得分外粗糙的巨大的石块与齐腰的荒草混在一起。然而，正是这种历史的原生态，才确切地保留着它最后毁灭于战火时惊人的景象。如果细心察看，仍然可以从中清晰地找到古堡的布局、不同功能的房舍与纵横的甬道。一八七六年德国天才的考古学家谢里曼就是从这里找到了一个时光隧道的入口，从隧道里搬出了伟大的荷马说过的那些黄金财宝和精美绝伦的"迈锡尼文化"——他实际是活灵活现地搬出来古希腊一段早已泯灭了的历史。谢里曼说，在发掘出这些震惊世界的迈锡尼宝藏的当夜，他在这荒凉的遗址上点起篝火。他说这是两千二百四十四年以来的第一次火光。这使他想起当年阿伽门农王夜里回到迈锡尼时，王后克吕泰涅斯特拉和她的情夫埃吉斯托斯战战兢兢看到的火光。这跳动的火光照亮了一对狂恋中的情人眼睛里的惊恐与杀机。

今天，入夜后如果我们在遗址点上篝火，一样可以看到古希腊这惊人的一幕；我们的想象还会进入那场以情杀为背景的毁灭性的内战中去。因为，迈锡尼遗址一切都是原封不动的。时光隧道还在那些石头中间。于是我想，如果把迈锡尼交给我们——我们是不是要把迈锡尼散乱的石头好好"整顿"一番，摆放得整整齐齐；再将倾毁的城墙重新砌起来；甚至突发奇想，像大声呼喊着"修复圆明园"一样，把迈锡尼复原一新。如若这样，历史的魂灵就会一下子逃离而去。

珍视历史就是保护它的原貌与原状。这是希腊人给我们的启示。

那一天，天气分外好。我们驱车去苏纽的海神庙。车子开出雅典，一路沿着爱琴海跑了三个小时。右边的车窗上始终是一片纯蓝，像是电视屏幕的蓝卡。

海神庙真像在天涯海角。它高踞在一块伸向海里的险峻的断崖上。看似三面环海，视野非常开阔。这视野就是海神的视野。而希腊的海神波塞冬就同中国人的海神妈祖一样，护佑着渔舟与商船的平安。但不同的是，波塞冬还有一个使命是要庇护战船。因为波斯人与希腊人在海上的争雄，一直贯穿着这个英雄国度的全部历史。

可是，这座世纪前的古庙，现今只有石头的庙基和两三排光秃秃的多立克石柱了。石柱上深深的沟槽快要被时光磨平。还有一些断柱和建筑构件的碎块，分散在这崖顶的平台上，依旧是没人把它们"规范"起来。没有一个希腊人敢于胆大包天地修改历史。这些质地较软的大理石残件，经受着两千多年的阵阵海风吹来吹去，正在一点点变短变小，有几块竟然差不多要湮没在地面中了；一些石头表面还像流质一样起伏。这是海风在上边不停地翻卷的结果。可就是这样一种景象，使得分外强烈的历史感一下子把我包围起来。

纯蓝的爱琴海浩无际涯，海上没有一只船，天上没有鹰鸟，也没有飞机。无风的世界了无声息。只有明媚的阳光照耀着古希腊这些苍老而洁白的石头。天地间，也只有这些石头能够解释此地非凡的过去。甚至叫我们想起爱琴海的名字来源于爱琴王——那个悲痛欲绝的故事。爱琴王没有等到出征的王子乘着白色的帆船回来，他绝望地跳进了大海。这大海是不是在那一瞬变成这样深浓而清冷的蓝色？爱琴王如今还在海底吗？他到底身在哪里？在远处那一片闪着波光的"酒绿色的海心"吗？

等我走下断崖时，忽然发现一间专门为游客服务的商店。它故意盖在侧下方的隐蔽处。在海神庙所在的崖顶的任何地方，都是绝对看不见这家商店的。当然，这是希腊人刻意做的。他们绝对不让我们的视野受到任何现代事物的干扰，为此，历史的空间受到了绝对与纯正的保护！

我由衷地钦佩希腊人！

希腊人告诉我们，保护古代文明遗产，需要的是对历史的深刻理解与崇拜，科学的方法，优雅的美感和高尚的文化品位。因为历史文明是一种很高的意境。

创造古希腊的是历史文明，珍惜古希腊的是现代文明。而懂得怎样珍惜它，才是一种很高层次的文明。

2001 年 4 月 11 日于 天津

巴黎的天空

大自然派到巴黎的捣蛋鬼是雨。尤其进入了秋天，如果出门时天晴日朗，为了贪图轻便而不带雨伞，那一准就会叫雨儿捉弄了。巴黎的雨是捉摸不定的。有时一天你能赶上五六次雨。有时街对面一片阳光，街这边却雨儿正紧。有时你像被谁在楼上窗口浇花时不小心将一片水点洒在背上，抬头一看原来是雨，一小块巴掌大小的云带来的最小的、最短暂的、唯巴黎才有的"阵雨"。巴黎很少大雨瓢泼，很少江河倒灌，也很少阴雨连绵。它的雨，更像是一种玩笑，一种调皮，一种心血来潮。

它不过是一阵阵地将花儿浇鲜浇艳，叫树木散发出混着雨味的青叶的气息，把大街上跑来跑去的汽车小小地冲洗一下。再逼迫人们把随身携带的各种颜色和各种图案的雨伞圆圆地撑开。城市的景观为之一变。这雨原来又是一种情调。

然而，雨儿停住，收了伞，举首看看云彩走了没有。这时，有悟性的人一定会发现，巴黎一幅最大的图画在天空。

这图画的画面湛蓝湛蓝，白云和乌云是两种基本颜料。画家是风，它信马由缰地在天上涂抹。所以，擅长描绘天空的法国画家欧仁·布丹①的一幅画，题目是《10月8日·中午·西北风》。

巴黎的白云和乌云来自大西洋。大海的风从西边把这些云彩携来，随心所欲地布满天空。风的性情瞬间万变，忽刚忽柔，忽缓忽疾，天上的云便是它变幻无穷的图像。大自然的景观一半是静的，一半是动的。宁静的是大地，永动的是天空。当十九世纪后半期，法国画家们的工作从画室搬到田野后，天空便给画家以浩瀚无穷的想象。在大西洋沿岸那座著名的古城翁弗勒尔，我参观前边所说的那位名叫布丹的美术馆时，看到了他大量的描绘天空的速写。在大自然中，只有天空纯属自然，最富于灵性。于是，大自然的本质被他表现出来了，这便是生命的创造和创造生命。在布丹之前，谁能证明天空是一个巨大的创造力无穷的生命？一个被布丹称作"美丽的、透明的、充满大气"的生命？所以，库尔贝、波德莱尔都对这位画友画天空的才华推崇备至。巴比松画家柯罗甚至称他为"天空之王"。

在荷兰的阿姆斯特丹，我去看凡·高美术馆，研究他从荷兰到法国前后画风的变化。我发现他最初到巴黎开始他的艺术生涯时期的一幅作品，便是用一大半篇幅去表现动荡而激情无限的云天。任何艺术家都会首先注意不同的事物。"不同"往往正是事物的本质。那么巴黎奇异的天空自然会吸引住这位敏感的艺术家的心灵，而且这种吸引力一直抵达凡·高一生的终结处——巴黎郊外的奥维尔。看看凡·高在奥维尔画的最后一批作品，天空被他表现得更富于动感、更深入、更

① 欧仁·布丹：生于1824年，卒于1898年。法国19世纪风景画家，印象派的先驱。他是莫奈的启蒙老师，他对莫奈的忠告是："当场直接画下来的任何东西，往往有一种你不可能再在画室里找到的力量和用笔的生动性。"主要作品有《特鲁维尔海滨浴场》《沙滩上》等。

动人，并成为他不安的内心的征象①。

可是，我想，为什么我们中国人的绘画从来不画天空，不画光线？即使画云，也是山间的云雾，或是为了陪衬天上的神仙与飞行的龙，从来不画天空上的云。清代末期上海画家吴石仙擅长画雨景，但他不画乌云，他只是用水墨把天空平涂一片深灰色来表示阴云密布。也许中国文人的山水画，多为书斋内的精神制品——不是自然的风景，而是主观或内心的山水意境。即使是"师造化"的石涛，也只是"搜尽奇峰打草稿"而已。故此，中国的山水多为"季节性"，缺乏"时间性"。不管现代山水画如何发展，至今没有一个中国画家画天上的云彩。难道天空在中国画中永远是一块"空白"？

现在我们回到巴黎中来——

天空莫测的风云，不仅给巴黎带来多变的阴晴，还演变出晦明不已的光线。雨儿忽来忽去，阳光忽明忽灭。在巴黎，面对一座美丽典雅的建筑举起相机，不时会有乌云飞来，遮暗了景色，拍照不成；可是如果有耐心，等不多时，太阳从云彩的缝隙中一露头，景色反而会加倍地灿烂夺目！

阳光与云彩的配合，常常使这座城市现出奇迹。

我闲时便从居住的那条小街走出来，在塞纳河边走一走，看看丰沛而湍急的河水、行人、船只，以及两岸的风光。尽管那些古老的建筑永远是老样子，但在不同的光线里，画面会时时变得大大不同。一次，由于天上一块巨大的云彩的移动，我看到了一个奇观。先是整条塞纳河被阴影覆盖，然后远处——亚历山大三世桥那边云彩挪开了，阳光射下去，河里的水与桥上镀金的雕像闪耀出夺目的光芒。跟着，

---

① 征象：征候；迹象。

随着云彩往我这边移动，阳光一路照射过来。云行的速度真不慢，眼看着塞纳河上的一座座桥亮了起来，河水由远到近地亮起来，同时两岸的建筑也一座座放出光彩。这感觉好像天空有一盏巨大无比的灯由西向东移动。当阳光照在我的肩头和手臂上，整条塞纳河已经像一条宽阔的金灿灿的带子了。然后，云彩与阳光越过我的头顶，向东而去。最后乌云堆积在河的东端。从云端射下的一道强烈的光正好投照在巴黎圣母院上。在接近黑色的峥嵘的云天的映衬下，古老的圣母院显得极白，白得异样与圣洁。

不知为什么，在这一瞬，竟然唤起我对圣母院一种极强烈的历史感受。我甚至感觉卡西莫多、爱斯梅拉达和克洛德现在就在圣母院里。

可是就在我发痴发呆的时候，眼前的景象忽变，云彩重新遮住太阳。一盏巨灯灭了。圣母院顿时变得一片昏暗，好似蒙上重重的历史的迷雾。忽然，我觉得几个挺凉的水滴落在我的手背上，我抬起头来，一块半圆形的雨云正在我头顶的上空徘徊。

2001 年 5 月 4 日

第六辑

异域风情

意大利断想

一个东西方文化交流史的盲点深深吸引着我：丝绸之路的东端是中国，西端是意大利，这两端恰恰都是光辉灿烂的美术大国。通过这条世纪前就开通了的丝绸之路，东西方把他们各自拥有的布帛、香料、陶瓷、玻璃、玉石、牲畜等彼此交换；中国人制造丝绸的技术至迟在七世纪就传到西西里，但为什么独独在美术方面却了无沟通？

我曾面对洛阳龙门石窟雕刻的那"北市香行社造像龛"一行小字发呆——在唐代，罗马的香料已被妇女作为时髦物品，为什么在这浩大的石窟内却找不到欧洲雕刻的直接影响？

在十六世纪，当米开朗琪罗等人叮叮当当把他们的激情与想象凿进坚硬的石头，中国人早已告别石雕艺术的时代；如果马可·波罗把霍去病墓前那些怪异的石兽运一个回去，说不定意大利文艺复兴运动就会以另一景象出现。而当聚集在佛罗伦萨和威尼斯的画家们，用无与伦比的写实技术在画布上创造出一个个活生生的人物时，中国画家早就从写实走向写意，以幻化的水墨，随心所欲地去表达内心非凡的感受。当然，意大利画家也是从未见到过这些中国画家的作品。直到十八世纪，郎世宁来到中国时，东西方艺术已全然是两个世界了。

相比较而言，西方艺术家尊崇物质，东方艺术家更注重自己的精神情感。由此泛开而说，西方人一直努力把周围的一切一点点弄清楚，东方人却超乎物外，享受大我。一句话，西方人要驾驭物质，东方人要驾驭精神。经过十数个世纪，西方人把飞船开到月球，东方人仍在古老的大地上原地不动，精神却遨游天外。

东西方文化具有相悖性。

相悖，才各自拥有一个世界，自己的世界对于对方才是全新的。人类由于富有这东西方相悖的两种文化，它才立体，它才完整。

最大和最完整的事物都是两极的占有。

现在看来，丝绸之路主要是一条贸易通道。对于文化，它只是在不自觉中交流了文化，而不是自觉地交流了文化。

正因如此，东西方艺术便在相互独立的状态中形成了自己的一套。幸亏如此！如果它们像现代社会这样在文化上互通有无，恐怕东西方文化早就变成一只黄老虎和一只白老虎了。

我联想到现在常常说到的"文化交流"这个概念，并为此担忧。文化交流与科技交流本质不同。科技交流为了取消差距，文化交流只能是为了加大区别。谁能够做到这些？

文化是有个性的。文化的全部价值都在自己的个性里。文化相异而并存，相同而共失。因此，文化交流不是抵消个性，而必须是强化个性，谁又能这样做？

可是，天下有多少明白人？弄不好最终这世界各处全都是清一色的文化"八宝饭"，或者叫"文化的混血儿"。

与别人不同容易，与自己不同尤难。比如这三座同为意大利名城的罗马、佛罗伦萨和威尼斯——

罗马依旧有股子帝国气象。好似一头死了的狮子，依然带着威猛的模样。这恐怕由于它一直保持原帝国都城的规模和格局，连同昔时的废墟亦兀自荒凉着，甚至那些古老建筑的碎块，遗落在地，绝不移动。原封不动才保住历史的真实。从来没有人提出那种类似"修复圆明园"的又蠢又无知的主张。建设现代城市中心则另辟新区。对于一个城市的文化史来说，死去的罗马比活着的罗马还要神圣。

罗马的美，最好是在雨里看。到处的中世纪粗大笨重的断壁残垣在白茫茫的雨雾中耸立着，那真是一种人间神话。我从斗兽场出来，赶上这样的大雨，小布伞快要给雨水浇塌，正在寻求逃避之路，陡然感到自己竟是站在历史里。那城角、券洞、一根根多立克或科林斯石柱、一座座坍塌了上千年的废墟，远远近近地包围着我；回头再看那斗兽场已经被雨幕遮掩得虚幻模糊，却无比巨大地隔天而立。一时分不清自己是在罗马的遗迹里还是在罗马的时代里。它肃穆、雄浑、庄严和神奇……这独特的感受是在世界任何地方都不曾得到的。古建筑不是死去的史迹，而是依然活着的历史的细胞。如果失去这些，我们从哪里才能感受真正的罗马的灵魂？

我痴迷地伫立着，任凭大雨淋浇，鞋子像灌满水的篓儿。

然而，这种罗马气象在佛罗伦萨就很难看到了。佛罗伦萨整座城市干脆说就是文艺复兴时期的象征。从乌菲齐博物馆二楼长廊上的小窗向外望去，阿尔诺河的两岸连同那座廊式老桥的桥上，高高矮矮一律是文艺复兴时代红顶黄墙的小楼，在湛蓝湛蓝的天空与河水的对比下，愈发显得明丽而古雅。比起罗马时代，它轻快而富有活力；比起后来的巴洛克时代，它又朴素和沉静。看上去，佛罗伦萨是拒绝现代的。也许由于文艺复兴时代迸发的人文精神仍是今天欧洲精神的支柱和源泉，它滔滔汩汩，奔涌不绝。人们既把它视为过去，也作为现在。佛罗伦萨是文化的百慕大，站在其中会丧失时间的概念。

黄昏时在老街上散步，足跟敲地，好似叩打历史，回声响在苔痕斑驳的石墙上。还有一人的脚步声在街那边，扭头瞧，哎，那瘦瘦的穿长衣的男人是不是画圣母的波提切利？

比起罗马与佛罗伦萨，威尼斯散发着它独有的浪漫气质。这座建在水上的城市，看上去像半身站在水里。那些古色古香建筑的倒影都被波浪摇碎，五彩缤纷地混在一起晃动着。入夜时，坐上一种尖头尖尾的名叫"贡多拉"的小船，由窄窄而光滑的水道穿街入巷，去欣赏这座婉转曲折的水城每一个充满诗意和画意的角落，不时会碰到一些年轻人，船头挂着灯，弹着吉他，唱着情歌，擦船而过。世界上所有傍河和临海的城市都有种开放的精神，何况这水中的威尼斯！在金碧辉煌的圣马可广场上，成千上万的鸽子中间有无数从海上飞来的长嘴的海鸥……

城市，不仅供人使用，它自身还有一种精神价值。这包括它的历史经历、人文积淀、文化气质和独有的美；它的色调、韵律、味道和空间境域，这一切构成一种实实在在的精神，城市中人的性格、爱好、习惯、追求、自尊，都包含其中。城市，既是一种实用的物质存在，也是一种高贵的精神存在。

你若把它视为一种精神，就会尊敬它，珍惜它，保卫它；你若把它仅仅视为一种物质，就会无度地使用它，任意地改造它，随心所欲地破坏它。一个城市的精神是无数代人创造积淀出来的。一旦被破坏，便再无回复 ① 的可能。失去了精神的城市将是什么样子？

---

① 回复：恢复（原状）。

我忽然想到今年年初到河南，同样跑了三座东方古城郑州、洛阳和开封。

这三座古城对我诱惑久矣。谁想到一观其面，竟失望得达到深切的痛苦。

哪里还有什么"九朝古都""商城"和"大宋汴京"的气象，这分明是在内地常见的那种新兴城市。连老房子也多是二十世纪失修的旧屋。郑州那条土夯的商代城墙，被挤在城市中间，好似一条废弃的河堤；从历史文化的眼光看，洛阳的白马寺差不多像个空庙；开封那花花绿绿新建的宋街呢，一条只有十年历史的如同影城中的仿古街道，能给人什么认识与感受？是一种自豪还是自卑感？

不要拒绝拿郑州、开封、洛阳去和罗马、佛罗伦萨、威尼斯相对照吧，我们这三座古城和中原文化曾经是何等的辉煌！

在梵蒂冈，最令我激动的不是《拉奥孔》与《摩西》，不是拉斐尔的《雅典学院》和达·芬奇的《圣徒彼得》，而是西斯廷教堂穹顶上那经过长长十二年修复后重现光辉的米开朗琪罗的壁画。

这人类历史上最伟大也最壮观的壁画，使西斯廷教堂成为解读神学和展示天国景象的圣殿。然而自从十六世纪米开朗琪罗完成这幅壁画，历经五百年尘埃遮蔽，烛烟熏染，以及一次次修整时刷上去的防止剥落的亚麻油，这些有害物质使画面昏暗模糊，失去了往日的光彩。

从二十世纪六十年代起，梵蒂冈博物馆的克拉路奇教授和他的助手将壁画拍摄成七千张照片，进行精密研究，并选择了两千个部分（局部）做了修复试验，终于确定方案，自一九八二年到一九九四年展开了二十世纪最浩大的古代艺术的修复工程，终于使得米开朗琪罗以非凡的才华叙述的这个天国故事，好似拨云见日一般再现在人们的仰视之中。我们头一次如此透彻地读到了世间对神学的最权威和最动人的解释，也如此清澈地看到了米开朗琪罗出神入化的笔触。在此之前，谁能想到那画在高高穹顶上亚当的头部，竟然这样轻描淡写？而描绘《末日审判》中基督的脸颊，居然大笔挥洒，总共只用了三笔！倘若不是这次修复，我们怎能领略到这个艺术大师如此非凡才华的细节？

请注意，修缮西斯廷教堂壁画的原则，既非"整旧如新"，也非"整旧如旧"，而是一个新的目标：整旧如初。

整旧如新，即改变历史面貌地粉刷一新；整旧如旧，虽能保住历史原貌，但对那些残破的古物，只能无奈地顺从时光磨损，剥落不堪，面目不清；而整旧如初，才是真正回复到最初的也是最真实的面貌。

这种只有靠高科技才能达到的"整旧如初"，是古物修复的历史性进步。它终于实现了先人的梦想——复活历史。

可以相信，如今我们仰望西斯廷教堂穹顶的壁画时，就同一五一一年米开朗琪罗大功告成时的情景全然一样。

我们享受到了历史的艺术，也享受到了艺术的历史。

在米兰，也在以同样的目标修复举世闻名的达·芬奇的壁画《最后的晚餐》。这个将历时七年的修复工程是开放式的，使我们得以看到修复人员的工作方式。

由于达·芬奇当年作画时不断更换和试用新颜料，这幅壁画尚未完工就开始剥蚀，如今它已成为世界上残损最严重的壁画之一。此刻，技术人员站在画前的铁架上，以每一平方厘米为单元精心修饰。粗看这些技术人员一动不动，好似静止；细看他们的动作缜密又紧张，犹如外科医生正在做开颅手术！

　　然而，说到最令我震动的，却不是在这些艺术的圣殿里，而是在街头——

　　居住在佛罗伦萨那天，晨起闲步，适逢一夜小雨，拂晓方歇，空气尤为清冽，鸟声也更明亮。此时，忽从高处掉下一块墙皮，恰有一位老人经过，拾起这墙皮。墙皮上似有彩绘花纹，老人抬头在那些古老的房子上寻找脱落处，待他找到了，便将墙皮恭恭敬敬立在这家门口，像是拾到这家掉落的一件贵重的东西。

　　我不禁想，如果这事发生在我们的城市里，谁会这样做？

　　我对一位朋友说起这事，当时我的情绪有些激动。我的朋友笑道："你的精神是不是有点奢侈？"

　　我一怔，默然自问，却许久不得答案。

1996 年 2 期《天涯》首发

阿尔卑斯山的精灵

晚间，坐在诺基尔森镇郊外的乡间小店又宽大又松软的椅子上，才感到疲劳。一种充满快感的疲劳。脑袋什么也不想了，里边塞满了图画一般的风光，挥之不去；再没有力量写日记了，但还是硬拿起笔在本子上记了一句：

今日之行乃是我平生走过的最美的一条路。

此后我想过一个问题：为什么奥地利历史上没产生过伟大的风景画家？从克里姆特、希勒、百水到马克斯·魏勒，几乎都与风景绝缘。即使是彼得迈耶时代也没有出现一个非常出色的画风景的高手。也许艺术的本质都是对未竟的美的一种追求；是饥渴之时心中的盛宴。可是面对萨尔茨堡这片美丽到达极致的山光水色又能做什么？只有享受而没有欲望。可我又想，奥地利毕竟不是绘画而是音乐的王国，这山水的精魂不是早都进入他们的音乐之中了？

尤其是驱车飞驰其间，车子的两边，大片大片被草原和森林覆盖的丘陵无止无休地起伏着。这丘陵的轮廓全是曲线，舒缓、流畅、变化不已。眼前一片碧草茸茸的开阔地慢慢地凹陷下去，后边齐齐的一排浓绿色的松林渐渐升起。不等它完整地展现出来，一条开满鲜红的罂粟花的低谷纵向地穿越过去，带着一种浪漫而放纵之情伸向极远的地方，可是跟着黑压压的杉树林就把它甩在自己的身后。阳光在树干之间跳跃着。是的，音乐的资质在这里表现出来了。这跳动的亮点是轻捷而快速的钢琴的琴音。但很快就被一片弦乐如潮水般的淹没。辽阔的草原与森林又绕回到车窗上。又是丘陵延绵不断起伏的曲线。这曲线不就是那些优美而无形的旋律吗？连他们特有的华尔兹的节奏也在里边。所以我一直以为，正是这山水的精灵浸入了奥地利音乐家的灵魂之中，他们才有那种不竭的灵感和匪夷所思的才华。

大山如同一个男人，它一定在某时某地表现出自己的威严和博大。

要想见识一下名叫"阿尔卑斯"的这个男人的豪气，就去大钟山！

驾车从它宽阔的山谷盘旋而上，好似驾机升空。这就一定会经历一种奇观。开始，无边的森林一层层地落下去，整个身体就像从巨大无比的浓绿的染桶里缓缓升起。阳光把窗外的绿色反射到车里，连白色的衬衣也会令人惊奇地淡淡发绿。这时，来自斜上方一种强烈的光愈来愈亮。那不是太阳，而是白雪；有些白雪与天上的白云连成一气。等到路边的草坑与石缝里忽然出现一块块白雪，车子至少已经在一千五百米以上。随后便是白雪愈来愈多，从地上到树上。我发现自己正从一个绿色的世界升入一个银白又纯净的世界。原来大自然如此地升华！

到了两千五百米，走出车子，干脆就在大雪的世界里。尽管终年的积雪厚厚地遮盖着群山，但大山还是清晰地显示出它雄健的形态与骨气。让我惊讶的是，在那些极远又极冷的雪谷冰峰之间，哪来的一些又长又细的痕迹——从这边陡直的雪坡上断断续续一直向西，直到远处的迷雾中——原来是滑雪的人们留下的！他们用这些匪夷所思的行为在这冰雪之巅书写了自己的无畏。我的心不由得一动，似乎我碰到这大山的一种魂灵。

阿尔卑斯山引以为豪的是克里姆瀑布。绵延千里的沉默的大山只有在飞瀑流泉这种地方才得以开口说话。它咆哮呼号，如雷般爆发。而且远在数里之外，就把喷发出的水珠如同牛毛细雨一般散布在空气里，并乘风而来，凉丝丝地扑在我的脸上。

面对这一如大雪飞动的克里姆瀑布，我知道，它来自大钟山那些冰峰雪岭。过几天我又在远远一个地方找到它的归宿——那就是闻名世界的萨尔茨堡湖区。

天边的雪山是瀑布的父亲，大地上的湖泊是瀑布的母亲。

如果跳过瀑布，湖泊是雪山的终极之地。为此，那些皑皑雪山全都静卧在这纯蓝而透明的湖水中休憩。

使我不解的是，这湖心近一百多米深的湖水，水质怎么能保持着饮用的标准？

在这里，无论任何一根引自山泉的木槽里的水，任何一条游动着浅黑色鳟鱼的溪流，全都可以放心地痛饮一番。究竟是谁维护着大自然的本色与纯洁？

在克里姆瀑布对面的道边摆着一件艺术品。一头蓝色的大牛身上画满透明的水滴。牛是萨尔茨堡的象征，水滴表示对每一滴水的珍惜与爱护。对于热爱艺术的阿尔卑斯山民来说，这件十分醒目、优美和富于想象的艺术品胜过无数空洞的标语和口号。所以在整个阿尔卑斯山的山区里看不见一条标语。他们喜欢用美的语言传播思想。那天晚上，我们的驻地诺基尔森镇在举办每年一次的水节。在镇上一间用原木搭建的俱乐部里，先是几位本地的音乐家演奏了几支与水相关的乐曲，然后由一位邀请来的研究水的学者，向百姓们介绍关于水的知识和保护水源的最新的科学技术。他们把水的知识灌输到在水的源头生活着的人们心里。

从我的向导弗莱蒂口中得知，这片天国般的风光实际上承受着极大的压力。冬天时大雪蒙山，这压力来自滑雪爱好者；夏天里冰雪融化，带来压力的是游客。每年冬天，单是来到滑雪胜地萨尔巴河新格兰特镇的滑雪爱好者就有一百二十万；到了夏天，只是弗歇尔湖的游客就在五十万以上。

可是，旅游收入已经关系到这些地方的经济命脉。至少百分之六十的经济收入直接来自旅游与滑雪。

在地球变暖的时代，逢到缺雪的冬季，人们要把湖水引到山顶，通过喷洒，还原为雪，以保持足够数量的游客。

但他们绝不会毁掉自己的家园，换成现金。比如那种方便游客却破坏景观的缆车，自一九二二年以来就没有再建新的缆车线路。另一方面他们的目标也很明确，就是不再吸引更多的游人到这里来。也就是始终要把游客的数量限定在可以良性地运行的范围之内。

采尔湖畔一家制作传统皮裤的师傅告诉我，他制作这种裤子的皮子来自红鹿。但在这里，猎取红鹿是要经过严格控制的。红鹿生长得很慢，寿命十二年到十五年。如果不加限制地猎取，红鹿就会濒危或灭绝。因此猎人必须持有猎证，而且要在指定时间和猎区之内猎取红鹿，还必须绝对地服从规定的数量。每个猎区一定要保持四十只活蹦乱跳的红鹿才行。

不仅是猎区里的红鹿，每个林区树木的数量也有硬性的规定。

这样，阿尔卑斯山才永远是活着的。

五月的森林会出现一种奇异的景象。常常从林间冒出一股烟来。一会儿在这儿，一会儿在那儿。有的很小很淡，很快就消散；有的很大很浓，像烟岚飘得挺远。挺神奇的。这是高山上的云吗？可怕的山火吗？那种传说中丑怪的山鬼躲在里边抽烟吗？

我在这里新结识的朋友奥托告诉我："这是松树在传送花粉，山上有风，一吹就会散发出来。"他还说："你很幸运，这样的事六七年才出现一次。"

我笑了，说："这是树之间的爱情。爱情不能总发生的。"

奥托个子不高，硬邦邦，像山上的一块岩石。但走起路来，浑身充满弹性。和他握手就觉得突然被一只很大的钳子钳住。他今年六十五岁，依旧做登山教练。我的伙伴说："您这样的老人爬山可要小心了。"他马上满脸不高兴地说："我怎么会是老人？"

一个山民在旁边说："人的年龄大小全听他自己的。"

这是山民的一句格言。

阿尔卑斯山的人，全爱登山。奥托说，在登山时全身每一块肌肉都能用上。所以，每次从山上下来后，浑身会感觉舒服得无与伦比。肺部就像山谷那样开阔而畅快。他登山已经四十六年，从来不走正路，喜欢挑选野路和陡坡，这样总保持全身的一种新鲜和矫健的感觉。他说，总走老路，对山就没有感觉了。

他还说无论多高大的山也没有危险，只有需要克服的困难。比如登山过程中，忽然遇到了暴风雨与闪电，只要迅速下降五十米就可以了。

他说他已经属于阿尔卑斯山，他认识这山上的一花一草一树一石。只有在山上才感到浑身有力量，有目标，也有情感。

我听了，笑道："甭说在山上，现在说到山，你已经很有力量很有情感了。"

五月的山野到处被青翠的草场所覆盖。一大块一大块深深浅浅的草地好似色度不同的绿色的毯子。一些体魄健硕的大牛站在草地上，低着头慢吞吞地吃草，吃饱了就随便一卧打盹睡觉。此时，草地上到处开着一种黄色的小花，花儿繁密的地方绿草地变成一片鲜黄的花海。牛吃草时也吃花。记得十年前我在下奥州阿尔卑斯山下的圣·斯太克村，拜访一位老版画家弗里德里希·那云戈保尔。他送给我一张版画，画着一头牛，浑身全是草和花。他告诉我："它（指牛）最爱吃的东西都在它自己身上。"所以这期间的牛奶全都微微发黄，带着一些花的芬芳，喝到口中味道有点神奇的感觉，做出的奶酪也特别好吃。

这里没有人放牧。先前，山民们总在牛颈上拴一个铃铛。铃铛的形状接近方形，造型挺特别，声音也特别，虽然有点发闷却传得很远。牛主人单凭铃声就知道牛在哪里。据说三十年前有个美国游客搞恶作剧，摘下了牛铃铛，结果被要求支付不小的一笔罚金。因为没有铃铛，牛就可能遗失在大山里。如今山民们不再使用铃铛，而是在牛耳朵上挂个硬塑料小牌，上边写有主人的名字、地址和电话，此外还有牛的年龄、重量以及它"父母"的情况。因此，在这里的市场上买任何一块牛肉，都是可以查到这头牛的来历的。

奥地利人的细致大概只有日本人可以与之相比，尤其在对待他们的家园上。

他们不仅把居室布置得很美，也同样着意地打扮室外的风景。奥地利人种花与日本人也很相近，他们不喜欢像荷兰人那样一个品种的花种一大片，他们爱将许多不同颜色和种类的花精巧地搭配在一起。而且每个人都把自己的家园当作作画的白纸，极力去表达自己的品位与情趣。有的人喜欢灿烂之美，就用各色玫瑰种满墙栏内外；有的人偏爱幽深之美，便使用常春藤把小楼严严实实地包裹起来，只留一些窗洞从中闪着光亮……这样，家家户户都如画一般令人驻足观赏。

其时正是割草的季节。草长得又旺又肥，山民割下青草，储备起来，作为冬日牛儿们的食粮。今天，割草与储草已采用现代技术。割草机像给草场理发一样，"推"下鲜嫩肥壮的一层，然后装进塑料袋，封好袋口抽成真空，这样在冬天打开袋子时，青草依然碧绿如新。于是，在这些草场中，常常可以看到一种淡绿色的规格一样的塑料包，整齐地摆放在草场上，看上去十分美观。

对于阿尔卑斯人来说，保持景观之美是一个传统。这传统一半来自他们崇尚唯美，一半是做事一丝不苟，很精心。

山民们堆放木柴时，从来都是用剖面不同的木头拼成各种图案，很好看。至于他们造房盖屋，更注重与周围景色的和谐。他们不会彼此挤在一起，而总是像画家那样，在风光无限的地方，放上自己心爱的小屋。

为此，在整个人类都分外关切环境的当代，他们对环境美的要求便更加自觉。在周游阿尔卑斯山的几天里，我有意用苛刻和挑剔的目光注意观察，竟然没在任何乡镇、牧场和乡村路上发现一块垃圾，连一个丢弃的塑料袋也没有。在当今世界，还有哪个地方能把环境美保护得如此绝对？

唯有唯美的萨尔茨堡的湖区。

由于他们崇尚唯美，才一直深爱和执着地遵循着自己的传统。

他们不崇尚美国式的高楼大厦以及时髦的现代建筑。他们新建房舍时，所选择的仍旧是那种坡顶、大阳台、上上下下种满鲜花的传统的木楼。当然里边的硬件设施都是现代科技的产物，但他们的衣着为什么还是民族服装？比方我在这里结识的弗莱蒂、奥托、弗里茨这几个男人，为什么都穿那种传统的紧身背带裤，足蹬长筒皮靴，上边一件绣花的粗线毛衣？

奥托笑道："因为你是贵客。凡是正式和隆重场合，我们就要穿传统的服装。"我知道，这表示对客人的尊重。

传统方式是这里至高的礼仪。

在新特格兰镇附近，途经一个小村时，聚集了一些人，像有什么大事。一辆六人驾驶的老式马车停在一座房屋前。驾车的骑手穿戴得非常漂亮。人群中有老人，也有年轻的姑娘和孩子，还有神父。一打听，原来是村中一对老夫妇在举办金婚纪念活动。这时我注意到所有人全穿着民族盛装，只有神父穿着细长的黑袍子；一位被围在中间的老妇人戴着一顶传统的精美无比的金帽子。老妇人肯定是今天金婚的主角了，这亮闪闪的金帽子就是她五十年前的陪嫁。于是，场面显得分外隆重、神圣又淳朴和欢快。一个尊重自己历史文化的民族，总是令人感动和敬佩的！

我一按相机快门，忘了抬起手指，马达一转，一卷胶片转到头。

我忽然想起，十五年前我作为 IOV 的中国成员，来到萨尔茨堡观看一个乡村民间歌舞团的表演。其中一个节目，十来个小伙子神气活现地跳上台来。他们上身穿着民族服装，下边踩着高跷，高跷外套一条黑色长裤，个个足有三米高。很像他们每年六月过"山松节"时的巨人山松。他们用木跷使劲踩地，声音震耳，威风凛凛。据说这是在表演冬日的森林。随后上台的是一个丑怪的小人，在树林中间蹿来蹿去，它是冬日的精灵。最后一个穿着长裙、梳一条辫子、十分漂亮的姑娘跑上台来，它代表着美丽的春天。于是春天开始在森林中驱赶冬天，经过一个艰辛的过程，终于将严冬赶出森林。舞台上出现一片万物复苏的春天景象。在活泼快乐的乐曲声中，围在春姑娘四周的小伙子们把舞台都快踏翻了。

　　这个舞蹈使我至今难忘。它叫我懂得了民间情感就是大自然的情感。一下子我找到了民间传统的灵魂——用我们的话说，就是——天人合一。

　　由于我想到了这个舞蹈，想到那一次的所思所想，我就更加理解今天在这里见到的一切。然而，可贵的是，他们把民间传统之魂——天人合一，一直守护到今天。而我们早把大自然当作自己的对手了！这个对手被我们一次次征服，打得一败涂地。以致处处可以看到它遍体鳞伤的悲惨景象！

　　唉，不再说我们自己了。

　　这里的风景是温和的。

　　虽然阿尔卑斯山也有奇峰深谷，危崖绝壁，但它来到萨尔茨堡之后，就很快地化为一片音乐般起伏不已的丘陵了。

舒展、温和、朴实无华，如同童话里的画面。出没于这里的动物很少猛禽与恶兽。最常见的是小角的鹿、羚羊、野兔和一种黑羽红腮的山鸡。然后是大片大片的草场、森林、篱笆与挂满鲜花的木楼。

大地是静态的，在大地上行走的是一片一片银灰色的云影。

没错！这里的风景没有野性。它有人为的东西，但绝不是今天或昨天制造的，而是千百年来一代代山民和乡人与大自然相处的结果。人们从大自然里取得自然的美，同时把自己理想的美融合进去，最终才创造了天人合一的最高境界——和谐。

把大自然与人融为一体的是音乐与歌。所以，每当我听到阿尔卑斯山的山民在歌声中那种"哎嘿——哟"的呼叫，我立刻会感到耀眼的雪山和开阔的山谷就在眼前，清新的山风还无限快意地扑在我的脸上。

在这些山民家中，常常可以看到一种很特殊的装饰，就是门琴。这种花瓶状的彩绘的门琴，是挂在门后的。它有五根可以用旋钮调节的琴弦，五个用丝线吊着的小木球。每当客人来了，进来关门，门琴上的一排小球会顺势飘飞而起，再落下来，小木球敲打琴弦，发出一阵轻柔和美妙的弦音。这声音可以放进很多内容。当主人回到家，门琴的声音抒发着家庭的温馨与愉悦；当客人来串门，门琴的声音便表达一种快乐的欢迎。我想，世界上大概只有阿尔卑斯山的山民，把声音的美看得如此重要。任何地方、任何时间都需要它，像自己心爱的人儿。

山民的木楼中，最常见的图案是——心。有时用木头雕刻一个心，镶在门中间，表示这里是他们心爱的家；有时在木板窗上挖一个"心"形的洞，表示要用心去看世界。在圣吉尔根一家乡村风味的小餐馆吃饭时，老板听说我们来自中国，便把每一份菜做成一幅冒着香味的彩色图画，并告诉我们，他们是用心做的。

他们为什么把心看得这么重要？

在路边的花田里，还可以看到一块牌子插在那里，上边写着："带几枝花给你爱的人吧！"路人看到了，会停车下来，采几支可意的花带走，并随手放几个硬币在牌子旁边。

他带走的不是花，而是这块土地芳香的爱心。

一次，去往圣吉尔根的路上，我的朋友库尔伯先生忽然指着车窗外很激动地说："你看，世界上有哪个国家的村庄，会在他们的标志牌上放满了鲜花——只有我们！"

由此我注意到，我途经每一个村口的标志牌下边一定都有一个长长的木头花盆，里边栽满了正在盛开的艳丽的花。

库尔伯是圣吉尔根人，他说这话的时候很自豪。他为他们的土地，为他们的大自然与人文而骄傲。但为了今天的骄傲，他们一代代的先人付出了多少努力！而今天他们所做的努力，将会化为后人永远的骄傲！

2003 年 7 月 21 日

看望老柴

对于身边的艺术界的朋友，我从不关心他们的隐私；但对于已故的艺术大师，我最关切的却是他们的私密。我知道那里埋藏着他的艺术之源，是他深刻的灵魂之所在。

从莫斯科到彼得堡有两条路。我放弃了从一条路去瞻仰普希金家族的领地米哈伊洛夫斯克村，甚至谢绝了那里为欢迎我而准备好的一些活动，是因为我要经过另一条路去到克林看望老柴。

老柴就是俄罗斯伟大的音乐家柴可夫斯基。中国人亲切地称他为"老柴"。

我读过英国人杰拉德·亚伯拉罕写的《柴可夫斯基传》。他说柴可夫斯基人生中最后一个居所——在克林的房子二战中被德国人炸毁。但我到了俄罗斯却听说那座房子完好如故。我就一定要去。因为柴可夫斯基生命最后的一年半住在这座房子里。在这一年半中，他已经完全失去了资助人梅克夫人的支持，并且在感情上遭到惨重的打击。他到底是怎样生活的？是穷困潦倒、心灰意冷吗？

给人间留下无数绝妙之音的老柴，本人的人生并不幸福。首先他的精神超乎寻常的敏感，心情不定，心理异常，情感上似乎有些病态。他每次出国旅行，哪怕很短的时间，也会深深地陷入思乡之疼，难以自拔。他看到别人自杀，夜间自己会抱头痛哭。他几次患上严重的精神官能症，他惧怕听一切声音，有可怕的幻觉与濒死感。当然，每一次他都是在精神错乱的边缘上又奇迹般的恢复过来。

在常人的眼中，老柴个性孤僻。他喜欢独居，在三十七岁以前一直未婚。他害怕一个"未知的美人"闯进他的生活。他只和两个双胞胎的弟弟莫迪斯特和阿纳托里亲密地来往着。在世俗的人间，他被种种说三道四的闲话攻击着，甚至被形容为同性恋者。为了瓦解这种流言的包围，他几次想结婚，但似乎不知如何开始。

一八七七年，他几乎同时碰到两个女人，但都是不可思议的。

第一位是安东尼娜。她比他小九岁。她是他的狂恋者，而且是突然闯进他的生活来的。在老柴决定与她订婚之前，任何人——包括他的两个弟弟都对这位年轻貌美的姑娘一无所知。据老柴自己说，如果他拒绝她就如同杀掉一条生命。到底是他被这个执着的追求者打动了，还是真的担心一旦回绝就会使她绝望致死？于是，他们婚姻的全过程如同一场飓风。订婚一个月后随即结婚。而结婚如同结束。脱掉婚纱的安东尼娜在老柴的眼里完全是陌生的、无法信任的，甚至是一个"妖魔"。她竟然对老柴的音乐一无所知。原来这个女子是一位精神病态的追求者，这比盲目的追求者还要可怕！老柴差一点自杀。他从家中逃走，还大病一场。他们的婚姻以悲剧告终。这个悲剧却成了他一生的阴影。他从此再没有结婚。

第二位是富有的寡妇娜捷日达·冯·梅克夫人。她比他大九岁，是老柴的一位铁杆崇拜者。梅克夫人写信给老柴说："你越使我着迷，我就越怕同你来往。我更喜欢在远处思念你，在你的音乐中听你谈

第六辑

异域风情

·253·

话，并通过音乐分享你的感情。"老柴回信给她说："你不想同我来往，是因为你怕在我的人格中找不到那种理想化的品质，就此而言，你是对的。"于是他们保持着一种柏拉图式的纯精神的情感。互相不断地通信，信中的情感热切又真诚；梅克夫人慷慨地给老柴一笔又一笔丰厚的资助，并付给他每年六千卢布的年金。这个支持是老柴音乐殿堂一个必要的而实在的支柱。

然而过了十四年（一八九〇年九月）之后，梅克夫人突然以自己将要破产为理由中断了老柴的年金。后来，老柴获知梅克夫人根本没有破产，而且还拒绝给老柴回信。此中的原因至今谁也不知，但老柴本人却感受到极大的伤害。他觉得往日珍贵的人间情谊都变得庸俗不堪。好像自己不过靠着一个贵妇人的恩赐活着罢了，而且人家只要不想搭理他，就会断然中止。他从哪里收回这失去的尊严？

正是在这样的背景下，老柴搬进了克林镇的这座房子。我对一百多年前老柴真正的状态一无所知，只能从这座故居求得回答。

进入柴可夫斯基故居纪念馆临街的办公小楼，便被工作人员引着出了后门，穿过一条布满树荫的小径，来到一座带花园的两层木楼。楼梯很平缓也很宽大。老柴的工作室和卧室都在楼上。一走进去，就被一种静谧、优雅、舒适的气氛所笼罩。老柴已经走了一百多年，室内的一切几乎没有人动过。只是在一九四一年十月德国人来到之前，苏联（前苏联）政府把老柴的遗物全部运走，保存起来，战后又按原先的样子摆好。完璧归赵，一样不缺——

工作室的中央摆着一架德国人在彼得堡制造的黑色的"白伊克尔"牌钢琴。一边是书桌，桌上的文房器具并不规整，好像等待老柴回来自己再收拾一番。高顶的礼帽、白皮手套、出国时提在手中的旅行箱、外衣等，有的挂在衣架上，有的搭在椅背上，有的撂在墙角，都很生活化。老柴喜欢抽烟斗，他的一位善于雕刻的男佣给他刻了很多烟斗，摆在房子的各个地方，随时都可以拿起来抽。书柜里有许多格林卡的作品和莫扎特整整一套七十二册的全集，这两位前辈音乐家是他的偶像。书柜里的叔本华、斯宾诺莎的著作都是他经常读的。精神过敏的老柴在思维上却有着严谨与认真的一面。他在读列夫·托尔斯泰、屠格涅夫和契诃夫等作家的作品时，几乎每一页都有批注。

老柴身高一米七二，所以他的床很小。他那双摆在床前的睡鞋很像中国的出品，绿色的绸面上绣着一双彩色小鸟。他每天清晨在楼上的小餐室里吃早点，看报纸；午餐在楼下；晚餐还在楼上，但只吃些小点心。小餐室位于工作室的东边。只有三平方米，三面有窗，外边的树影斑斑驳驳投照在屋中。现在，餐桌上摆着一台录音机，轻轻地播放着一首钢琴曲。这首曲子正是一八九三年他在这座房里写的。这叫我们生动地感受到老柴的灵魂依然在这个空间里，所以我在这博物馆的留言簿上写道：

在这里我感觉到柴可夫斯基的呼吸，还听到他音乐之外的一切响动。真是奇妙之极！

在略带伤感的音乐中，我看着他挂满四壁的照片。这些照片是老柴亲手挂在这里的。这之中，有演出他各种作品的音乐会，有他的老师鲁宾斯基，以及他一生最亲密的伙伴——家人、父母、姐妹和弟弟，还有他最宠爱的外甥瓦洛佳。这些照片构成了他最珍爱的生活。他多么向往人生的美好与温馨！然而，如果我们去想一想此

第六辑

异域风情

时的老柴，他破碎的人生，情感的挫折，生活的困窘，我们绝不会相信居住在这里的老柴的灵魂是安宁的！去听吧，老柴最后一部交响曲——《B小调第六交响曲》正是在这里写成的。它的标题叫《悲怆交响曲》！那些又甜又苦的旋律，带着泪水的微笑，无边的绝境和无声的轰鸣！它才是真正的此时此地的老柴！

老柴的房子矮，窗子也矮，夕照在贴近地平线之时，把它最后的余晖射进窗来。屋内的事物一些变成黑影，一些金红夺目。我已经看不清它们到底是些什么了，只觉得在音乐的流动里，这些黑块与亮块来回转换。它们给我以感染与启发。忽然，我想到一句话：

艺术家就像上帝那样，把个人的苦难变成世界的光明。

我真想把这句话写在老柴的碑前。

2002年7月

永恒的敌人

——古埃及文化随想

　　我面对着雄伟浩瀚、不可思议的金字塔，心里的问号不是这二百三十万块巨石是怎样堆砌上去的，也没有想到天外来客，而是奇怪这人类历史上最伟大的建筑竟是一座坟墓！

　　当代人的生命观变得似乎豁达了。他们在遗嘱中表明，死后要将骨灰扬弃到山川湖海，或者做一次植树葬，将属于自己最后的生命物质，变为一丛鲜亮的绿色奉献给永别的世界。当天文学家的望远镜把一个个被神话包裹的星球看得清清楚楚，古远天国的梦便让位于世人的现实享受。人们愈来愈把生命看作一个短暂的兴灭过程。于是，物质化的享乐主义便成了一种新宗教。与其空空地企望再生，不如尽享此生此世的饮食男女。谁还会巴望死亡的后边出现奇迹？坟墓仅仅是一个句号而已。人类永远不会再造一个金字塔吧。

　　但是，不论你是一个怎样坚定的享乐主义者，抑或一个无神论者和唯物主义者，当你仰望那顶端参与着天空活动的、石山一般的金字塔时，你还是被他们建造的这座人类史上最大的坟墓所震撼——不仅由于那种精神的庄严，那种信仰的单纯，更重要的是那种神话一般死的概念和对死的无比神圣的态度与方式。

古埃及人把死当作由此生渡到来世的桥梁，或是一条神秘的通道。不要责怪古埃及人的幼稚与荒唐，在旷远的四千五百年前，谁会告诉他们生命真正的含义？再说，谁又能告诉我们四千五百年后，人类将怎样发现并重新解释生与死的关系？是不是依旧把它们作为悲剧性的对立？是不是反而会回到古埃及永生的快乐天国中去？

空气燃烧时，原来火焰是透明的。我整个身体就在这晃动的火焰里灼烤，大太阳通过沙漠向我传达了它的凛然之威；尽管戴着深色墨镜，强光照耀下的石山沙海依然白得扎眼；我身上背着的矿泉水瓶里的水已经热得冒泡儿了，奇怪的是，瓶盖拧得很严，怎么会蒸发掉半瓶？尽管如此，我来意无悔，踩着火烫的沙砾，一步步走进埋葬着数千年前六十四个法老的国王谷。

钻进一个个长长的墓道，深入四壁皆画及象形文字的墓室，才明白古埃及人对死亡的顶礼膜拜和无限崇仰；一切世间梦想都在这里可闻可见，一切神明都在这里迷人地出现。人类艺术的最初时期总与理想相伴，而古埃及人的理想则更多依存于死亡。古埃及的艺术也无处不与死亡密切相关。他们的艺术不是张扬生的辉煌，而是渲染死的不朽。一时你竟弄不清他们赞美还是恐惧死亡。

他们相信只要保存遗体的完好，死者便依然如同在世那样生活，甚至再生。木乃伊防腐技术的成功，便是这种信念使然。沉重的石棺、甬道中防盗的陷阱、假门和迷宫般的结构，都是为遗体——这生命载体完美无缺地永世长存。按照古埃及人的说法，世间的住宅不过是旅店，坟墓才是永久的居室；金字塔的庞大与坚固正是为了把这种奇想变成惊人的现实。至于陪葬的享乐器具和金银财宝，无非使法老们死后的生活一如在世。那么这一切到底是为了装饰着死，还是创造一种人间从未发生过的奇迹——再生和永生？

即使是远古人，面对着呼吸停止、身躯僵硬得可怕的尸体，都会感到生死分明。但是在思想方法上，他们还是要极力模糊生死之间的界限。古埃及人把法老看作在世的神，混淆了人与神的概念；中国人则在人与神之间别开生面地创造了一个仙。仙是半神半人，亦人亦神。在中国人的词典里，既有仙人，也有神仙。人是有限的，必死无疑；神是无限的，长生不死。模糊了神与人、生与死的界限，也就逾越死亡，进入永生。

永生，就是生命之永恒。这是整个人类与生俱来最本能、最壮丽的向往。

从南美热带雨林中玛雅人建造的平顶金字塔，到中国西安那些匪夷所思的浩大的皇家陵墓，再到迈锡尼豪华绝世的墓室，我们发现人类这样做从来不只是祭奠亡灵，高唱哀歌，而是透过这死的灭绝向永生发出竭尽全力的呼唤。

死的反面是生，死的正面也是生。

远古人的陵墓都是用石头造的。石头坚固，能够耐久，也象征永存。然而四千五百年过去了，阿布辛贝勒宏伟的神像已被风沙倾覆；尼罗河两岸大大小小几乎所有的金字塔，都被窃贼掏空。曾经秘密地深藏在国王谷荒山里的法老墓，除去幸存的阿蒙墓外，一个个全被盗掘得一无所有。没有一个木乃伊复活过来，却有数不尽的木乃伊成为古董贩子们手里发财的王牌。不用说木乃伊终会腐烂，古埃及人绝不会想到，到头来那些建造坟墓的石头也会朽烂。在毒日当头的肆虐下，国王谷的石山已经退化成橙黄色的茫茫沙丘；金字塔上的石头一块块往下滚落；斯芬克斯被风化得面目全非，眼看要复原成未雕刻时那块顽石。如果这些石头没有古埃及人的人文痕迹，我们不会知道石头竟然也熬不过几千年。这叫我想起中国人的一句成语：海枯石烂。站在今天回过头去，古埃及人那永生的信念，早已成为人类童年的一厢情愿的痴想。

世界上最古老的神庙——卢克索神庙和卡纳克神庙，已经坍塌成一片倾毁的巨石。在卢克索神庙的西墙外，兀自竖立着一双用淡红色花岗岩雕成的极大的脚，膝盖以上是齐刷刷的断痕，巨大的石人已经不见了。他在哪里，谁人知晓？这样一个坚不可摧的巨像，究竟什么力量能击毁并把它消匿于无？而躺在开罗附近孟菲斯村地上的拉美西斯二世的几十米高的石像，却独独失去双脚。他那无与伦比的巨脚呢？我盯着拉美西斯二世比一间屋子还大的修长光洁的脸，等待回答。他却毫无表情，只有一种木讷和茫然，因为他失去的有比这双脚更致命的东西便是：永恒。

永恒的敌人是什么？它并不是摧残、破坏、寇乱、窃盗、消磨、腐烂、散失和死亡，永恒的敌人是时间。当然，永恒的载体也是时间，可是时间不会无止无休地载运任何事物。时间的来去全是空的。在它的车厢里，上上下下的都是一时的光彩和瞬息的强大。时间不会把任何事物变得永恒不灭，只能把一切都变得愈来愈短暂有限和微不足道。可是古埃及人早早就知道怎样对抗这有限和短暂了。

当我再次面对着吉萨大金字塔，我更强烈地被它所震撼。我明白了，这埋葬法老的人类最伟大的建筑，并非死亡之象征，乃是生之崇拜，生之渴望，生之欲求。

金字塔是全人类的最神圣的生命图腾！

想到这里，我们真是充满了激情。也许现代人过于自信现阶段的科学对生命那种单一的物质化的解释，才导致人们沉溺于浮光掠影般的现实享乐。有时，我们往往不如远古的人，虽然愚顽，却凭直觉直率又固执地表现生命最本能的欲望。一切生命的本质，都是顽强追求存在以及永存。艺术家终生锲而不舍的追求，不正是为了他所创造的艺术生命传之久长吗？由于人类知道死亡的不可抗拒，才把一切力量都最大极限地集中在死亡上。只有穿过死亡，才能永生。那么人类所需要的，不仅是能力和智慧，更是燃烧着的精神与无比瑰丽的想象！仰望着金字塔尖头脱落而光秃秃的顶部，我被深深感动着。古埃及人虽然没有跨过死亡，没有使木乃伊再生，但他们的精神已然超越了过去。

永恒没有终极，只有它灿烂和轰鸣着的过程。

正是由于人类一直与自己的局限斗争，它才充满活力和不断进步。

1996 年 9 月 1 日于天津

第六辑

异域风情

说美国人

美国人

在印第安纳州的伯明顿小城，我去拜访当地一位很有名望的篮球教练。他的办公室设在体育馆内。进门就见一大堆漂亮的奖杯和花花绿绿的队旗中间挂着块牌子，写着这教练的一句话：

"我的客人脸上总是带着笑，无论是进来的，还是出去的。"

未见其人，先知其性格。表现个性是美国人最快乐的事，喜怒哀乐形于色，他们没有人生在世要如何做人的观念。自己为人处世无需由别人承认，也不追求与别人一致，我就是我，因此一个美国人一个样。

我夏天里遇到过一位美国教授，他穿一件衬衫，上衣的第二个扣子没扣，露出胸脯粗糙的皮肤，衬衣口袋里插着十几支笔，好像笔筒。他给我留地址时，先抽出支圆珠笔写几个字，似乎觉得不舒服，又换另一支笔。写这几行字之间就换了三支笔。冬天里我又见到他。他穿件皮夹克，拉链拉了一半，里边的衣服还是没扣扣子，露在外边的皮肤给冷风吹得通红，皮衣胸前的口袋依旧老样子——插着十多支笔。他说他搬了家，又写地址，几行字又是换了几次笔。他并不觉得自己怪。他说换笔可以提升兴致。我想我写东西时也有这种感觉，但我不会这么做。因为他是美国人。

中国人对人的赞扬是"老实"。一个美国人对我说，他不懂"老实"的实质指什么，是守本分，不欺诈，还是顺从听话。他往往听中国人介绍张三"人很老实"，又介绍李四"不错，挺老实"，可是相处一段时间，发现张三和李四完全不同，弄糊涂了。他说，老实好像一块布，把人遮起来。又说，他们对人的最高评价是"坦率"，不管你的想法怎么样，肯都说出来就好。

他们做事谈报酬时从不客气。价钱讲在明处，很少当面不好意思讲，背后抱怨不合算。相互之间要分得一清二楚，承担责任要摆在前边，所尽义务全由自愿。你跟他们谈这种事时也要直截了当，他们不会因此轻看你，因为这对他们理所当然。

每个人各做各的事，很少相互比较。我的一位搞汉学的美国朋友每月收入八百美元，很低，远不如搞别的收入高。但他过得非常快活，因为他做自己愿意做的事。美国人不习惯与别人比较。你富，是你的事，与我无关；可是往往街上遇到一个乞丐，你问美国朋友，他多半会说，谁知道，也许他高兴这么做。谁也不关心别人。当然他们相信这世上确有许多穷苦无助的人，他们会把自己多余的日用品送到教堂，任穷人去取。但那些人是谁，他们也不问。美国虽然开放，由于他们过分自我，对与自己无关的事情了解并不多。我与一个美国搞电脑的青年人聊天时发现，他还不知道中美早已建交。中国在美国知名度最高的是熊猫，远不如中国青年对美国了解得更多。

再说美国人

冯骥才散文

在美国饭店中常可以看见一张招贴画，画一个人坐在椅子上，椅子背后还站着一个人，伸出双臂紧紧勒住他的腹部。这招贴画告诉你，一旦出现异物卡住喉咙应该怎么办。

美国人性急，吃饭卡住喉咙是常有的事。美国菜中的鱼一般是无刺的，和这些急脾气的食客找麻烦的，经常是大肉骨头。

公共场所许多售货机的铁皮箱上边有许多大瘪坑，大都是机器发生故障时，丢进钱后东西出不来，叫性急的美国人踹的。

性急却不能侵犯别人。要想保护住自我，必须不去触犯别人的自我。包括绝对不能在排队时"夹塞儿"，在剧场、饭馆不能大声说话影响别人，走路不能挤人、碰人，甚至不能在别人面前嚼冰块，使人听起来不舒服。还有便是不能随便问人年龄。至于打听人家收入、存款和家庭情况，探问人家的私生活内容，这涉及隐私权，会遭到强烈反感。美国人对别人的私事不感兴趣，很少干涉。

葛浩文——我最钦佩的一位美国汉学家——他说："我们最讲享受。"

这话不错。他们床上、沙发上、地毯上扔了许多软靠垫，怎么舒服就怎么拉过来一垫。大饭店都有个特别售货窗口，开车来买饭，到窗口前一停，不必下车，打开车窗就全办了。许多服务性企业也有这样的窗口，比如到银行取款等。还有种汽车电影院，开车进去，找到席位（实际是停车位），就在车里看电影。他们所说的享受并非坐享其成，而是享受生活。美国的服务机构尽量满足他们这种特性。简化手续，提供方便，许多公共场所都有自动售货机。大商场有银行设置的电脑取款机。投入信用卡，在按键上按出所需钱数，钞票会自动出来。这种设置在欧洲的国家都远不如美国普遍，所以有人说美国人很懒，但他们玩的时候却很卖力气。

美国人一周工作五天。周五晚上大多去采购东西，周六一早便外出度假，尽情玩上两天，周日晚上回家。我在爱荷华时，每逢星期天黄昏就见一辆辆车从郊外往回跑。一家人坐在车里，车顶上放着折叠帐篷或游湖用的小舢板。有的在车后拴一些空的饮料罐子，拖在地上哗哗响，表示他们玩得很开心。还不时从车里发出一声兴奋的尖叫，好似余兴未尽，再发泄一下。

十一岁儿童开飞机，水下结婚，从几十层楼往下跳都是美国人干的。大概由于最早由欧洲和非洲到美国的移民都是拓荒者，冒险精神混在他们的遗传因子中。做父母的不大担心孩子磕着碰着，这也去禁止那也去阻拦，往往眼瞅着自己两三岁的孩儿从草坡往下翻滚，高兴得连喊带叫。

他们冒险好走极端，所以《吉尼斯世界纪录大全》经常记录他们的姓名。在中国人认为不值得玩命的事，他们却往往付出性命。美国人最喜欢意想不到。

又说美国人

一位俄罗斯旅游者开车从美国东部跑到西部。他说："美国人吃的只有一种东西——汉堡包。"

美国人拿这笑话挖苦俄罗斯人，意思是俄罗斯人不懂美国。其实美国更不懂俄罗斯。一位美国教授对我说："俄罗斯没有作家。过去只有托尔斯泰和陀思妥耶夫斯基。现在可能一个也没有。"我很惊讶，一口气说出二十多个俄罗斯当代名作家，这教授脑袋摇得拨浪鼓似的说:"不知道。"美国人认为他们很富,自给自足,有种优越感,加上极强的个人主义意识,不关自己的事根本不问,知识面很窄。学者们除去自己的事业,别的很少知道。这也与东西方文化传统不同有关。西方科学家对世界用"剖析"方式,弄清一点,推进一点。学者们各守一摊,好比小贩,卖烟的不知道咸鱼的价钱。中国人对宇宙万物的态度是"天人合一",讲究包罗万象。你问西方学者一个问题,他不知道就摇头,理所当然;你问东方学者一个问题,不知道却不轻易摇头,好像这么一来就显得没学问。西方尚精,东方尚博,故西方学者们的知识多为点的连接,东方多为线的重叠。

再提起开头那笑话,并不假。最普遍的美国饭确实是汉堡包。无论机场、超级市场、游乐中心,还是公路旁,只要看见"M"的标志,便是闻名全美的麦克唐纳汉堡包快餐店。美国人对午餐极马虎,这种面包夹肉片生菜外加一杯冷热饮料的简易食品,极投合美国人胃口,因为他们凡事都图省事,极怕麻烦。美国人家庭做饭大多是成品加热,或半成品加工。烧鸡烤肉全是装在塑料袋里,买回家放在烤箱一按电门 ①,熟了再把配好的佐料一浇即可。连鸡汤全都是罐头装的。

所有信封的封口都挂胶。在办公室或邮局,可以看见不管身份多高的人,粘信时都伸出又红又亮又长的大舌头一舔。他们怎么省事就怎么干。

许多英语词汇到美国都简化了。比如见面时相互问候"你好"这个词儿,到美国变成一个"嗨"就行了。

有个中国留学生讲了个笑话:一次他和美国人吵架,他骂了这

---

① 电门:电器上用以接通或截断电路的装置,俗称开关。

美国人半天，美国人回嘴就一句"一样"。意思是"你骂我的，就是我骂你的"。这就算回骂了。连骂街都图省事，这就是典型的美国人性格。

还说美国人

美国人喜欢轻松，追求快乐，互相接触，不论生熟，都要说笑话。逢到冲突的事，常常几句笑话，一笑了之。

芝加哥一位朋友讲过一个故事：一个女人坐在汽车里按喇叭，招呼她楼上的朋友，大概她的朋友没听见，她就不停地按。街道另一边，一个胖老头坐在椅子上看报休息，听到喇叭声心烦，就忍不住走过来，站在她车前对她说："我和你约好是七点，现在才五点。"这句笑话挺俏皮。这女人听了微微一笑，回答他也是句笑话："七点我没时间。"胖老头无话应对，于是两人一笑，胖老头坐回到椅子上，这女人自然也不再按喇叭了。

说笑话需要机智，敏捷，反应快，思维灵巧，口才也要好，所以在美国，幽默感往往是一个官员是否有魅力的标准之一。人说笑话时，心里保持最松弛的状态。学者在讲坛，官员在会场，如果能妙语连珠，引得人捧腹大笑不已，必定是气度和智能非同寻常。如果一本正经念讲稿，脸上肌肉抽筋般的僵硬，听者听得厌烦就离席而去，绝不肯硬坐在那里打瞌睡，或心猿意马，思维跑到千里之外。他们不勉强别人，更不勉强自己。

但是，美国人的笑话与中国的笑话不同。美国的笑话重俏皮机智，中国的笑话重后味，笑话里总含着点什么。比如小丑，美国剧中小丑大多纯为逗乐，中国戏中小丑往往含着深意。大概中国人长期受封建思想的压迫，话不能直说，便藏在笑话中，也就造就了幽默艺术之高深。美国现代文学中的"黑色幽默"把笑的内涵引入深处，我国一些文学之士们以为时髦，仿效者颇多。"黑色幽默"的要素为"自嘲"，乃是人在困境中无以摆脱，苦中作乐，用嘲弄自己的办法嘲弄社会。其实这法子中国京剧中丑角常常为之，并不足怪。

我在弗拉斯塔夫一家小店吃饭。服务人员是个打工的大学生。她说："我们这饭店无所不能，凡是你想到的都能做。"我说："就来一份冰雹烩钥匙吧，钥匙烧得嫩点。"她听了很兴奋，马上说："看来你想象力有限，还是看菜谱吧。"便把菜谱给我。这是美国人一般接触时典型的幽默。

美国人的幽默有时叫人难以置信。纽约发生一起抢劫案，两个歹徒各戴一个面具，一个是里根，一个是国务卿舒尔茨。作案也没忘了逗笑。

对于他们，无论做出什么难以置信的事，我也相信，这就是我所理解的美国人。

第七辑

寻 根 探 源

游佛光寺记

辛巳深秋，应邀赴晋中考察民居保护，奔忙一阵后，主人表达盛情，说要请我们北上去往五台山一游。我说五台山寺庙一百二十座，先看哪一座？我这话里自然是含着心中的一种期待。

主人如在我心中。笑着说："先看佛光寺。"此语使我直叫出好来。好叫出声，乃是心声。

当然，这一切都根由于梁思成和林徽因那个中国文化史上闻名而神奇的故事。一九三六年他们先是在敦煌六十一号石窟的唐代壁画《五台山图》上，发现了这座古朴优美的寺庙；转年他们来五台山考察时，在五台县以北的深山幽谷中竟然发现佛光寺还幸存世上。于是，这座被忘却了千年的罕世奇珍一时惊动了世界。

那么，我们就要去这佛光寺吗？仰头就能看到唐人宁遇公写在东大殿顶梁上那一行珍贵的墨书题记？还有梁思成他们用照相机留下的那些迷人的画面？可是忽又想，如今旅游日盛，佛光寺也会变得花花绿绿吧。

车子穿过太原，经阳曲一直向北，至忻州而西。过定襄、河边、五台，窗外景物的现代气息渐渐淡化。然后车子纵入山路。道路随山曲转，路面多是碎石，车子颠簸如船。透过车轮卷起的黄土，却见山野入秋，庄稼割过，静谧中含着一些寂寞，只有阳光在切割过的根茬上烁烁闪亮。偶见人迹，大都是荒村野店。时而会有一座小小的孤庙从车窗上一闪而过。这种庙全都是一道褪了色的朱墙，里边只三两间殿，一两株古松昂然多姿地伸展出来。这些都是早已没了僧人的野庙吧！原先庙中的老僧呢？无人能知能答。只有一些僧人的墓塔零星地散落在山野间。有的立在山坡，面对阳光，依旧有些神气；有的半埋草丛间，沉默不语，几乎消没于历史。这些墓塔有石有砖，大都残破，带着漫长而无情的岁月的气息。塔的形制，无一雷同。有的形似经幢，有的状如葫芦，有的如一间幽闭的石室。它们的样子都是塔内僧人各自的性格象征么？每个塔内一定都埋藏着永远缄默的神秘又孤独的故事吧。

这时，我已是在时光隧道中穿行了。

恍恍惚惚间，我的车子变成了梁思成和林徽因所坐的马车。好像阎锡山还派了一小队士兵护送着他们。在那兵荒马乱的年代，他们长途跋涉来到这里为了什么？当时他们在这路上，对佛光寺还是一无所知呢！

车子一停，我的眼睛忽然一亮，一尊朱砂颜色的古庙就在眼前。佛光寺！它优雅、苍劲、浑朴、高逸，像一位尊贵的老者，站在山坳间的高岗上含着笑意迎候着我。背面是重峦叠嶂，危崖巨石，长草大木。使我感到特别庆幸的是，这里的道路艰辛，来一趟十分不易。今日旅者多好游玩，不知访古与品古，佛光寺地处南台之外，没有人肯辛辛苦苦跑到这里来。而且，此处又属文物保护单位，不是宗教场所，没有香火，香客不至。所能买到的一种介绍性的小书，还都是二十世纪八十年代初出版的。于是，它就与当年梁思成和林徽因初到这里时所见的情景全然一样了。

我感觉自己就像梁思成先生那样踏入寺门。站在寥廓而清净的院中，一抬头，我实实在在感受到梁林二位当时的震惊！

东大殿远远建在高台之上。不必去品鉴它这举折平缓而舒展的屋顶、翼出的单檐、雄硕的拱架、阔大的体量，我想，单凭这雍容放达的气度，梁思成必定一眼就看出这是千年之前唐人的杰作！

殿门前，左右并立着两株参天的古松，不就像唐人塑造的天王力士把守门前？若要走进殿门，辄必穿松而过。除去佛光寺，哪里的寺庙会有这样的奇观？虬枝龙干，剑拔弩张，力士一般的英武刚雄。繁茂的松叶鲜碧如洗，生机蓬勃，哪里的千年古松依然这样正当盛年？

哎，林徽因曾经站在这殿前拍过一张照片吧。好像她还在殿内菩萨和供养人宁遇公的塑像前也拍过一些照片呢！这些塑像的彩绘虽然经过清代翻新，但那形体、神态、形制、气息，以及发冠、服饰和面孔，一望而知，仍是唐风。且看佛前那几尊供养菩萨的姿态，不是唯唐代才特有的"胡跪"？至于殿内一块檐板上的壁画，简直就像从敦煌某一个唐人的洞窟搬来的。尤其画上翱翔的飞天，一准是大唐画工所为。那么，在大殿梁架上找不到寺庙建造纪年的林徽因，为什么还不肯善罢甘休？直到她在院中的经幢上切切实实地找到"大中十一年十日建造"这几个字，悬在心中的石头才算落地。

我忽然记起一本书记载着林徽因为了寻找这大殿的建寺题记，徒手爬上极高的梁架。她在漆黑的顶棚里，发现一个十分可怕的景象，上千只蝙蝠悬挂在上边！待她爬下来后，身上奇痒难忍，竟有许多臭虫。原来这些臭虫都是蝙蝠的寄生虫。

我还在一张照片上看到纤弱的林徽因登高弄险，站在院中一丈多高的经幢上。她正在丈量经幢的高度。

于是，面对着佛光寺，我很感动。正是梁林二位学者不惧艰辛的学术探求和确凿无疑的考古发现，才使得这座千年宝刹从历史的遗忘中被解救出来。否则，在近六七十年多灾多难的历史变迁中，谁能担保它会避免不幸！

中华之文物，侥幸逃过千年的，却大多逃不过这近百年。

于是，学者迷人的魅力与宝刹迷人的魅力融为一体。那美好的感觉如同身在春天，说不好来自明媚的春日，还是一如芬芳地亲吻于面颊的春风。但觉丽日和风，享受其中。

临行时，陪伴我的主人见我痴痴站着，说我被佛光寺迷住了。我笑了，却没说出那二位感染着我的先人的名字。因为那不只是名字，而是一种无上的文化精神。

2001 年 11 月

杨家埠的画儿

　　由济南驱车出来，一路向东，顺顺溜溜几个小时跑到了潍坊。再拐一个弯儿，便进入了寒亭区一个宁静、优美的小村，这就是数百年来四海闻名的画乡杨家埠。

　　杨家埠的男女老少，全都人勤手巧。既精于种庄稼种菜，又善于印画扎风筝。过去这样，今日还是这样。他们农忙时下地，潍坊出名的萝卜就是他们种出来的；农闲时人却不闲——比方现在——他们全都在家里忙着画画呢！杨家埠人最爱说的话是："俺村一千号人，五百人印年画，五百人扎风筝。"意思是说他们全是艺术家。说话时咧着笑嘴，龇着白牙，很是自豪。

　　杨家埠的年画很有个性。颜色浓艳抢眼，画面满满腾腾，人物壮壮实实，胖娃娃个个都得有二十斤重，圆头圆脑，带着憨气，傻里傻气地看着你。再看画上的姑娘们，一色的方脸盘，粗辫子，两只大眼黑白分明，嘴巴红艳艳的，好比肥城的桃儿。你再抬眼看一看印画的姑娘，一准得笑。原来画在画儿上边的全是他们自己。

　　他们不单画自己的模样，还画自己心里头的向往。那便是家畜精壮，人财两旺，风调雨顺，平安吉祥。所以他们最爱画送福来的财神与摇钱树，辟邪除灾的钟馗、关公和各式门神，以及神鹰与猛虎。不过杨家埠的人"画虎不挂虎"。因为杨家埠的"杨"字谐音是"羊"，老虎吃羊，所以他们家中从不挂猛虎的画儿。他们印虎，那是为了给别人辟邪。瞧瞧，杨家埠的人心地多么善良！

杨家埠年画与天津杨柳青年画的特点明显不同。杨柳青年画的买主多是城里的人，城里的人钱多，要求精细，所以杨柳青年画大都一半印刷一半手绘，画面的风格富丽堂皇，文气雅致；杨家埠年画的需求者全是农民，农民钱少，年画便采用套版印刷，很少手绘。这样，刻版和套版的技术就很高。杨家埠年画一般是六套版。墨色线版之外，再套印五种颜色：红、绿、黄、紫、粉。红与绿，黄与紫，都是对比色。年画艺人有句歌："红配绿，一块肉；黄配紫，不会死。"故此，杨家埠年画的色彩分外地强烈，鲜亮，爽朗，刺激，给人一种乡土艺术特有的颜色的冲击——喜庆和兴奋。这也正是人们过年时的心理与情感的需要吧！

我这次来杨家埠，是要拜访一位老艺人，名叫杨洛书，七十多岁。听说他是杨家埠年纪最大的年画艺人。他家经营的"同顺德画店"至少有二百年的历史，而且老人仍在刻版印画。我想，在如今全国许多木版年画产地几乎灭绝而成为历史的大背景中，这位老艺人该是一位罕世奇人了。而且，为什么单单杨家埠的年画古木不倒，反而生机盎然呢？

杨洛书老人住在村中普普通通的一个小院里。院内堆着许多刻版用的木头。一南一北两房。北房里外两间，外间是画店的铺面，里间是老人干活的地方；南房支案印画。店中四壁贴满诱人的木版年画，有的是古版新印，有的是新版新印。这些新版都是杨洛书老人新刻的。刻版不是一件容易事。印画的木版为了坚实耐用，选材都是梨木，又沉又硬，年逾七旬的老人哪有这样大的力气？老人个子又小，也不壮，与我站在一起，竟矮两头，不像山东人，山东出大汉呀！但是他伸出两只手给我看，骨节奇大，还有些变形。

他说："这手是刻版刻的，走样了。刻版得使大力气。白天刻一天，夜里两只手疼啊。"

"大爷，您得去医院看看，这怕是类风湿吧。"我说。我想他大概缺少医学常识，不懂得自己的病。

老人说："是刻版刻的。我一用劲，肚子上的筋全鼓成疙瘩！"

老人去年刻了《一百单八将》，一个好汉一张画，一张画儿五六块版，一年多时间刻了几百块版。今年开始刻《西游记》，连环画形式，八十幅一套，至少又是四百块版。他从哪里获得这样的激情？听说，老人的老伴患病在床。那么，老人又是为谁付出这样巨大的劳动？

老人告诉我，他爹杨俊三那代人把"同顺德"经营到了顶峰。杨俊三还将画店开到俄国的莫斯科。他拿出一九一七年三月十三日俄国驻黑龙江铁路交涉局签给杨俊三赴俄开店的护照。护照上将莫斯科译成"毛四各瓦"。直叫我看了半天，才弄明白。一时，与我同来的一行人全笑了起来。

老人却没笑，脸上充满对先人成就的自豪。保住先人的基业应是后人起码的责任。这是不是他依然奋力劳作的动力？

现今画店经营得非常好，年画销量可观。这两年他每年用纸八十箱，今年一百箱。每箱三刀，每刀一百张，每张印三四张画。一年单是他的"同顺德"就要卖出十万张年画。据说杨家埠全村一年卖画高达上千万张。买主除去海内外游客、各地的年画批发商，最主要的需求者仍是沂蒙山区里的农民。他们所买的年画多是门神、财神、摇钱树、猛虎、花卉和带"廿四节气表"的灶王像。

我对老人说："他们还这么爱年画吗？"

老人忽然变得挺激动，他说："没有年画——他们过不去年啊！"

这句话，使我一下子懂得了年画的意义。年画、年俗与人们的生活理想早已是灿烂地融成一体。它绝非可有可无的年节的饰物，而是老百姓心灵最美好的依托。大概杨洛书老人深深感受到了这一点，他才一直不肯放下手中的刻刀！

于是，我对这位老艺人肃然起敬，也对民间艺术心生敬意。

走出老人的宅院，到了村口，见到几位姑娘在放风筝。这里初冬季节也放风筝吗？一问，原来杨家埠人扎好的风筝，全要试放一下。今日无云，碧空如洗，悬浮在高天的风筝叫阳光一照，极是艳丽。三五只蜻蜓，一只彩蝶，还有一幅方形的画儿，画上画着胖娃娃，这不全是年画上那些常见的形象吗？

放风筝的姑娘见我很感兴趣，叫我也放一放。我大概有四十年没放过风筝了。待怯生生地接过风车和线绳，但觉线绳颇有韧性和弹力，透明的风已经强劲地传递到我的手上。我顺着线绳抬头望去，只见银白的线极长极长，划着弧线，飞升而上，到了半空，便消没在蓝天里，然后在极高的空中飞着一只大红色的蜻蜓。但是它混在其他几只风筝里，弄不清到底是不是我的。我用手抻一抻线，高天上的大红蜻蜓与我会意地点点头；我把线向旁侧拽一拽，大红蜻蜓随即转了半圈。我忽然觉得，久违的儿时的快乐又回到身上。这使我不知不觉地玩了好一会儿。

待到了杨家埠年画博物馆，人们叫我题诗留念，提笔在手，立时有了两句：

> 民间情味浓似酒，
>
> 乡土艺术艳如花。

写了字，返回来坐在车上时，情不自禁地又冒出了几句：

年画上天变风筝，

风筝挂墙亦年画。

七十三叟三十七，

杨家埠村寿无涯。

2001 年 11 月 18 日

中国的雪绒花在哪里？

　　几个月前，在奥地利阿尔卑斯山的山村访问。当山民把两三枝雪绒花赠给我时，我被这种毛茸茸雪白的小花奇异的美惊呆了。那首无人不知的电影歌曲《雪绒花》油然在心中响起。山民告诉我，这种花只有在两千米以上的寒冷的高山上才有。倘若幸运地遇到它，便会采下几朵，晾干后插在小瓶里。人们不仅欣赏它奇特的美，更敬佩它不惧严寒的品格。偶有贵客来访，便会作为珍贵的礼物赠送来客。

　　这位山民问我："中国有雪绒花吗？"

　　我的回答很含糊："好像也有。"这因为，我不知道我们的雪绒花在哪里。

　　可是没想到今年雪绒花和我竟这样有缘——

　　这几天，我在河北蔚县参加全国民间剪纸的抢救工作会议。燕赵之地的人真是朴实又慷慨，恨不得把他们家里的宝贝全塞在你的怀里才心满意足。会议结束了，还非要拉着我去看看他们的"空中草原"。

　　"空中草原"？这名字可是新奇又诱惑。这是个什么地方呢？

　　主人笑而不答。车子离开蔚县，穿过驰名全国的剪纸村南张庄，很快就进入了飞狐古道。这条在历史上连接着华北平原与内蒙古草原的古道，好似在乱山中蜿蜒穿行的巨蟒。和主人一谈，古今许多著名的战事原来全都挤在这条又狭窄又曲折的古道上。连当年杨六郎一箭射穿山顶的那个巨大的箭孔还在那儿呢。

夹峙在飞狐古道两边的山岩全都苍老而嶙峋，层层叠叠，陡峭参天，从车子里很难望见山顶。山岩是绛红色的，丛生在错综复杂石缝里的灌木是浓重的绿。红绿参差，美丽又深郁。然而，一出古道却是一片开阔的山野。在这太行山与恒山的交汇与碰撞之处，山的形态绝无重复，山的色彩也绝无重复。我不曾在别的地方见过如此丰富的山色，所以一直把脑袋伸在车窗外边，直到感觉山风变得凉起来，才知道我们已经上山了，去往"空中草原"了。

一层层的大山从车窗上落到车子下边去。这时，不可思议的奇幻一般的景象出现了——就在这千峰万壑俱在脚下的高山之巅，竟然展开一片浩无际涯的大草原。空中草原？对，就是它！它一马平川，没有任何起伏，白云在蓝天上飘动，草原上还有人骑马飞奔。我恍惚觉得自己一下子飞到了塞外！可是认真观察和感受一下，就完全不同了。瞧，云彩出奇地低，好像伸手就可以摸到，主人告诉我有时云彩下来，还会绕在马腿和汽车轱辘上呢；空气极凉，带着一种雪天里的清冽，因此草地里没有昆虫；天上也没有飞翔的鹰，鹰也飞不到这么高的地方呵；天边那山影，可不是什么远山，而是一些万丈高山的峰顶！主人说，这草原在一座两千一百五十八米高的山顶上，面积竟有三十六千米见方①！在天地之初，是谁把这么巨大的草原搬到山顶来的？

---

① 见方：指以某长度为边的正方形。

待下了车，草原的美一下子把我拥抱其中。草又密又绿，至少有十五六种颜色的花掺杂其间。主人说，这"空中草原"一年四季的颜色总是在不停地变。春天里最先开的是黄色的蒲公英，那时草原一片金黄。随后是红色的野花——他说不出名字，整个草原像盖上一条天大的红毯一样。在夏天，颜色的变化最多。前半月是粉色的，后半个月变成一片蓝色。有时五彩缤纷，真像是一个大花园。前些天草原上全是紫色的菊花。现在天凉了，到处是这种白色的花了——

我低头一看。呀！一种非常独特、似曾相识的奇异的美闯进我的眼睛。毛茸茸的雪白的花，淡黄色的球形花蕊，淡绿色的茎，长长短短、如同舞者伸展着胳膊的花瓣——就凭着它这种独特的美，不需要回忆，我便失声叫出它高贵的名字——雪绒花！

我的发现，令主人颇为惊讶。他从来不知道这种花的名字叫雪绒花，更不知道他们这里有雪绒花。

我说了不久前我在阿尔卑斯山的见闻。我说，奥地利人把雪绒花做成精美的项链，还烧制在陶瓷上，非常漂亮。这是一种很名贵的花呀！

主人兴奋起来。他说，我们这里整个草原全是雪绒花！

我放眼望去，在这浩瀚的"空中草原"上，真的开满了雪绒花。向远看，好似盖着一层白花花的薄雪。花开密处，雪意深浓。这真是不可思议的奇迹！我知道，这种长着又细又密的抗寒的绒毛的小花，只要在海拔两千米以上的高山上就能成活，但在中国什么地方还会有三十六千米见方这样浩大的山顶上的草原，而且偏偏开满的全是雪绒花？在很久远的以前，到底是哪位仙人路经此处，迷上了这块神奇之地，把携带在身上的雪绒花的种子撒在这里，才创造了如此惊天动地的花的奇观！

主人说，明年这里就开发旅游了。这雪绒花就是我们"空中草原"最响亮的一张名片了。

我听了，心一动，便说："游人一多，草原的压力也就来了。你们可得保护好这个生态。这在全世界都是少见的！别忘了，这儿离北京不过一百多千米！"

离开草原时，我还不断地扭过头去望着这片旷世绝伦的草原——这人间的奇境，这天国的花园。此时，日光下澈，小小的车窗外白花花如晶莹的雪，一片银白的世界。如是奇观，何处复有？此间，忽然又有一个发现——我手中捏着的几枝采自草原上的雪绒花，花朵个个奇大，比起阿尔卑斯山的雪绒花至少大三倍！我无意中捻动花茎，花朵一转，如同杨丽萍旋转她的白裙。我想，上天赐给我们中国人多少至上至圣至奇至美之物，我们应当感到骄傲，更该加意①珍惜。

2003 年 9 月 5 日

---

① 加意：特别留意；非常留心。

细雨探花瑶

——隆回手记之二

　　不管雨里的山路多湿滑，不管不断有人说"你别把冯先生扯倒"，老后还是紧抓着我的手往山上拉，恨不得一下子把我拉到山顶，拉进那个花团锦簇的瑶乡。这个瑶乡有个可以入诗的名字：花瑶。

　　花瑶，得名于这个古老的瑶族分支对衣装美的崇尚。然而，隆回县政府为花瑶正式定名却是二十世纪末的事。这和老后不无关系。

　　老后是人们对他的昵称。他本名叫刘启后。一位从摄影家跨越到民间文化保护领域的殉道者。我之所以用"殉道者"，不用"志愿者"这个词儿，是因为志愿多是一时一事，殉道则要付出终生。为了不让被声光化电①包围着的现代社会，忘掉这个深藏在大山深处的原生态的部落，二十多年来，他从几百里以外的长沙奔波到这里，来来回回已经二百多次，有八九个春节是在瑶寨里度过的，家里存折上的钱早叫他折腾光了。也许世人并不知道老后何许人，但居住在这虎形山上的六千多花瑶人却都识得这个背着相机、又矮又壮、

---

①声光化电：借指近代传入我国的西方科学技术。

满头华发的汉族汉子，而且没人把他当作外乡人。花瑶人还知道他们的"呜哇山歌"和"桃花刺绣"列入国家非物质文化遗产名录，老后是有功之臣，他多年收集到的大量的花瑶民歌和桃花图案派上了大用场！记得前年，老后跑到天津来找我，提着沉甸甸的一书包照片。当时他从包里掏出照片的感觉极是奇异，好像忽然一团团火热而美丽的精灵往外蹿。原来照片上全是花瑶。那种闪烁在山野与田间的红黄相间火辣辣的圆帽与缤纷而抢眼的衣衫，还有种种奇风异俗，都是在别的地方绝对见不到的。我还注意到一种神秘的"女儿箱"的照片。"女儿箱"是花瑶妇女收藏自己当年陪嫁的花裙的箱子，花裙则是花瑶女子做姑娘时精心绣制的，针针倾注着对爱情灿烂的向往，件件华美无比。它通常秘不示人，只会给自己人瞧。看来，老后早已是花瑶人真正的知己了。

老后问我："我拉你是不是太用力了？"

我笑道："其实我比你还心急呢。你来了多少次，我可是头一次来呵。"

这时，音乐声与歌声随着霏霏细雨，忽然从天而降。抬头望去，面前屏障似的山坡上，参天的古树下，站满了头戴火红和金黄相间的圆帽、身穿五彩花裙的花瑶女子。那种异样又神奇的感觉，真像九天仙女忽然在这里下凡了。跟着是山歌、拦门酒、又硬又香的腊肉，混在一大片笑脸中间，热烘烘冲了上来。一时间竟完全忘了洒在头上脸上的细雨。而此刻老后已经不在前边拉我，而是跑到我身后边推我。他不替我挡酒挡肉，反倒帮着那些花瑶女子拿酒灌我，好像他是瑶家人。

在村口，一个头缠花格布头布的老人倚树而立，这棵树至少得三个人手拉手才能抱过来。树干雄劲挺直，树冠如巨伞，树皮经雨一浇，黑亮似钢。站在树前的老人显然是在迎候我们。他在抽烟，可是雨水已经淋湿了夹在他唇缝间的半根烟卷，烟头熄了火。我忙掏出一支烟敬他。老后对我说："这老爷子是老村长。'大炼钢铁'时，上边要到这儿来伐古树。老村长就召集全寨山民，每棵树前站一个人。老村长喊道'要砍树就先砍我'！这样，成百上千年的古树便被保护下来。"

古树往往是和古村或古庙一起成长的。它是这些古村寨年龄尊贵的象征。如今这些拔地百尺的大树，益发葱茏和雄劲，好似守护着瑶乡，而这位屹立在树前的老村长不正是这些古树和古寨的守护神吗？我忙掏出打火机，给老人点烟。老人用手挡住火，表示不敢接受。我笑着对他说："您是我和老后的'师傅'呀！"

他似乎听不大懂我的话。

老后用当地的话说给他听。他笑了，接受我的"点烟"。

待入村中，渐渐天晚，该吃瑶家饭了。花瑶姑娘又来唱着歌劝酒劝吃了。她们的歌真是太好听了。听了这么好听的歌，不叫你喝酒你自己也会喝。千百年来，这些欢乐的歌就是酒的精魂。再看屋里屋外的花瑶姑娘们，全在开心地笑，没人不笑。

所有人都是参与者，没有旁观者，这便是民俗的本质。

老后更是这欢乐的激情的参与者。他又唱歌又喝酒又吃肉。唱歌的声音山响；姑娘们用筷子给他夹的一块块肉都像桃儿那么大，他从不拒绝；一时他酒兴高涨，就差跳到桌上去了。

然而，真正的高潮还是在饭后。天黑下来，小雨住了。在古树下边那块空地——实际是山间一块高高的平台上，燃起篝火，载歌载舞，这便是花瑶对来客表达热情的古老的仪式了。

亲耳听到了他们来自远古的"呜哇山歌"了，亲眼瞧见他们鸟飞蝶舞般的咚咚舞、"桃花裙"和"米酒甜"了，还有那天籁般的八音锣鼓。只有在这大山空阔的深谷里，在回荡着竹林气息的湿漉漉的山里，在山民有血有肉的生活中，才领略到他们文化真正的"原生态"，其他都是一种商业表演和文化作秀。人们在秋收后跳起庆丰收的舞蹈时，心中按捺不住喜悦的心情和驱邪的愿望，这是舞蹈的灵魂；如果把这些搬到大都市的舞台上，原发的舞蹈的灵魂没了，一切的动作和表情都不过是作"丰收秀"而已，都只是自己在模仿自己。

今天有两拨人也是第一次来到花瑶的寨子里。他们不是客人，而是隆回一带草根的"文化人"。一拨人是几个来演"七江炭花舞"的老人。他们不过把吊在竹竿端头的一个铁篮子里装满火炭，便舞得火龙翻飞，漫天神奇。这种来自渔猎文明的舞蹈，天下罕见，也只有在隆回才能见到。还有一拨人，多穿绛红衣袍，神情各异，气度不凡。他们是梅山教的巫师，都是老后结交的好友。几天前老后用手机发了短信，说我要来。他们平日散落在各地，此时一聚，竟有五十余人。诸师公没有施法，演示那种神灵显现而匪夷所思的巫术，只表演了一些武术和硬软气功，就已显出个个身手不凡，称得上民间的奇人或异人。

花瑶的篝火晚会在深夜结束。

在我的兴高采烈中，老后却说："最遗憾的是您还没看到花瑶的婚俗，见识他们'打泥巴'，用泥巴把媒公从头到脚打成泥人。那种风俗太刺激了，别的任何地方都没有。"

我笑道："我没看见什么，你夸什么。"

老后说："我是想叫你看呀。"

我说："我当然知道。你还想让天下的人都来见识见识花瑶！"

这话叫周围的人大笑。笑声中自然有对老后的赞美。

如果每一种遗产都有一个"老后"这样的人守着它多好！

2009 年 7 月

大雪入绛州

在禹州考察完钧瓷古窑出来，雪花纷纷扬扬，扑面而来。这雪花又大又密，打在脸上有种颗粒感。按计划要取道郑州和洛阳而西，经三门峡逾黄河北上，去新绛考察那里的年画。现今全国十七个主要的年画产地中，就剩下晋南新绛一带的年画的普查还没有启动。晋南年画历史甚久，现存最早的年画就出自北宋时代晋南的平阳（临汾）。这一带很多地方都产年画。除去临汾，新绛和襄汾也是主要的产地。八十年代末我在京津一带的古玩市场曾买到过一些新绛的古画版。历史最久的一块画版《和合二仙》应是明代的。这表明新绛的年画遗存在二十年前就开始流失了。它原有的历史规模究竟如何，目前状况怎样，有无活态的存在，心中没一点底。是不是早叫古董贩子全折腾一空了？

车子行到豫西，没想到雪这么大，还在河南境内就遇到严重的塞车。大量的重型载重卡车夹裹着各色小车像漫无尽头的长龙，一动不动地趴在公路上。所有车顶都蒙着厚厚的白雪，至少堵了一天了吧。我们想出各种办法打算绕过塞车的路段，但所有的国道和小路也全都堵得死死的。在大雪里我们不懈地奋斗到天黑，又冷又饿，直把所有希望都变成绝望，才不得已滞留在新安县一家旅店中。不知何故，这家旅店夜间不供暖气，在冰冷的被窝里我给同来的助手发了一个短信："我有点盯不住了，再找机会去绛州吧！"然而，清晨起来新绛那边派人过来，居然还弄来一辆公路警车，说山西那边过来的路还通，要我跟他们戗着道儿去山西。盛情难却，只好顶着风雪也顶着迎面飞驰而来的车辆，逆行北上，车子行了五个小时总算到了新绛。

用餐时，当地主人要我先不去看年画，先去看光村。光村的大名早就听到过。还知道北齐时这村子忽生异光，因名光村。主人说，你只要去了就不会后悔，村里到处扔着极精美的石雕，还有一座宋代的小庙福胜寺，里边的泥彩塑是宋金时代的呢。我明白，他们想叫我们看看光村有没有保护价值，怎么保护和开发。而今年春天我们就要启动全国古村落的普查，听说有这样好的村落，自然急不可待要去，完全忘了脚底板已经快冻成"冰板"了。

雪里的光村有种奇异的美。但我想，如果没有雪，它一定像废墟一样破败不堪。然而此刻，洁白的雪像一张巨毯把遍地的瓦砾全遮挡起来，连残垣断壁也镶了一圈白绒绒的雪，只有砖雕、木拱和雀替从中露出它们历尽沧桑而依然典雅又苍劲的面孔。令我惊讶的是，千形百态、精美无比的石雕柱础随处可见。还有不少石础被雪盖着，看不见它的真容，却能看见它一个个白皑皑、神秘而优美的形态。它们原是各类大型建筑坚实又华贵的足，现在那些建筑不翼而飞，只剩下这些石础丢了满地。光村原有几户颇具规模的宅院，从残余的一些楼宇中可见其昔日的繁华并不逊色于晋中那些大院。但如今损毁大半，而且毫无保护措施。连村中那座被列为国家文物保护单位福胜寺中的宋金泥塑，也只是用塑料遮挡起来罢了。我心里有些发急，抢救和保护都是迫在眉睫了。根据光村的现状，我建议他们学习晋中王家大院和常家庄园在修复时所采用的将散落的古民居集中保护的"民居博物馆"的方式。但这需要请相关专家进一步论证，当务之急是不叫古董贩子再来"淘宝"了。因为刚刚从村民口中得知，最近还有一些石雕的柱础与门狮被古董贩子买去了。近二十年来，那些懂得建筑文化的建筑师们大多在城里为开发商设计新楼，经常关心这些古建筑艺术的却是不辞劳苦和络绎不绝的古董贩子们，这些古村落不毁才怪呢。

从光村回到新绛县城后，这里的鼓乐团的团长听说我来新绛，特意在一座学校的礼堂演了一场"绛州鼓乐"给我们看。绛州鼓乐我心仪已久。开场的"杨门女将"就叫我热血沸腾，十几位杨氏女杰执槌击鼓，震天动地，一瞬间把没有暖气的礼堂中的凛冽的寒气驱得四散。接下来每一场演出都叫人不住地喊好。演出的青年人有的是当地的专业演员，有的是艺校学员。应该说这里鼓乐的保护与弘扬做得相当有眼光，也有办法。他们一边把这一遗产引入学校教育，从娃娃开始，这就使"传承"落到实处；另一边将鼓乐投入市场，这也是促使它活下来的一种重要方式。目前这个鼓乐团已经在市场立住脚跟，并且远涉重洋，到不少国家一展风采。演出后我约鼓乐团的团长聊一聊，团长是位行家，懂得保护好历史文化的原汁原味，又善于市场操作。倘若没有这样一位行家，绛州古乐会成什么样儿？由此联想到光村，光村要是有这样一位古建方面的行家该多好啊！

相比之下，新绛的年画也是问题多多。

转天一早，当地的文化部门将他们保存的新绛年画的古版与老画摆满一间很大的屋子。单是古版就有近二百块。先前，新绛的年画见过一些，但总觉得它是古平阳年画的一个分支，比较零散。这次所见令我吃惊。不单门神、戏曲、风俗、婴戏、美人、传说等各类题材，以及贡笺、条幅、横批、灯画、桌裙、墙纸、拂尘纸、对子纸等各种体裁应有尽有，至于套版、手绘、半印半绘等各类制作手法也一应俱全。其中一种门神是《三国演义》中的赵云，怀里露出一个孩童——阿斗光溜溜的小脑袋，显然这门神具有保护儿童的含意。还有一块《五老观太极》的线版，先前不曾见过，应是时代久远之作。特别是十几幅美人图，尺寸很大，所绘人物典雅端庄，衣饰华美，线条流畅又精致，与杨柳青年画中的"美人"有着鲜明的地域差异，富于晋商辉煌年代的华贵气质和中原文明的庄重之感。看画时，当地负责人还请来两位当地的年画老艺人做讲解。经与他们一聊，得知二位艺人都是地道的新绛年画的传人。所谈内容全是"口头记忆"，分明是十分有价值的年画财富，对其普查——尤其是口述史调查需要尽快来做了。只有把新绛年画普查清楚，才能彻底厘清晋南年画这宗重要的文化遗产。可是谁来做呢？当地没有专门从事年画研究的学者，没有绛州古乐团的团长那样的人物，正因如此，至今它还是像遗珠一般散落在大地上。这也是很多地方文化遗产至今尚未摸清和整理出来的真正缘故，而一些宝贵的文化遗产在无人问津之时就已经消失了。

雪下得愈来愈大，高速公路已经封了。原计划再下一站去介休考察清明文化，显然已经无法成行。在回程的列车上，我的心里真是五味杂陈。三晋大地文化遗存之深厚之灿烂令我惊叹，但这些遗存遍地飘零并急速消失又令人痛惜与焦急。几年来，我们几乎天天为这一问题而焦虑：从哪里去找那么多救援者和志愿者？到底是我们的文化太多了，专家太少了，还是专家中的志愿者太少了？

我望向窗外，外边的原野严严实实地覆盖着一片无声的冰雪。

戊子春节初六

甲戌天津老城踏访记

——一次文化行为的记录

甲戌岁阑，大年迫近，由媒体中得知天津老城将被彻底改造，老房老屋，拆除净尽，心中忽然升起一种紧迫感。那是一种诀别的情感；这诀别并非面对一个人，而是面对此地所独有的、浓厚的、永不复返的文化。

天津老城自明代永乐二年（1404）建成，于今五百九十余年矣！世上万事，皆有兴衰枯荣，津城亦然，有它初建时的纯朴新鲜，一如春天般充满生机；有它乾隆盛世的繁茂昌华，仿佛夏天般的绚烂辉煌；有道咸之后屡遭挫伤，宛如秋天般的日益凋敝；更有它如今的空守寂寞，酷似冬天般的宁静与茫然……而城中十余万天津人世世代代繁衍生息于此，渐渐形成其独特的生活方式和文化形态，并留下大量的历史遗存，保留至今。这遗存是天津人独自的创造，是他们个性、气息、才智及勤劳凝结而成的历史见证，是他们尊严的象征，也是天津人赖以自信的潜在而坚实的精神支柱。而津城将拆，风物将灭，此间景物，谁予惜之？于是，本地一些文化、博物、民俗、建筑、摄影学界的有识之士，情投意合，结伴入城，踏访故旧。一边寻访历史遗迹，一边将所见所闻、所察所获，或笔录于纸，或摄入镜头。此间正值乙亥春节，城内年意浓郁，市井百态无不平添一层迷人的民俗意味。摄影界人士深感这是老城数百年来最后一个春节，于是举行"春节旧城年俗采风"活动。大年期间，乃子午交时的新年之夜，都立在城中凛冽的寒气里，摄下这转瞬即成为历史的画面。各界专家还联合穿街入巷，寻珍搜奇，所获甚丰。勘查到失传已久的明代老井、于今仅存的八国联军庚子屠城物证、唯一可见的徐家大院的豪门暗道、义和团坛口旧址及大量历史遗迹和散落在城中各处的建筑构件之精华。既做了现场的拍摄录影和文字登记，又转入书斋进行考证与研究。天津大学建筑系师生也加入进来，对城中一些风格独具的典型宅院进行测绘，此举应是有史以来对老城文化一次规模最大的综合和系统的考察。

我称此举是一次文化行为。

文化行为是以强烈的文化意识为出发点，进行具有深刻文化目的之行动。这目的有两个，一个是成果，一个是过程。成果是指通过这一行为获得新的文化发现；过程是指通过这一行为引起世人对文化的关注。应该说，这两个目的——成果与过程——同等的重要。或者说，文化人更注重后者，即过程。因为这过程针对世人，也影响着后人。

特别在中国，虽然是文化久远，但朝代更迭太多。每一朝代的君主为表示自己开天辟地，则必改址迁都，废除旧制，视前朝故旧为反动。因而使我们很少从文化意义上确认古代遗物的价值。文化随同朝代，一朝兴必一朝亡。悠远的文化都被阶段性地断送掉了！

此外，中国自古是农业国，秋衰而春荣，故尤重"新春"中的"新"字。新是对生活美好前景的憧憬和期望。故常言"旧的不去，新的不来"，"除旧迎新"，"万象更新"。对新的崇拜的反面，即是对旧的废弃。近世又多了"破旧立新"和"砸烂旧世界"的口号。古代遗存自然存者无多。虽说我们创造了五千年的灿烂文化，同时我们又在无情地毁灭自己的创造。倘若今日站在中原大地上极目四望，这中华文化的沃土理应有着极浓厚的历史意味，而我们所能看到的，却是野树荒坡，草丘泥河，好像这大地上什么也没发生过……

也正因如此，津城早已破败不堪，数万人拥挤在这狭小的历史空间里，残垣断壁，低屋矮房，烂砖碎瓦，确是应当改造；为人民改善生存环境和生活现状，确是功德无量之盛举！然而面对着这座积淀深厚又破坏惨重的文化古城，难道还不去反省——我们这个文化大国又是多么需要文化！这文化不是文化知识，而是文化意识。懂得文化之价值，具有文化之眼光，在保护历史文化的前提下，再建设现代文化，而不是为了建设新的去破坏历史的风景。

然而，津城终究是一座文化的城。当我们发现"文化大革命"期间，城中居民们担心无知的学生砸毁房檐和影壁上的古代砖雕，用白灰抹涂，使得一些精美的建筑艺术杰作得以保留下来，我们深为感动。特别是这次踏访老城的文化行为，得到百姓响应，许多城中的老人，献出珍藏已久的旧照旧物，以示支持；对于摄影家们爬墙上屋，选择拍摄角度，更是无不热情相助；继而还听到，节假日里一些百姓在城内古迹前拍照留影，以为永记；还有些摄影家受到我们这一文化行为的启迪，也来到老城厢，收集历史画面，为这一方故土留下它最后的原生态的景象，令我们尤感欣慰！

这不正是我们所企望的吗？

踏访老城活动始自甲戌岁尾，终结于乙亥夏初，约计半年，搜集实物资料颇多，发现珍罕古迹若干处，拍摄历史文化遗存及现存景象照片近四千幅，包括历史遗迹、城市面貌、街头巷尾、建筑精华、民俗文化、市井生活以及极具地方精神气质之众生相。这些出自摄影家之手的照片，有些本身就是具有很高审美品格的作品。单是一幅九十五岁老寿星和另一幅一九九五年出生在城中之婴儿的人像照片，就构成了二十世纪天津城内令人着迷的生命史。更有一些专家学者关于老城历史、民俗、建筑和文化艺术的研究文章，见地精辟，依据翔实，都显示了学术界对天津老城最新的研究成果，也是对这即将凝固的老城历史的一种全面的文字终结。为此，我也对我们这一文化行为的硕大成果感到骄傲，为新一代津人浓烈的乡土情感和文化意识感动而自豪。他们用这乡土情感和文化意识的经纬，编织一张细密的大网，从这良莠混杂的老城遗址上，筛出近六百年残存至今而弥足珍贵的文化精粹。天津老城将不复再见，我们却永无遗憾地把它最后的形态和最真实的容颜留在这本图集中了。

经过本图集编辑室大工作量的甄选与编辑，案头事宜已告完成。图集以这次踏访老城拍摄的照片及收获的资料为主，实际上是这一感人的文化行为的记录。文化的大信息量和第一手资料感，将成为本图集的首要追求；学者们的著述及各种测绘与编排图表，也是本图集的重头内容。由于本图集不是一般意义上的历史图录，故对这次行动中所搜集的珍罕历史照片采用极少，以求显示这本图集的自身特色。笔者相信，凡别人可以重复做到的事都是没有价值的。

割爱，往往是一种成全。

此集编成之日，笔者只身又赴老城，于老街老巷中踽踽①独步，感慨万端，长叹不已。那曲折深长的小道小巷，黢黑檐头上风韵犹存的高雅的花饰，无处不见的千差万别的砖刻烟囱和石雕门墩，

_____

① 踽踽（jǔjǔ）：形容一个人走路孤零零的样子。

还有那一座座气势昂然的豪门宅院将我拥在其间。想到它五百九十余年无比丰富的历史内容，一种独特的文化气息使我深刻地感受到了。跟着，开头所说的那种诀别感，又袭上心头。忽感自己为这块乡土的文化作为甚少。编辑此集虽用尽全力，并得到朋友们的协助，以及政府部门和各界有识者的热情襄助，但终究菲薄有限，仅此而已。文化人的责任在于文化。于是殊觉又有重负压肩，当不得懈怠，倾心倾力再做便是。

1996 年 2 月 3 日刊载于《人民政协报》第四版

第七辑 寻根探源

贺兰人的唱灯影子

　　一个唐代的罐子放了上千年，如果不碰它，总还是那个样子不会变；可是一种戏一种舞一种民俗艺术就不一样了，甭说千年，就是经过百八十年，因时而变因人而变因习尚而变，就像女大十八变那样不断地改变，甚至会变得面目全非，你说京剧、时调、年画、清明节近百年有多大的变化？这便是物质与非物质文化遗产最大的不同。物质遗产是静态的，非物质遗产是动态的，传承的，嬗变①的。在这动态的演变过程中，对其影响最直接的是传人。

　　传承人最大的特点是水平有高有低。如果这一代艺人禀赋高，悟性好，甚至还有创造性，家传的技艺便被发扬光大；如果下一代天赋低，悟性差，缺少才气，水准便一下子滑坡滑下来。有些地方的民间艺术尽管名气挺大，一看却颇平庸，便是此理。为此，看各种民间艺术当下的水准，也是我重要的考察点之一。由此而言，如今贺兰人的皮影——唱灯影子就叫我喜出望外了。

　　我国的皮影遍及各地，唱腔各异，材料不同，各有各的称呼。诸如北京的"纸窗影"、湖南的"影子戏"、福建的"皮猴戏"、甘肃

---

① 嬗（shàn）变：演变。

陇原的"牛窑戏"、黄河流域的"驴皮影"等等；宁夏的贺兰人则叫它"唱灯影子"。这"唱灯影子"的叫法非常形象。首先是"唱"，戏是唱出来的，"唱戏"就是演戏；然后是"灯影子"，皮影戏不是人直接演的，而是借助灯光把羊皮或驴皮雕刻的戏人照在布单上的影子来演。瞧，贺兰人多干脆，用"唱灯影子"四个字儿就把它说得明明白白。

皮影的表演有在室内也有在室外的。皮影要用灯光，在室外必须要等到天黑下来才能演；室内就好办了，不管什么时候，只要拿东西遮住窗子，再吊一条白被单（一称幕布，贺兰人称之为"亮子"），后边使光一照，便可开演。看戏的人坐在幕布前边，演戏的人在幕布后边。

演皮影戏的人不算少，拉弦、操琴、司鼓、吹号、碰铃、伴唱等等，至少得七八个人一同忙。但主角是站在幕布后边正中央的"师傅"。他主说主唱，两只手一刻不停地耍着皮影，同时兼演全戏所有角色。戏的好坏全看他的了。

我每次看皮影戏，都要跑到幕布后边瞧上几眼。因为那些在幕布上神出鬼没、又哭又笑的灯影子都是在后边耍弄出来的。严严实实的幕布后边总是充满了神秘感，给我以极大的诱惑。

今儿主演这台戏的师傅是贺兰县无人不知的金贵镇潘昶乡的张进绪，所演的戏目叫作《王翦平六国》，说的是秦代名将王翦辅助秦始皇横扫六国、统一天下的故事。这个故事现今很少有人知道，是张进绪从他父亲张维秀手里原原本本接过来的。张维秀在三十多年前就已去世，如今张进绪也是六十开外；个子矮小，灰衣皂裤，头扣小帽，神色平和，然而他往幕布后边一站，立时好像长了身个儿，一员大将似的，气度不凡。

幕布后边的地界挺小，不足一丈见方，叫拉琴击鼓的乐队坐得密不透风。幕布下边是一条长案，摆着各种道具；其余三面是竹竿扎成的架子，横杆上挂了一圈花花绿绿、镂空挖花的皮影人。张进绪这些皮影人和全套的乐器，都是祖上一代代传下来的老物件，摆在那儿，有股子唯老东西才有的肃穆又珍贵的气息。尤其这上百个皮影人，生旦净丑，一概全有。好似人间众生，都挂在那里等候出场。但他们不是被无序或随意地挂在那里的，而是依照着出场的前后排次有序。别看他们面无表情，神色木然，只要给张进绪摘下来在幕布前一耍，再配上锣鼓唢呐，以及那种又有秦腔又有道情又有当地的山花的腔调，便立时声情并茂地活蹦乱跳，眉飞色舞，活了起来。

身材矮小的张进绪一旦入戏，便有股子霸气，好似天下事的兴衰，戏中人的祸福，全由他来主宰。后台是他的舞台。他略带沙哑的嗓子又唱又说又喊又叫，两只手把一桌子的皮影折腾得飞来飞去。看他的表情真像站在台上唱戏演戏一般，给我以强烈的感染。但在幕布那一边，却早化成戏中一个个性情各异的灯影子了。

当我回到幕布前边，坐下来细细品赏，便看出他演唱水平的高超。他不单唱得味儿如醇酒，大西北的苍劲中，兼有黄河滋育的柔和；而且在他的调动下，那些灯影子的举手投足无不鲜活灵动，神采飞扬，甚至能随着说唱和音乐的节奏摇肩晃脑，挺胸收腹，连同手指头也随之顿挫有致。一时觉得，这唱不是张进绪唱，分明是灯影子在唱。于是，灯影、乐声和剧情浑然一体。如今的贺兰还有多少人有这种功夫？

据说，此地的皮影是一百多年前由一位名叫赵小卓的满族人从陕西带到宁夏来的，后来由贺兰县几位颇具才情的村民接过衣钵，继承发扬，在皮影制作、演唱风格上融入本地的文化与气质，深受百姓热爱。昔时，交通不便，钱太少，戏班子很难深入到穷乡僻壤。老百姓便用这种简朴又优美的皮影戏自演和自娱。这应该是一种原始的"影视艺术"。这种"唱灯影子"不单在贺兰县这一带扎下根，成了气候，影响还远及银南、隆德、盐池和内蒙古鄂托克旗等地。据说，当时传承赵小卓皮影戏的有刘派（刘有子）和张派（张维秀）两家。但刘派后继无人，人亡而歇息；张派却传了下来。难得的是今日的传人张进绪的禀赋依然很高，又深爱这门古艺，所有家传皮影和演奏器具都好端端保存至今。时下，逢到各乡各村举办节庆或喜事的时候，都会请他去演出助兴。届时，他的弟弟、妹妹、孩子或伴唱或奏乐，共同完成演出。如今这种家庭化的皮影戏班子已经非常罕见，传承人的水平又如此之高，真叫我们视如珍宝了。

于是，我扭头对坐在身边的贺兰县的县长低声建议，要全力保护好张家的皮影戏。一是要在经济上补贴传承人的后代，保证其薪火不断。二是设法将张家的老皮影保存起来。演出使用的皮影，可以到陕西华县按照本地的老样子订制一批新的。希望县里考虑给张氏皮影建个小小的博物馆，保存和见证贺兰人"唱灯影子"的传统。三是为张家皮影戏班多创造一些演出机会，使其保持活态。四是把皮影戏送进当地的学校，送进课堂，培养孩子们的乡土文化情感。

话说到这里，忽见白晃晃的幕布上，秦将王翦向敌军首领掷出手中宝剑。这宝剑闪着寒光，在幕布上飞来飞去。一时，锣鼓声疾，唱腔声切，气氛颇是紧张与急迫，忽然"哐"的一响，飞剑穿透敌将脖颈，敌将顿时身首异处，插着宝剑的首级在空中停了一下，然后"啪"地掉在地上。这一幕可谓触目惊心。满屋看客都不禁叫好。我忽然想到：

这么好的贺兰人的"唱灯影子"，可千万别只叫我们这代人看到。

2009 年 8 月

草原深处的剪花娘子

　　车子驶出呼和浩特一直向南，向南，直到车前的挡风玻璃上出现一片连绵起伏、其势凶险的山影，那便是当年晋人"走西口"去往塞外的必经之地——杀虎口。不能再往南了，否则要开进山西了，于是打轮向左，从一片广袤的大草地渐渐走进低缓的丘陵地带。草原上的丘陵实际上是些隆起的草地，一些窑洞深深嵌在这草坡下边。看到这些窑洞我激动起来，我知道一些天才的剪花娘子就藏在这片荒僻的大地深处。

　　这里就是出名的和林格尔。几年前，一位来自和林格尔的蒙古族人跑到天津请我为他们的剪纸之乡题字时，我头一次见到这里的剪纸，尤其是一位百岁剪纸老人张笑花的作品，即刻感到一种酣畅淋漓的审美震撼，一种率真而质朴的天性的感染。为此，我们邀请和林格尔剪纸艺术的后起之秀兼学者段建珺先主持这里剪纸的田野普查，着手建立文化档案。昨天，在北京开会后，驱车到达呼和浩特的当晚，段建珺就来访，并把他在和林格尔草原上搜集到的数千幅剪纸作品放在手推车上推进我的房间。

　　在民间的快乐总是不期而至。谁料到在这浩如烟海的剪纸里会撞上一位剪花娘子极其神奇、叫我眼睛一亮的作品。这位剪纸娘子不是张笑花，张笑花已于去年辞世。然而老实说，她比张笑花老人的剪纸更粗犷，更简朴，更具草原气息；特别是那种强烈的生命感及其快乐的天性一下子便把我征服。民间艺术是直观的，不需要煞费苦心地解读，它是生命之花，真率地表现着生命的情感与光鲜。我注意到，她的剪纸很少故事性的历史内容，只在一些风俗剪纸中赋予一些意味；其余全是牛马羊鸡狗兔鸟鱼花树蔬果以及农家生产生活等等身边最寻常的事物。那么它们因何具有如此强大的艺术冲击力？于是这位不知名的剪花娘子像谜一样叫我去猜想。

再看，她的剪纸很特别，有点像欧洲十八、十九世纪盛行的剪影。这种剪影中间很少镂空，整体性强，基本上靠着轮廓来表现事物的特征，所以欧洲的剪影多是写实的。然而，这位和林格尔的剪花娘子在轮廓上并不追求写实的准确性，而是使用夸张、写意、变形、想象，使物象生动浪漫，其妙无穷。再加上极度的简约与形式感，她的剪纸反倒有一种现代意味呢。

"她每一个图样都可以印在丁恤衫或茶具上，保准特别美！"与我同来的一位从事平面设计的艺术家说。

这位剪花娘子到底是怎样一个人？她生活在文化比较开放的县城还是常看电视？不然，草原上的一位妇女怎么会有如此高超的审美与现代精神？这些想法，迫使我非要去拜访这位不可思议的剪花娘子不可。

车子走着走着，便发现这位剪花娘子竟然住在草原深处的很荒凉的一片丘陵地带。她的家在一个叫羊群沟的地方。头天下过一场雨，道路泥泞，无法进去，段建珺便把她接到挨近公路的大红城乡三锒夭子村远房的妹妹家。这家也住在窑洞里，外边一道干打垒^①筑成的土院墙，拱形的窑洞低矮又亲切。其实，这种窑洞与山西的窑洞大同小异。不同的是，山西的窑洞是从厚厚的黄土山壁上挖出来的，草原的窑洞则是在突起的草坡下掏出来的，自然也就没有山西的窑洞高大。可是低头往窑洞里一钻，即刻有一种安全又温馨的感觉，并置身于这块土地特有的生活中。

剪花娘子一眼看去就是位健朗的乡间老太太。瘦高的身子，大手大脚，七十多岁，名叫康枝儿，山西忻州人。她和这里许多乡村妇女一样是随夫迁往或嫁到草原上来的。她的模样一看就是山西人，脸上的皮肤却给草原上常年毫无遮拦的干燥的风吹得又硬又亮。她一手剪纸是自小在山西时从她姥爷那里学来的。那是一种地道的晋地的乡土风格，然而经过半个世纪漫长的草原生涯，和林格尔独有的气质便不知不觉潜入她手里的剪刀中。

和林格尔地处北方游牧文化与中原农耕文化的交汇处。在大草原上，无论是匈奴、鲜卑还是契丹和蒙古族，都有以雕镂金属皮革为饰的传统。当迁徙到塞外的内地民族把纸质的剪纸带进草原，这里的浩瀚无涯的天地，马背上奔放剽悍的生活，伴随豪饮的炽烈的情感，不拘小节的爽直的集体性格，就渐渐把来自中原剪纸的灵魂置换出去。但谁想到，这数百年成就了和林格尔剪纸艺术的历史过程，竟神奇地浓缩到这位剪花娘子康枝儿的身上。

她盘腿坐在炕上。手中的剪刀是平时用来裁衣剪布的，粗大沉重，足有一尺长，看上去像铆在一起的两把杀牛刀。然而这样一件"重型武器"在她手中却变得格外灵巧。一叠裁成方块状普普通通的

---

① 干打垒：一种简易的筑墙方法，在两块固定的木板中间填入黏土夯实。

大红纸放在身边。她想起什么或说起什么，顺手就从身边抓起一张红纸剪起来。她剪的都是她熟悉的，或是她想象的，而熟悉的也加进自己的想象。她不用笔在纸上打稿，也不熏样。所有形象好像都在纸上或剪刀中，其实是在她心里。她边剪边聊生活的闲话，也聊她手中一点点剪出的事物。当一位同来的伙伴说自己属羊，请她剪一只羊时，她笑嘻嘻地打趣说："母羊呀骚胡？"眼看着一头垂着奶子、眯着小眼的母羊就从她的大剪刀中活脱脱地"走"出来。看得出来，在剪纸过程中，她最留心的是这些剪纸生命表现在轮廓上的形态、姿态和神态。她不用剪纸中最常见的锯齿纹，不刻意也不雕琢，最多用几个"月牙儿"（月牙纹），表现眼睛呀、嘴巴呀、层次呀，好给大块的纸透透气儿。她的简练达到极致，似乎像亨利·马蒂斯[1]那样只留住生命的躯干，不要任何枝节。于是她剪刀下的生命都是原始的，本质的，膨脖又结实，充溢着张力。横亘在内蒙古草原上数百公里的远古人的阴山岩画，都是这样表现生命的。

她边聊边剪边说笑话，不多时候，剪出的各种形象已经放满她的周围。这时，一个很怪异的形象在她的笨重的剪刀中出现了。拿过来一看，竟是一只大鸟，瞪着双眼向前飞，中间很大一个头，却没有身子和翅膀，只有几根粗大又柔软的羽毛有力地扇动着空气。诡谲又生动，好似一个强大的生命或神灵从远古飞到今天。我问她为什么剪出这样一只鸟。她却反问我："还能咋样？"

于是她心中特有的生命精神和美感，叫我感觉到了。她没有像我们都市中的大艺术家们搜索枯肠去变形变态，刻意制造出各种怪

---

① 亨利·马蒂斯：生于 1869 年，卒于 1954 年，法国著名画家、雕塑家、版画家、野兽派创始人和主要代表人物。代表作有《生活的欢乐》《戴帽的妇人》等。

头怪脸设法"惊世骇俗"。她的艺术生命是天生的，自然的，本质的，也是不可思议的。这生命的神奇来自她的天性。她们不想在市场上创造价格奇迹，更不懂得利用媒体，千古以来，一直都是把这些随手又随心剪出的活脱脱的形象贴在炕边的墙壁或窑洞的墙上，自娱或娱人。没有市场霸权制约的艺术才是真正自由的艺术。这不就是民间艺术的魅力吗？她们不就是真正的艺术天才吗？

　　然而，这些天才散布并埋没在大地山川之间。就像契诃夫在《草原》中所写的那些无名的野草野花。它们天天创造着生命的奇迹和无尽的美，却不为人知，一代一代，默默地生长、开放与消亡。那么，到了农耕文明在历史大舞台的演出接近尾声时，我们只是等待着大幕垂落吗？在我们对她们一无所知时就忘却她们？我的车子渐渐离开这草原深处，离开这些真正默默无闻的人间天才，我心里的决定却愈来愈坚决：为这草原上的剪花娘子康枝儿印一本画册，让更多的人看到她、知道她。一定！

2008 年 9 月 20 日

旧与老

在京城的一次活动中，经人介绍结识一位德国女子。她通汉学，尤爱中国的历史人文，对当下倍受摧残的古老建筑的痛惜之情，不亚于我们。她说她看过我为抢救津城遗存而主编的《旧城遗韵》，跟着马上问我："你为什么叫'旧'，不叫'老'？"

这个问题使我一怔。

有时一个问题，会逼着你去想，去自我审视。我感到这个问题里有值得思辨的东西，一时不及细想。我找到自己当初使用这个"旧"字的缘故，便说："天津人习惯于把古老的城区叫作旧城，我们就沿用了。"

她听罢，摇摇头，说："不好，不好。"说罢便扭头走去。这个德国女子直来直去，一点也不客气，却叫我由此认真地深思了关于文化的两个重要的字，就是"旧"与"老"。

一件东西，使用久了，变得黯淡，陈旧，褪去光泽，甚至还会松动，开裂，破损，缺失，我们习惯于称之为"旧东西"。按照一种习惯性的潜意识，旧东西是过时的，不受用的，不招人喜欢的，所以旧东西的出路只有一条，就是扔掉——以旧换新。正如俗语所说"旧的不去，新的不来"。

我们有一种"厌旧"的心理。

这种心理来源于农耕文明。农人们的生活节律是一年四季为一个周期，所谓春种、夏耕、秋收和冬藏。春天是开头，冬天是结尾。春天里万象更新，一年之计在于春；对生活的期望全部孕育在春天的全新的事物里。故此，逢到过年，也就是冬去春来之际，人们最大的愿望就是除旧迎新。

于是，旧东西必定是在铲除之列。这种"厌旧"心理根深蒂固地潜藏于人们的血液里，便成了长久以来农耕文明中在文化上缺乏积淀与自珍的深刻的缘故。到了今天，自然就成了中华大地"建设性破坏"的无形而广泛的基础。这"建设性破坏"——建设是新，破坏是旧，对于我们是多么顺理成章！

然而，相对于"旧"，"老"是完全不同的另一种概念。

"旧"是物质性的，而且含有贬义，比如陈旧、破旧，等等；"老"却有非物质的一面。老是一种时间的内容。比如老人、老朋友、老房子。时间是一种历史，所以"老"字不含贬义。甚至还含着一种记忆，一种情感，一种割舍不得的具有精神价值的内涵。

比方说某件东西是"旧东西"，似乎就是过时的，需要更新的；若说是"老东西"，那就含有历史的成分，应当考察它，认识它，鉴别它，对于有意味的老东西还要珍惜它。

由此往下说，对于一座城，我们说它是"旧城"或"老城"，不就全然不一样了吗？

旧城，破破烂烂，危房陋屋，又脏又潮，设施简陋，应当拆去；老城，历史悠久，遗存丰厚，风情别具，应当下力气整治和倍加爱惜。这一切不都与这两个字有关吗？应该说，这两个字代表着两种观念，也是不同时代的文化观。

在宁波，一次关于历史文化遗存保护的谈话中，我遇到了阮仪三教授。我对阮教授的人品学问都十分敬重。谈话间，我提出了一个话题，就是"旧城改造"。

因为现在中国各地都在进行大规模的"旧城改造"。中国人是喜欢喊口号的，好像没有口号，就没了主心骨。因此常常由于口号偏差，铸成大错，坏了大事。

我依照上边的这些思辨说道："现在看来，'旧城改造'中的这个'旧'字问题很大。一座城，如果说是旧城，'旧的不去，新的不来'，那就拆掉了事；如果换成'老'字，叫作'老城'就不同了。老城里边有历史，不能轻易大动干戈。当然，法国人是连'老城'也不叫的，他们叫'古城'！"

看来，这个问题在阮仪三教授的脑袋里早有思考。他说：

"'改造'这个词儿也不好。因为'改造'这两个字一向都是针对不好的事情。比如'思想改造'，'劳动改造'，'知识分子改造'，等等。怎么能把自己的历史当作不好的东西呢？我认为应当把'改造'也换了。换成'老城整治'，或者干脆就叫作'古城保护'！"

这一席谈话真是收获不小，居然把当今中国最流行的一句话"旧城改造"给推翻了，而且换了一个词儿，叫作"老城整治"，或者痛痛快快就叫作"古城保护"了。可别小看这几个字的改动，这里边有个"文明的觉醒"的问题。但这只是书生们的一厢情愿。关键还是城市的管理者们，有谁赞成这样的改动？

2002 年 9 月 18 日

民间审美

　　那些出自田野的花花绿绿的木版画，歪头歪脑、粗粗拉拉的泥玩具，连喊带叫、土尘蓬蓬的乡间土戏，还有那种一连三天人山人海的庙会，到底美不美？

　　自古文人大多是不屑一顾的。认为都是粗俗的村人的把戏，难入大雅之堂。故而这些大多为文盲所创造的民间文化一边自生自灭，一边靠着口传心授传承下来。

　　当然，在古代也有一些文人欣赏纯朴天然的民间文化，大多是些诗人。他们的诗中便会流淌着溪流一般清澈透亮的民歌的光和影。从李白到刘禹锡都是如此。但是，古代画家则不然，他们崇尚文人画，视民间画人为画匠，很少有画家肯瞧一眼民间绘画的。美术界学习民间的潮流还是在近代受到了西方的影响。西方的绘画中没有"文人画"之说，所以从米开朗琪罗到毕加索，一直与民间艺术是沟通的。在他们的心里，精英的绘画是"流"，而民间艺术却是一种"源"。

　　在人类的文化中，有两种文化是具有初始性的"源"。一种是原始文化，一种是民间文化。但在人类离开了原始时代之后，原始文化就消失了；民间文化这个"源"却一直活生生地存在着。

精英文化是自觉的，原始文化与民间文化是自发性的。"自觉"来自思维，而"自发"直接来自生命本身。它具有生命的本质。所以，西方画家总是不断地从原始与民间这两个"源"中去汲取生命的原动力与生命的气质。

所以说，生命之美是民间审美的第一要素。

可是，民间文化从来都只是被使用的，被精英文化作为一种审美资源来使用。它本身并没有被放在与精英文化同等的位置。

在近代，人们对民间文化所接受的一部分，也都是靠近"雅"的一部分。比如戏剧中的京戏，由于趋向文雅而能够受宠，而许多土得掉渣的地方戏仍然被轻视着，因而如今中国一些地方戏种已经到了濒死的边缘。再比如在民间木版年画中，比较城市化而变得精细雅致的杨柳青年画容易被接受，一些纯粹的乡土版画很难被城市人看出美来。

民间文化有自己独特的审美体系，包括审美语言、审美方式与审美习惯。陕北的那些擅长剪纸的老婆婆在用剪子铰那些鸡呀猫呀虎呀娃娃呀的时候，一边铰一边会咧开嘴笑。她们那种无声的"艺术语言"会使自己心花怒放。民间文化与精英文化的另一个不同是，民间文化是纯感性的，纯感情的，非理性的。这种感情是一种鲜活的生命和生活的情感。有生命的冲动，也有生活理想。有精神想象，也有现实渴望。他们这种语言在广大的田野与山间人人能懂，一望而知，心有同感，互为知音。

因此民间审美又是一种民间情感。懂得了民间的审美就可以感受到民间的情感，心怀着民间的情感就一定能领悟到民间的审美。我们为什么只学英语，与洋人交流；偏偏不闻不问民间话语，与自己的乡民村人交谈，体验我们大地上这种迷人的情感？何况这是一种优美而可视的语言。这种语言坦白、快活、自由、一任天然。没有任何审美的自我强迫，全是审美的自发。它们不像精英文化那样追求深刻，致力于创新，强调自我。它们不表现个性，只追求乡亲们的认同；它们追求的实际上是一种共性。至于某些民间艺人的个性表露也纯粹是一种自然的呈现。他们使用的是代代相传的方式。纵向的历史积淀的意义远远超过个人超群的价值。它们最鲜明的个性是地域性，它们的审美语言全是各种各样的审美方言，所以民间审美的重要特点是地域化，也就是审美语言的方言化。这便使民间审美具有很浓厚的文化含量。

写到这里，我便弄明白了——过去我们判断民间艺术美不美，往往依据的是精英文化的标准。这样，我们不但只接受了民间艺术很小的一部分，而且看不到民间艺术中的文化美，也就是民间审美的文化内涵。

今天，我们正处在农耕文明时代向工业化的现代文明的转型期。农耕时代的一切创造渐渐成为历史形态。我们应该从昔日的看待民间文化的偏见性视角与狭义的观念中超越出来，从更广更深的文化角度来认识民间文化，感受民间独特的审美，从而将先人的创造完整地变为后世享用的财富。

2002 年 12 月

精卫是我的偶像

这一次，当我把两年多来的绘画精品拿出来卖掉，以支持艰难的文化遗产抢救的事业，心中的矛盾加剧地较量着。

并非我不够慷慨，而是这些画都是我的心灵之作。我说过，艺术是艺术家心灵的闪电。它是心中的灵性，只会偶然出现。这也是我的画数量不多和很少重复的缘故。因此，我一向十分珍视自己的画作，不肯拿它去换钱。

此时可以说，这些画不是从我手里拿出去的，是从我心里拿出去的。

记得甲申年在京津举办第一次画展时，我将珍藏多年的两幅画《高江急峡》和《树之光》卖掉。虽然价钱很高，一位好友却对我说："你不该把这两幅画卖掉！"

我承认，这句话加重了我心里的矛盾。因为我的画一如文章，无法重复，也不能重复。记得前一幅画作画时激情飞扬，溅得满身水墨，后一幅画光线之强烈竟使我自己愕然。在那次公益画展上，我心想，这样大规模卖画的事只做一次吧。

然而，事过两年，我又要义卖画作了，而且是我两年来绝大部分的心爱之作。其原因既简单又直接——我们的文化遗产仍然身处危难之中，破坏和消亡的速度与力度大大超过抢救的速度与力度；特别是在这个物质化和功利化的时代，人们对这种文明受损的严重性尚不清楚，故而文化遗产全面受困，为其工作的人员极其有限，经费困窘得常常令人一筹莫展；我一手创立的专事文化抢救和保护的基金会始终处在社会边缘，仅此一家，无人垂顾，境遇尴尬。

当我身在书房和画室，对个人的作品自然会心生爱惜；当我跋涉在广阔的乡土和田野中，必然又会对那些随处可见、一息尚存、转瞬即逝的文化遗产心急如焚。此时，个人的艺术得失怎能与大地文化的存亡相比？我说过，我们大地的文化犹如母亲的怀抱，我们都是在她的滋养中成长成人的。当母亲遇到危难，危在旦夕，怎么能不出手相援？卖画又算得了什么！

应该说，此次公益画展是自相矛盾和战胜自我后的一次行动。在这次行动中我看到了自己依然站在当代文化的前沿，很高兴自己没有退缩。

记得有人问我："你靠卖画能救得了中国的文化遗产吗？这莫不是精卫填海？"

我说："精卫填不了海。精卫是一种精神。一种决不退却、倾尽心力乃至生命的精神。我尊崇这种精神。它是我的偶像。"

2007 年 5 月